悲劇の元凶となる最強外道
ラスボス女王は
民の為に尽くします。4

悲劇の元凶となる最強外道ラスボス女王は民の為に尽くします。4

天壱

illustration 鈴ノ助

CONTENTS

ICHIJINSHA IRIS NEO

この作品はフィクションです。
実際の人物・団体・事件などには関係ありません。

悲劇の元凶となる最強外道ラスボス女王は民の為に尽くします。 4

第一章　非道王女と同盟交渉

乙女《おとめ》ゲーム〝君と一筋の光を〟という作品がある。シリーズ化もされ、ファンには「キミヒカ」とも呼ばれた大人気ゲーム。それが、十八年間の人生を地味に生きた〝前世の〟密《ひそ》かな楽しみだった。

「アーサー!!」

近衛《このえ》騎士のアラン隊長に「多分アレです」と指で示され、私は一番に彼へ声を上げた。義弟のステイルと妹のティアラと共に急遽《きゅうきょ》騎士団演習場へ訪れたのも彼に会う為《ため》だ。エリック副隊長や他《ほか》の騎士達に肩や背を叩《たた》かれ、人垣の中心にいる彼に。

「プライド様！　ステイル……様、ティアラ様、アラン隊長、カラム隊長……」

アーサー・ベレスフォード。今年で十九歳の彼は、フリージア王国騎士団に所属する本隊騎士だ。

私からの突然の呼び声に、頭の上で一本に括《くく》る銀髪を肩と一緒に揺らしたアーサーは、瞬時に蒼《あお》色の瞳《ひとみ》で私達の方に振り返ってくれた。他の騎士達の前だから王族相手に様付けだけど、普段ならステイルとティアラには砕けた会話もするくらい親しい仲だ。……そう、私達は王族だ。

第一王子のステイル、第二王女のティアラ。その二人の姉がこの私、プライド・ロイヤル・アイビー。ウェーブがかった真っ赤な髪と鋭く吊《つ》り上がった紫色の目を持つ私は、この国の第一王女だ。

世界で唯一特殊能力者が産まれる国であるフリージア王国。女王制のこの国で第一王女である私は、八年前に王位継承者の証《あかし》である予知能力を覚醒《かくせい》させ、今や次期女王でもある第一王位継承者だ。

その私の義理の弟ステイルも、妹のティアラも当然ながらこの国の王族、第一王子と第二王女になる。集っていた騎士達も私達の登場に目を見張り、次々と一歩引くようにして道を開け跪《ひざまず》いた。

「さっき、ステイルから、聞いてっ……！　その、……本当……なの？」

両手で落ち着きなく弾む心臓を押さえ、切れた息で尋ねる。

私達に既に知られていたことに驚いたのか、アーサーも目を水晶みたいに丸くした。先に情報源であるステイルへ視線を投げてから私の目を真っ直《す》ぐ捉《とら》え、そして頷《うなず》いた。

「……はい。この度、正式に騎士団長より八番隊副隊長を任されることになりました……‼」

息を飲む。私だけじゃない、両隣に立つステイルとティアラからも同じ音が重なった。高らかに弾む心臓に血流が押されるのを頬《ほお》の熱で感じながら、気がつけば足が地面を蹴《け》った。私もティアラも一緒に高身のアーサーへ向けて両手を広げ飛びついた。

「ッおめでとうアーサー‼」

たった十九歳のアーサーが、異例のスピードで史上最年少の副隊長に任じられた。

最初にそれを知ったのはステイルだった。ヴェスト叔父《おじ》様の部屋に届けられた今日付の人事異動の書類にアーサーの名前があったらしい。十六歳になったステイルは、次期女王の片腕たる摂政となる為に一年ほど前から摂政であるヴェスト叔父様に付いて補佐しつつ業務を学んでいた。

アーサーの昇進を知ってすぐ私の部屋に飛び込んできたステイルは笑顔がすごく輝いていた。

「～っ……あ、のっ……。……ッぷ、……プライド……様っ……‼」

ふと、アーサーの声がして顔を上げる。……何か、回した腕が熱い気がする。

見れば、私とティアラに抱きつかれたアーサーは勢いのまま倒れないよう必死に足で踏ん張ってくれていた。行き場がないように腕がピクピク震えている。そして見上げてみれば、腕の中から覗《のぞ》かせているアーサーの顔が塗り潰《つぶ》したように真っ赤になっていた。嬉《うれ》しさのあまり力いっぱい締め過ぎたのかもしれない。ティアラはアーサーの胴回りに抱きついたから良いけれど、私は思いっきりアーサーの首に腕を回している。最近は胸回りがきつくなってきているから、しっかり力を入れないと胸が邪魔で昔みたいにちゃんと相手を抱きしめられない。この前も専属侍女のロッテとマリーに二ケ月前作ってくれたばかりの運動着を「少し胸回りが苦しそうなので修正しますね！」と試着した傍《そば》から回収されちゃったし、ドレスも次々と新しいものが用意された。……一年前までどれだけペッタンコだったのかが容易にわかる。そのペッタンコだった時の感覚のままアーサーにがっつりしがみついてしまったのだから、圧迫されて苦しいのも当然だ。

「あっ……ごめんなさいアーサー！　苦しかった?!」

急いで手を放して退《ど》くとティアラも同時に腕を緩めた。ティアラからのハグが惜しかったのか「い……いえ、そういう訳では……」と呟《つぶや》きながらも顔が赤い。手の甲で口元を隠しそっぽを向いてしまう。怒ったのかとも思ったけれど、数十秒ほど置いたらありがとうございますと小さく返ってきた。

「おめでとうございます、アーサー殿」

声に振り向けば、ステイルが不敵な笑みを浮かべてアーサーに歩み寄っていた。

ステイル・ロイヤル・アイビー。漆黒の髪と瞳に黒縁伊達眼鏡《だてめがね》を掛けた彼は、この国の第一王子だ。〝瞬間移動〟の特殊能力者としても優秀な彼だけれど、子どもの頃《ころ》から親友のアーサーと稽古《けいこ》を重ねているお陰もあって十六歳の今では頭脳明晰《めいせき》、剣も一流な私の自慢の弟だ。

アーサーと同じく、ステイルも騎士達の前では敬語を崩すつもりはないらしい。さっきまで弾ませていた息が嘘《うそ》のように落ち着ききった動作でアーサーへ手を差し出し、握手を交わす。

「……ありがとうございます。ステイル〝第一王子殿下〟」

パッと見は普通に第一王子と騎士との握手だけれど、無言で交わし合った互いの視線は確かに多くを語り合っていた。本当はもっと直接語り合いたいのだろうけれど、アーサーの為にステイルも騎士達の前ではあまり話し過ぎないようにしている。一年前うっかり素で話しているのをアラン隊長達に聞かれてしまったらしい。庶民で騎士である自分が、王族のステイルと友人だと知られるのは畏《おそ》れ多いし分不相応で恐縮だと言って、アーサーは今も周囲にはステイルとの関係を隠したがっている。今はアーサーも私の近衛騎士だし、公的にもステイルと身近な存在なのに。

「これでアーサーも副隊長格か～。早いなぁ……」

「そうだな、まだアーサーが新兵として入団して五年しか経《た》っていない。ハリソンも鼻が高いだろう」

アラン隊長とカラム隊長。感慨深そうに呟いたこの二人も、一年ほど前から私の近衛騎士だ。茶色がかった金色の短髪にオレンジ色の瞳を持つアラン隊長は、一番隊の騎士隊長。赤毛混じりの髪に赤茶色の瞳を持つカラム隊長は三番隊の騎士隊長。二人ともアーサーが尊敬する優秀な騎士だ。近衛騎士になる前からアーサーもよく私達に話してくれていた。

そして今カラム隊長から話題に上がったハリソンというのが、アーサーの直属の上司である八番隊の騎士隊長だ。私も騎士団の視察で数回顔を合わせたことはあるけれど、すごくクールな印象の騎士だった。実際、何度か挨拶《あいさつ》や目が合った時にも一言で終わってしまったり目を逸《そ》らされたりでちゃんと会話できたこともない。戦闘中しか長く口を動かさないらしいし、別に嫌われている訳でもないらしいけれど。……たぶん。背中まで伸びた長い真っ直ぐな黒髪を結わずにいるせいで、パッツリ切った前髪すら俯《うつむ》くと横の黒髪に隠れて顔も見えない。紫色の瞳が時折光って見えたくらいで、夜に会ったら完全にテレビから出てくる幽霊のような佇《たたず》まいだった。アーサー曰《いわ》く、すっごく怖い人らしい。

「自分も騎士団長から発表された時は驚きました。異例の大出世ですよ！」

他の騎士達と一緒に跪いた体勢から立ち上がったエリック副隊長が嬉しそうに声を上げる。エリック副隊長だって新兵期間はアーサーより長かったとはいえ、入団から副隊長までの期間はそんなに変わらなかったと思うけれど。でも本当に嬉しそうだ。今も栗《くり》色の短髪を揺らして同色の瞳は爛々《らんらん》と輝いている。まるで自分のことのように喜んでくれている彼もまた私の近衛騎士だ。

アーサー、アラン隊長、カラム隊長、エリック副隊長。この四人の騎士が近衛騎士として一日二人ずつ交代で私を守ってくれている。今日は午前がアラン隊長とカラム隊長、午後になればエリック副隊長とアーサーが交代に来る予定だ。

「……なんか、……まだ……実感ないっす……」

そう言いながらアーサーは、アラン隊長とカラム隊長へ「先輩方のお陰です」と頭を下げた。

「無理もない、発表されたのも恐らくついさっきだろう」

「俺《おれ》よか、……すげぇ経験積んだ先輩ばっかなンで……八番隊も」

カラム隊長の言葉に頷きながら、未《いま》だに戸惑いを隠せない様子だ。

アーサーの所属する八番隊は他の隊とは違う特殊部隊だ。我が国の騎士団は隊によって大体の役割や特化が違うのだけれど、アーサーの八番隊は戦闘において〝個〟の能力を重視されている。隊長や副隊長はいるけれど、基本的には隊で動かず各自判断での行動が許されている。一言で言ってしまえば戦闘における精鋭部隊。戦闘中も本人が判断して各隊の援助や特攻もしてしまうすごい隊だ。

その為、他の隊と比べて八番隊はすごく個別意識が強くてあまり隊員同士で関わり合わないらしい。私も今までアーサーが同じ隊の人と話しているのを殆《ほとん》ど見たことがない。

「だけどよ、全騎士隊長満場一致での決定だぜ？」

なぁ？　とカラム隊長へ話を振るアラン隊長がそのまま「俺なんて副隊長に昇進した時は飛び上がって喜んだってのに！」とアーサーの背中を何度も叩いた。

「満場、一致……？　え、それって……」

鎧越《よろい》しにバシンバシン叩かれながら、アーサーが聞き返す。何かを理解したらしく、一度色味の引いたはずの顔がまた段々と赤らんでいった。

「ああ、私もアランも。勿論《もちろん》、八番隊隊長のハリソンも、全員の意思だ」

カラム隊長から告げられた衝撃の事実にアーサーの目の奥が輝く。ハリソン隊長との関係は知らないけれど、尊敬するカラム隊長やアラン隊長にまで認められたのが嬉しくて仕方がないのだろう。

「ありがとうございますっ‼」と一気に声が跳ね上がった。

「まぁ八番隊は他の隊と違ってそこまで副隊長の仕事は多くねぇらしいし。アーサーでも大丈夫だろ」

「八番隊は副隊長、隊長の任意付けがわかりやすいですからね」

アラン隊長が下げたアーサーの頭をわしわしと撫《な》で、エリック副隊長もアーサーの肩を再び叩きながら苦笑気味に頷いた。……本当に他の隊の人には愛されている。

「？　……わかりやすい、というのは……？」

私が首を捻《ひね》ると、ステイルとティアラも気になるようで興味深そうにアラン隊長とエリック副隊長へ視線を向けた。騎士二人が顔を見合わせ、最後に頭を下げたままのアーサーへ視線を投げる。そして自分から言おうとしないアーサーの代わりに私達へ向かい声を合わせた。

「〝強さ〟です」

おおおおおおおお⁉　ものすっごく戦闘部族感が‼　これもある意味、脳筋というのだろうか。あまりにシンプル過ぎる要素に、笑ったまま口元がヒクついてしまう。ティアラも口を両手で覆い、ステイルも少し目を見開いていた。いつも冷静なステイルまで驚くのも当然だ。

騎士団の中でも個の戦闘能力特化型の八番隊。そこでアーサーは二番目に強いと認められたことになる。しかも最年少で！　入団してたった五年で‼　もう流石《さすが》未来の騎士団長様と言わざるを得ない。

「まぁ、アーサーは既に何回か隊長のハリソンにも勝ってますし時間の問題だったっつーか」

「確実に前副隊長より勝率上げてましたからね」

「事実上、戦闘能力だけで言えば我が騎士団でも五本の指に入るでしょう」

まるで当然といったような口調でアラン隊長、エリック副隊長、カラム隊長がとんでもないことを言っている。最後の五本の指発言には流石のアーサーも顔を真っ赤にしながら「いや、それは言い過ぎですって……」と謙遜《けんそん》していたけれど。

「アーサーってとってもすごいのですね！　お姉様っ！　兄様‼」

ティアラのキラキラした眼差《まなざ》しが私達へと向けられる。ティアラ・ロイヤル・アイビー。金色のウェーブがかった髪と瞳を持つ、私の一歳下の妹だ。そして……

この世界の〝主人公〟。

「まぁ、プライド第一王女の近衛騎士としては当然の実力でしょう」

ステイルが眼鏡の黒縁を押さえつけながらも喜びを隠し切れないように笑みを浮かべた。その言葉を聞いてアーサーもステイルの方へと顔を向ける。目が合った途端、ニヤリと口元を引き上げた。

「…………相棒に負けてられねぇ、って思ったんで」

アーサーの言葉にステイルの笑みが更に強まった。〝当然だ〟と目が語っているのが私でもわかる。

「兄様もすごく喜んでいらっしゃったのですよ！　アーサーの昇進を知って急いで……」

「ティアラ。……そろそろ帰るぞ、アーサー殿も副隊長となって色々と忙しいだろうからな」

もご、とティアラの口を急いで片手で覆うステイルがそそくさと話を切り上げた。慌てる姿がなんだかおかしくて、笑いを噛《か》み殺しながら微笑《ほほえ》ましい弟妹二人を眺めてしまう。

「それじゃあ、また午後に会いましょうアーサー」

「アーサー！　また後で!!」

私とティアラが手を振り、ステイルが騎士達全体にも礼をする。近衛騎士のアラン隊長とカラム隊長と共に乗ってきた馬車へと再び戻った。

……九年前、私の人生はガラリと変わった。

王の啓示とされる予知能力の覚醒で第一王位継承者として認められ、前世の記憶を思い出した。前世は地味な十八歳の女の子で、この世界が嵌《は》まっていた乙女ゲームである〝キミヒカ〟の第一作目の世界だと気づいた。ティアラは主人公で、アーサーとステイルは攻略対象者。前世でキミヒカシリーズを網羅した私だけれど、大好きだったのは第三作目だけ。第一作目の記憶はかなり朧気《おぼろげ》で、最初はゲームの大筋以外殆ど思い出せなかった。すぐに思い出せたことは、自分が主人公のティアラの姉であること。そして、……ゲームでは最低外道のラスボスであるということだけだ。

攻略対象者の心に消えない傷を付けた諸悪の根源で、最後には断罪される女王。その攻略対象者の心の傷を癒《いや》し、共にプライド女王へ立ち向かうのが主人公のティアラだ。

今やゲームスタートの一年前だけれど、このまま誰《だれ》も不幸にならなければと思う。攻略対象者五人の中、四人とは主人公ティアラと共に円満な関係を築けているのだから。…………そう。

五人中、〝四人〟とは。


「……～っ。……やっべ」

思い出すだけで未だ火照《ほて》りが止《や》まない。緩みそうな口元を片手で押さえつけたアーサーは、俯いたまま早歩きで次の演習へと向かっていた。プライド達の馬車を見送り、祝してくれた騎士達との挨拶を終えて一人になれた今だからこそ噛みしめる。

今の今まで何度も泣きたくなった。父親である騎士団長と副団長のクラークに八番隊副隊長を任命され、先輩騎士達には手放しで祝われ、昇進を知ったプライド達が祝いに来てくれた。プライドとティアラは午後になれば近衛任務の交代で会えた。ステイルは摂政業務で忙しいことをアーサーも知っている。にも拘《かか》わらず、わざわざ王居から馬車を使って騎士団演習場までの時間を割《さ》いてくれた。尊敬する先輩騎士であるアランとカラムにも褒められた。昇進は騎士隊長全員賛成、五本の指に入る、と。プライドの前で褒められた時は、嬉しさと恥ずかしさで顔から火が出るかと思った。

――……プライド様。

両手を広げ、自分だけに向けられた花のような笑顔を思い出せばそれだけでまた胸がとくんと高鳴った。彼女に抱きしめられた感触が、まだ身体《からだ》中に残っている。

この一年でプライドは更に女性らしくなったと、改めて思う。漂わせる気品や空気にも色香を感じさせ、落ち着いた目元やしっとりとした唇と共に顔付きも変わった。体付きに至っては……。

「～～～～っっ……」

そう考えた瞬間、プライドに押し付けられた感触を思い出し、また頭が沸騰《ふっとう》した。頭を抱えたままその場に蹲《うずくま》ってしまう。抱きしめられるだけでも心臓に悪いのに、当の本人が身体の変化に気づいていないかのように今まで通り触れてくる。今までとは明らかに違うプライドの感触に、本気で心臓が破裂して死ぬんじゃないかと思った。もうプライドは出会った頃の十一歳ではない、十七歳の立派な女性だと痛感した。全体的に容姿が女性らしく成長したせいで、最近ではプライドの評判を知らずとも一目見て憧《あこが》れを抱く新兵がいることもアーサーはよく知っている。

「……ンであの人、普通に抱きつくとかっ……‼」

すげぇ良い香りがした！　すげぇ柔らかかった！　すげぇ近かった！　すっっげぇ可愛《かわい》かった！！！！　と。頭の中で叫び、声に出ないよう歯を食い縛る。間近で見たプライドの笑顔一つだけでも頭がいっぱいで飽和する。このままでは後の演習にも支障が出ると、制御できない思考に焦り出したその時。

「アーサー・ベレスフォード」

頭上から声がした瞬間。一気に頭が覚醒し、反射的に前方へと飛び跳ねる。直後に蹴った地を確認すれば、一瞬の内に十本近いナイフが突き立てられていた。同時に視線の先へ一人の騎士が着地し、アーサーは迷いなく剣を抜き構えた。

「……ほぉ」

アーサーの迅速《じんそく》な反応に少しだけ感心するように騎士は顔の角度を上げる。今度はナイフではなく腰に差していた剣を抜き、無造作且《か》つ軽々と一直線に投げ放った。てっきり構えるだけと思っていた刃《やいば》にアーサーも寸でのところで弾《はじ》き軌道をずらし、剣を手放した相手へと向かい駆け出した。

読んでいた相手もアーサーを待ち構えるどころか懐へ向かい駆け出す。応じてくる相手にアーサーも次の踏み出しで一気に宙へと跳ね上がった。ここで正直に振りかぶれば、がら空きの腹に拳《こぶし》を打ち込まれることを知っている彼は敢《あ》えて剣を構えたまま相手を待った。すると相手は懐に手を入れたと思った瞬間、初手と同じ数本のナイフを投げ放った。空中で動きが取れず、剣を振り一度に全《すべ》て弾き飛ばす。複数の金属音と同時に今度こそ剣を振り上げたアーサーは、落下に合わせ相手の頭上へと一《いっ》閃《せん》を走らせた。相手が一歩分引き回避したところで、勢いのままその喉《のど》元へ刃先《はさき》を突きつけた。

「……お疲れ様です。ハリソン隊長」

「言い忘れていた。副隊長の業務内容については前副隊長のイジドア・ビートンから今日中に引き継ぎを済ませておけ」

構えを解き、互いに剣を腰に差し戻す。一言返すアーサーに「今日は時間が掛かった、次はもっと早く終わらせろ」とだけ指摘したハリソンは、そのまま何事もなかったように演習所へ去っていった。

八番隊騎士隊長ハリソン。アーサーの直属の上司である彼が、八番隊隊員へ会う度に奇襲してくることも今やアーサーにとって日常だった。そしてそれは八番隊伝統の特別演習でも、八番隊隊長の役目でもましてやハリソンが部下達を嫌っての行動でもない。本人曰く「実力の確認」だ。

八番隊に入隊した当初はアーサーも驚き、何度か死ぬかとも思った。本気で殺しに来ている訳ではなく手心を加えられていると知ったのは、初めてハリソンと共に戦闘任務に就いた時だった。

——……すげぇ、怖かった。

当時のことを思い出し、アーサーはそっと背筋が冷たくなった。ハリソンのアレを見れば、自分達にちゃんと手を抜いてくれていたとよく理解できた。希望する隊を間違えたかなとも考えたが、どうしてもやりたいことがあった自分には八番隊しかなかった。

「……あの人とも、次からもっと話すこと増えるんだよな、俺」

つい思ったことが口に出る。アーサー自身、今まで八番隊の騎士とはあまり話したことがない。自分が話したくても八番隊は全員が必要最低限しか話さない。入隊当初は歓迎されていないだけかとも考えたアーサーだが、単に完全個人主義の集まりなだけだった。他の隊と違い、隊員同士の連携が必要ない為に人付き合いが苦手な実力派ばかりが多く志願すると、アランからも当初聞いていた。

「…………。……～っっ！　クソッ‼」

——駄目だ、段々不安になってやがるッ‼

バシッと思い切り自分の頬を叩き、気合を入れ直す。もう任されたのだと自分自身へ一喝する。隊長であるハリソンに、先輩の騎士達に、兄のようなクラークに、騎士団長である父親に。

——プライド様もステイルもティアラも、皆が喜んでくれた。

一年前から摂政業務を学ぶことになったステイルと手合わせすることが減ったが、その分アランやカラム、エリックやジルベール、父親とも手合わせをしている。そしてこれからハリソンと話すことが増えれば、同時にさっきのような手合わせの機会も増えるんだと思い直す。

——八番隊に望まれることは〝強さ〟ただ一つ。なら、俺は。

「………………望むところじゃねぇか……‼」

——もっと、もっと強くなる。誰にも負けねぇくらい、強く。

『ッおめでとうアーサー!!』

大事な人を守り切る為。ステイルが先へ進んでいるのに、自分ばかりがのんびりしていられない。

――二度と、何も失わないその為に。

口の中を噛み、飲み込んだ。強い眼《め》で先を睨《にら》んだアーサーは、次の演習へ向けて地面を蹴った。


「そういえば……、……プライド。〝ハナズオ連合王国〟を覚えているかい？」

突然のワードに驚き、思わず肩を揺らす。客間で客人を持て成していたプライドは、まだフリージアが交流を取れていないその国の名に心臓だけを身構えた。目の前で自分と同じように椅子《いす》に寛《くつろ》ぐ盟友を見返す。蒼い髪に翡翠《ひすい》色の瞳を宿す中性的な顔立ちをしたその青年は、滑らかな笑みでそれに返した。レオン・アドニス・コロナリア。フリージア王国と同盟を結ぶアネモネ王国の第一王子。今や大陸でも貿易最大手国の第一王位継承者である彼は、アネモネ王国とフリージア王国との定期訪問の為にプライドのもとへ訪れていた。

一年前、プライドの為にハナズオ連合王国の代表者へフリージア王国同盟打診の旨を伝えたレオンだったが、それでも今まで定期的に送っていた書状の返事すらフリージアは返されなかった。ハナズオ連合王国が貿易を行っているのは海で繋《つな》がった貿易最大手のアネモネ王国だけだ。

ええ、覚えているわ。そう答えながら、プライドは気づかれないように息を整える。

「六日前、交易でハナズオのサーシス王国に商品を卸《おろ》しに行ったのだけど……その時、そこの第二王子から突然話があってね。同盟打診について是非前向きに親睦《しんぼく》を深めたいとのことだ」

特に君と、と。最後の言葉だけはレオンの口から僅《わず》かに声が低まった。

もとは二つの国だったハナズオ連合王国の一つ、サーシス王国。その国から貿易打診について前向きな返事が来たことはそれだけでも喜ばしいことだ。同席をしていたティアラが「やりましたねお姉様っ！」とプライドの隣で声を弾ませる。背後にいる近衛兵のジャックや近衛騎士のカラム、アランも驚いたように声を漏らした。「ええ、是非」とプライド自身もまた笑みで返す。思うことは色々あるが、こちらから望んでいた親睦を受けない理由はどこにもない。

「それで、今日からだと……五日後かな。フリージア王国に伺うので宜《よろ》しく、とのことだったよ」

え、と。レオンから放たれた言葉に、今度はプライドもはっきりと目を丸くする。その衝撃はティアラも同じだ。他国の使者が事前連絡もなしに訪れること自体は珍しくもない。しかし、今までフリージア王国から交流の打診を何度続けていても音沙汰《おとさた》がなかった相手が突然直接訪れる。使者ならまだしも、王族が事前連絡もなしに訪れるなど滅多にないことだ。同盟国など親密国ならばあるが、今まで交流を断り続けていた国の王族が突然来るなどまずあり得ない。そして何よりも……

「レオン、まさかそれ……貴方《あなた》が伝言を頼まれたの？」

「うん、僕も少し驚いたけれどね。……まぁ、近々フリージアに行くと話した後だったし、プライドも交流したいと話していた国だったから」

問いの意味を理解したレオンはそこで少し困ったように笑った。彼もまたその非常識さはわかっている。使者ならばまだしも、アネモネ王国の第一王子に伝言を頼むなど無礼でしかない。同じ王族とはいえ、相手は特別親しい間柄でもないただの交易相手国だ。

「なんか……ごめんなさい」

居たたまれずプライドは首を窄《すぼ》めてしまう。「プライドの謝ることじゃないよ」とレオンが笑みで返してくれても、やはり申し訳なさが勝った。サーシス王国からフリージア王国までは王族用の馬車で十日。そしてサーシス王国からアネモネ王国まで海路で順調に進んでも五日掛かる。つまりレオンは帰国して翌日の今日、早々に隣国のフリージアまで伝言を告げに訪れてくれたことになる。

「プライドの顔も早く見たかったから」とレオンが心からの本音を告げても、プライドの心労は増すばかりだ。「そんなに急な用事でもあったのでしょうか……？」と首を捻るティアラに、レオンが相槌《あいづち》を打つ中、プライドは思わず頷きそうになった首を必死に堪《こら》えて止めた。

——そう、〝彼〟は急いでいる。

この暴挙全てがいかにもゲームスタート一年前の彼らしい、とプライドは静かに思う。〝ゲーム〟では事前連絡どころか、本当に突然フリージア王国へ飛び込んできた。それと比べれば人伝《ひとづ》てでも事前連絡を寄越す分むしろマシだ。相手が王族であることは無礼この上ないが。

「……必要なら僕が当日仲介に入ろうか？」

思わず片手で頭を押さえるプライドに、レオンもそっと顔を覗き込む。気を使わせてしまったことに慌てて大丈夫と感謝と共に笑って見せるプライドだが、それでもレオンは心配そうに眉《まゆ》を垂らした。

「……同盟交渉……なら、掛かって三日かな。…………………うん。……プライド。また八日後にフリージアに訪問しても良いかい？」

既に第二王子の不敬を身をもって知っているレオンはやはり安心しきれない。ぽつぽつと独《ひと》り言を呟き、計算を整えた。八日後であれば訪問にも重ならず、プライドからも詳しく話を聞ける。

快諾《かいだく》したプライドに「何か困ったことがあったらいつでも使者をよこして欲しい。いつでも仲介に駆けつけるから」「彼の言動で何か困ったらすぐに僕を呼んで欲しい」と帰国まで何度も念を押す。彼女が望む同盟ならば応援したいが、礼儀も知らない王子相手に心優しい彼女が嫌な思いをさせられることを考えれば、傍観もしていられない。場合によっては自分が間に入って彼を牽制しても良いと思う。彼女は自分にとっても、大事な存在なのだから。

もし彼女から仲介を求められたらすぐに駆け付けられるように調整しておこうと。貿易国の多忙な第一王子は帰りの馬車の中で早々に自国の宰相と予定を組み直した。

「良いですか、プライド。俺に一撃与えられれば貴方の勝ち、アーサーが来るまで一撃も受けなければ俺の勝ちです。特殊能力は使用しませんので、存分に追いかけてきて下さい」

昼食を終え、休息時間を得たステイルは稽古着に身を包みプライドへと振り返った。稽古場の端にはティアラと共に交代前のアランとカラムも並ぶ中、ステイルの前に身構えるのはいつもの稽古相手ではなく義理の姉でもあるプライドだった。身体の急成長に伴い運動着が専属侍女達により補修中の彼女は、ドレス姿のままに剣を構え頷いた。

休息時間予定のアーサーが昇進の引き継ぎで約束時間から遅れている中、手持無沙汰《てもちぶさた》のステイルへ提案したのはティアラだった。お暇ならばお姉様と手合わせしてみては？　と手を合わせて発案した妹にそんな危険なことはさせられないと最初は断ったステイルだったが、少し乗り気気味だったプライドが目に見えて肩を落とした瞬間に自ら折れた。ただし、ドレス姿の彼女に手合わせなどもっての他だと考える彼からの妥協案にプライドも同意した。逃げるか避《よ》けるだけに努《つと》める弟を追いかけ回して斬りかかるなんてそれこそゲームのラスボスプライドのようだと心の隅で思いながらも、両者とも使うのは模擬剣だと自身に言い聞かす。あくまで手合わせもどき、せめてステイルを退屈させないように自分も精一杯本気でやろうと思いながら改めて剣を利き手に握った。

ティアラの開始合図で、一気に二人は一方向へと駆け出した。広々とした稽古場の端から端まで全力疾走で逃げるステイルへ、プライドも走りにくいドレスで追いかける。純粋な脚力では男性であるステイルには勝てない。プライドの実力を把握しているからこそ、必要以上無理はさせまいと考えたステイルの策通りだった。瞬間移動を使わずとも、ドレスを着込んだプライドと動きやすい稽古着の自分ではハンデも大きい。壁まで走り続け、そこからは周回走りの感覚で壁伝いにただ走る。このまま程度の速度をキープすれば良いと打算しつつ、剣よりも足に意識を集中させ……

――タン、と。

自分のではない、地面を蹴る軽やかな音にステイルはピクリと肩が上がった。「しまった」と振り向く前から思考が先立つ。音よりも自身に突然かかる影を追い、背後ではなく頭上へ顎《あご》を上げた。見れば、ドレス姿のプライドと頭上で視線が合った。外野に控えるティアラと近衛騎士達が感嘆の声を上げる中、ステイルだけが余裕もない。もとより跳躍力が並外れている彼女なら飛び上がってくることも想定はしていた。しかし、今の一瞬は想定していたよりも遥《はる》かに高速での距離の詰め方だった。

当然だ。彼女はただステイルへ跳ねたのではなく跳ね上がった先の壁を蹴り、飛び込んだのだから。斜め上から聞こえた踏み込み音に、それを優秀な頭で理解するが身体は対処に精一杯だった。身動きできない空中にも拘わらず、プライドから頭を下に鋭い突きを繰り出され、反射的にステイルも身体ごと捻らせ振り返る。ただ握っていただけの剣を構え、寸前のところで天の剣をいなす。あまりの不意打ちと想定しなかった角度からの攻撃を受け、流石にそのまま地面に勢いよく転がった。受け身は取ったが、膝《ひざ》をつかされてしまったことに歯噛みをしながらステイルはずれた眼鏡を素早く直した。指を黒縁から離すと同時に、プライドに振られた攻撃を両手で剣を構えて防ぎきった。ガキィンッと金属音が響く中、プライドからは少しだけ楽し気な声が放たれた。

「流石ねステイルっ」

ゲームでは最強のラスボスである故の戦闘力チート。ゲームでの女王プライドが扱っていた格闘術や銃、剣を基盤にした戦闘術と身のこなしは人外の領域だった。

しかし心からの賞賛を口にしながらも、一方的に攻撃が許された自分と逃げるか躱《かわ》すしかないステイルでは平等ではないとプライドは思う。彼は瞬間移動も攻撃も封じられているのだから。「ドレス姿で跳ね回らないで下さい」と悔しさ半分に言い返すステイルに、プライドもフフッと短く笑った。

一瞬で体勢を立て直し、今度は同じ手は食らうまいとステイルは壁から離れた位置へと走り出す。彼女に危険な行為をさせない為に勝負方法を提案したのに、それで一手負けてしまえばアーサーに顔向けできない。今度こそ追いつかれないようにと全力疾走する彼に、プライドも地面を蹴った。今のスタートダッシュならば、跳躍でステイルの頭上を追い越し立ち阻めると再び挑む。

王族二人の勝負に「おおお！」と目を輝かせるアランの隣で、カラムは無言で前髪を指で払った。一見しただけでも、双方の実力はハンデ戦にも関わらず王族として求められる域を超えている。その彼らを守る側である自分達騎士団も、より一層実力を身につけなければならないと改めて意識した。

王族である彼らが戦場に晒《さら》される事態など、それこそ滅多にないと理解しながらも。

「……それにしてもあのハナズオがまさか五日後にかぁ～。今までずっと音沙汰なかったってのに」

深夜になり、アランは自室の酒をグラスへ注《そそ》ぎながら呟いた。レオンを見送った後、その足で五日後に待つハナズオ連合王国の訪問を女王へ伝えに行ったプライドの姿を思い出す。

「自分も驚きました。こんなに突然来訪なんて前代未聞《ぜんだいみもん》ですよ」

エリックが頷く。グラスの酒を少しずつ傾けながらもその目はしっかりとアランへと向けていた。

「プライド様は以前よりハナズオとの交流を図る為に書状を送られていた。が、何故《なぜ》こんなにも突然……。しかも、同盟に前向きとは」

レオンの言葉を思い出しながらカラムが続く。同意を求めるように向かいに座る騎士へと目を向けた。

「はい。……俺も、そう思います。確かハナズオって王族の馬車でも片道十日は掛かりますよね」

アーサーも頷き、首を捻る。手の中にあるグラスを一口分傾けながら「なぁ？」とその隣にいる青年へと話を振った。

「ああ。つまり、レオン王子に伝言を預けたその翌日には既にフリージア王国へ向かい、出国しているということになる。どう考えてもおかしい」

青年がアーサーに続くように酒を一口含む。そして飲み込むと同時に一度グラスを置いた。腕を組み、背もたれに身体を預ける。そのまま確認するべくアラン、カラムへ向けて口を開いた。

「しかも今日のレオン王子の話では、特に姉君と親睦を深めたいと言っていたのですよね？」

第一王子ステイルの言葉に、アランとカラムはそれぞれ即答した。

一年前から摂政業務を終えて部屋に帰った後、ステイルは時折アーサーと近衛騎士の三人と共にアランの部屋で飲み交わすようになっていた。主にアーサーの元へ瞬間移動した時のタイミングによるが、他の騎士と飲んでいる時はともかく近衛騎士の四人しかいない時は遠慮なく会話に加わった。そこでプライドの最近の様子を彼らから聞くことがステイルの密かな楽しみにもなっている。

「ええ、確かに。……正直、今はプライド様へのそういった申し入れは珍しくもありませんが……」

カラムの表情が静かに苦悶《くもん》する。ステイルから目を逸らすようにグラスの中へ視線を落とし、言葉を濁す。アラン達もそれにはそれぞれ小さく唸《うな》った。プライドが婚約解消をしてから国内の貴族は勿論のこと、他国の王族からも続々と交流や婚約希望の申し入れが届いていた。ただしプライドにとっては二度目の婚約となる為、一層慎重に選ぶ必要があった。また、書状に目を通したプライド自身からの「会いたい」といった希望がない為に未だ彼女の婚約者の椅子は空いたままなのが実情だ。

「では、やはり第二王子もそういう理由でこの度フリージアとの会談を図って下さったのだと……？」

エリックが隊長やステイルの顔色を窺《うかが》いつつ尋ねる。不思議なことではない。他国の王子達がそうであるように、サーシス王国の第二王子がプライドとの婚約目当てに重い腰を上げたとしても。フリージア王国、そしてその第一王位継承者であるプライドにはそれだけの価値がある。

「第二王子の年は今年で十七。……姉君と同年だ」

婚約者が年上という規定はない。十七歳ならばフリージアでも婚約するのに申し分ない年だ。むしろ、婚約者候補として名乗り出られる年になったからこそ今交流を試みたいと考えれば納得もいく。

「摂政業務中とかにハナズオの噂《うわさ》とかは他に聞かねぇのか？」

思いついたようにアーサーがステイルへ尋ねる。世界情勢や外交が専門の摂政であるヴェスト付きならば、そういった情報や噂が耳に入ってきてもおかしくはない。

「……この百年近く、外部との関係を殆ど遮断していた国だからな。唯一交易が続いているのも貿易大手国のアネモネくらいだろう。金や鉱物が盛んで、国を閉鎖する前からそれで栄えてはいたが……現国王のランス元第一王子については、世界情勢にも目を向ける優れた国王であるということはヴェスト叔父様も仰《おっしゃ》っていた。だが、セドリック第二王子については殆ど情報がない」

ステイルの言葉に騎士達が小さく唸る。その表情には若干の第二王子への不信感も滲《にじ》み出ていた。特に今この場にいる五人は一年前、優秀な兄を持つ第二第三王子の醜態をその目に焼き付けている。

「…………まぁ、優秀な第一王女の弟が優秀な次期摂政だってこともありますし」

暫《しば》しの沈黙の後、全員の気持ちを察したアーサーは何気なくステイルの肩を叩いた。その言葉に先輩騎士達が「確かに」と深く頷き、アーサーと少し目が見開かれたステイルへ静かに笑んだ。

まさか自分に話が振られてくると思わなかったステイルは、すぐには返せなかった。しかし一拍置いてからは、「わかっているじゃないか」と言わんばかりの不敵な笑みをアーサーへ向ける。

「……まぁ、あと五日もすれば否《いや》が応《おう》でもわかるはずだ。お前も絶対王子の訪問時には近衛につくように調整しておけ」

照れを隠して酒を二口分連続して飲み込むと、ステイルはアーサーだけでなくカラム達へもそうなるようにと目配せする。騎士三人もその意を汲《く》んで頷き、カラムが「調整しておきます」と一言添えた。彼らもステイルにとってもアーサーの優先度はよくわかっている。その中でアーサー本人だけが一人不安げに小さく眉間《みけん》に皺《しわ》を寄せていた。以前、自分の目利きのせいでレオンに疑いやステイルに不要な心配を掛けたことを未だ気にしていた。

だが、それを打ち消すようにステイルは自らアーサーのグラスに酒を注いだ。ドンッと音を立て注ぎ終えた瓶をテーブルに置く。驚いて肩を揺らすアーサーへと向き直り、「そんなことよりも、だ」と言葉を切った。眼鏡の黒縁を指先で押さえ、蒼色の瞳と目を合わす。

「アーサー。俺はまだ満足していないぞ」

敢えて低い声で告げた。二人の仲を知らない人間が見れば、ステイルがアーサーを叱咤《しった》しているかのようにも見える空気感だった。目だけでそれに応《こた》えるアーサーは、口を結んで次の言葉を待つ。

「八番隊の副隊長になったくらいで俺が満足できると思うな」

酒のせいか、これも敢えてか。目が据わったままステイルはじっとアーサーを漆黒に捉えた。なった〝くらい〟という言葉にアーサーもゴクリと喉を鳴らす。

その反応に満足したステイルは、不敵な笑みで口元を引き上げる。

「まだ、まだ足りない」

少し楽しそうに口ずさみながらテーブルへ肘《ひじ》をつき、スラリと長い人差し指をアーサーへと向けた。

「もっと俺を満足させてみろ、アーサー」

やはり少し酔っているのか。そうアーサーは思うが口には出さない。いつもより機嫌が良さそうなステイルの声は小さく部屋に通った。

アーサーが昇進した時は大勢の騎士の前だった為、満足に口では語り合えなかった。演習後も遅くまでアーサーの昇進祝いを親しい騎士達が祝っていた為、何も伝えられなかった。日中も自分自身の摂政業務と相まってアーサーに直接会う機会を逃《のが》していたステイルにとって、やっと相棒であるアーサーに直接言いたい言葉を告げられた瞬間だった。

「……ハッ！　……当たり前だろォが」

手の甲で軽くステイルの指先を払い、アーサーもまた勝気な笑みでそれに返した。

常に飲む量を自分で調整しているステイルが人前で酔ったような姿を見せるのも初めてだった。それだけアーサーの昇進が嬉しくて一言言いたかったのだろうと、三人の騎士は心の中で何度も頷いた。

「……あ。ちなみにステイル様はアーサーがどんだけ昇進したら満足ですか？」

ふと思いついたようにアランが声を上げる。若干酔った様子のステイル相手だからこその問いだ。その言葉にステイルは軽く顔ごと目を向け、「そうだな」とニヤリと悪い笑みをアーサーへと向けた。

「まぁ、騎士団長くらいまで行けば満足してやっても良い」

ブッ!!　とアーサーが丁度口に含んだ酒を盛大に吹き出した。先輩騎士達は少し予想もできていた分、ステイルの難題とアーサーの反応に苦笑して顔を見合わせた。

「ばっ……!!　おまっ！　隊長達の前で何言ってン……!!」

暗に目の前の隊長格すら超えろという発言にアーサーはステイルと先輩達を交互に見ては振り返る。

「なんだ、騎士団長に勝てる自信はないのか」

「八番隊と騎士団は違ぇよ!!　剣の実力だけで務まるほど騎士団長は甘くねぇに決まってンだろォが!!」

聞き方によっては剣だけなら騎士団長にすら勝てる自信もあると聞こえるアーサーの言葉に、とうとうアランが笑いを抑えきれなくなった。それに気づき、エリックとカラムも「アーサーらしい」と笑いを噛み殺しながら互いに顔を見合わせる。その間もステイルが容赦なく「わかっているならもっと総合力を上げげろ」とアーサーを追い詰めていく。

「……まぁ、騎士団長になるのが容易でないことは確かですね」

アーサーに助け舟を出すべく最初にエリックが声を掛けた。それに頷き、笑いながらカラムが続く。

「能力も当然求められますが、各隊の規定や現隊長の意志によって随時交代可能な隊長や副隊長格と違い、騎士団長と副団長の場合は本人が殉職《じゅんしょく》か引退、解任されなければ変わることもありませんから」

「ロデリック騎士団長もクラーク副団長も、まだまだ現役だからなぁ～！」

アランが頬杖《ほおづえ》をつきながら笑って同調する。隊長格の目から見ても老いを殆ど感じさせないあの二人は少なくとも十年、長ければ二十年は現役であり続けるだろうと考える。

隊長達の言葉に、アーサーもほっとひと息ついてグラスを傾けた。

「ならば、俺を満足させられるのはまだ先だな」

ステイルが皮肉に笑いながらアーサーの肩に手を置いた。すると置かれた方はチラッと軽く睨みながら酒で俄《にわ》かに火照った顔をステイルへと向けた。

「ぶわぁぁか、俺は俺ができっことやるから良いンだよ。……プライド様を守るのが、近衛騎士である俺の役目だろ」

言葉とは裏腹にどこか不貞腐れたように言うアーサーに、その場にいる先輩騎士達はほくそ笑んだ。事実上いまの自分では難しいと言われてヘソを曲げるアーサーに、何となく彼の本音と建前を汲んだ。

「………………………………剣なら負けねぇけど」

ぼそり、とそっぽを向きながら呟いたアーサーの言葉に誰もが笑む。少し子どもっぽいアーサーの発言に、彼がまだ十代であることを思い出させられた。アランが未だ中身が入っている酒瓶を手に席を立ち、不貞腐れるアーサーの背後に立った。そのまま一本に括られた銀髪の根元ごと上からわしゃわしゃと乱暴に掻《か》き回す。

「なぁ？　そうだよなぁ～?!　素手の格闘でも最近は俺にすら良い勝負してきたもんなぁ?!」

どわっ?!　と突然のアランからの襲撃に振り向いたアーサーが慌てて「や、やめて下さいって！」と声を上げた。

「そしたら、あとの課題は狙撃《そげき》と作戦指揮能力ですかねぇ。次期騎士団長」

アランに乗るように笑いながらアーサーをからかうエリックに、今度はカラムも気づかず頷く。

「狙撃の成績もエリックほどではないが、アーサーも良い方だろう。その場での判断力も長《た》けてはいる。残りは作戦指揮といったところか。……良ければ今度私が教えるが」

「おっ！　良いじゃん!!　あと十年二十年以内にそこももっと伸ばさねぇと！　じゃねぇとエリートのカラムに先を越されちまうぞ？　次期騎士団長」

ドバドバとグラスへ溢《あふ》れんばかりに酒を注いでくるアランに、抵抗すらできずアーサーが俯く。口元を片手で覆った顔は酒のせいか、それとも照れたのかさっきよりも更に紅潮していた。

「勘弁して下さいって……」

でも作戦指揮についてはぜひ御指導お願いします、とくぐもった声でアーサーが繋げばカラムも頷き、「アラン、そろそろアーサーに飲ますのはやめろ」と声を掛けた。

「騎士とは違うだろうが、策なら俺からも手ほどきしてやる。お前が俺の頭脳に付いてこれたらの話だがな次期騎士団長」

ッやめろって!!　とステイルの言葉にアーサーがとうとう頭突きを繰り出した。ガツッと痛そうな音と共にアランにより乱され解けた長い銀髪が振り乱された。

「……まぁ、夜に暇があったら頼む」

それでも、未だ少し火照りが冷《さ》めないままに言葉を返す。髪を括った紐《ひも》を一度完全に解き、もう一度結び直しながらステイルからも目を逸らした。

「………任せとけ。馬鹿《ばか》にでもわかるように厳しく教えてやる」

眼鏡が割れていないことを確認したステイルが、今度は打ち付けられた額を押さえながらアーサーを睨む。そのまま元の一本に括られた彼の銀髪を掴《つか》み、仕返しにぐいっと引っ張った。

「ッぐあ?! なっ、なにしやがるステイル‼」

引っ張られて頭ごと背が反るアーサーに「眼鏡が割れたらどうするっ?!」とステイルが声を荒らげた。元はと言えばテメェがっ！ とアーサーも椅子から零《こぼ》れ落ちないよう必死に抗《あらが》いながら言い返した。

「……ほんっと、第一王子にあんだけのことできるのって王族以外じゃアーサーぐらいだよな」

二人の喧嘩《けんか》から、そ～っとカラムとエリックの背後に避難してきたアランが二人に声を掛ける。最近は自分達の前でならアーサーもステイルへ自然体で話すようになってきていた。

「本当ですねぇ。しかも昔からあんな感じらしいですし」

「逆を言えば、アーサーがあんな言葉遣いをする相手も私達が知る限りはステイル様ぐらいだが」

「まぁ、……アーサーもステイル様も未だ十代ですから」

エリックの言葉にアランとカラムが深くそして重く頷く。十代、もう自分達には縁のない年齢だと思いながら、目の前の青年二人の若々しさが先輩騎士三人にはひたすら眩《まぶ》しく映った。互いにグラスへ酒を注ぎ合い、合図もなく当て合ってから同時に飲み干した。

あまりにも若々しい次期摂政と次期騎士団長の姿を、酒の肴《さかな》にしながら。

ハナズオ連合王国。

もともとは争いも絶えない密接した二つの小国だった。それが百年ほど前、他国から同時に侵略の危機に遭ったことをきっかけに互いの国が同盟協定を結び、一つの連合王国となった。今もハナズオ連合王国と名を冠しているが、両国とも元の国名も文化もそっくりそのまま保持されている。

古い噂では民同士はさておき両国の王侯貴族同士は未だ遺恨が残っていて、百年経っても表向きだけの同盟関係が継続中だと言われている。

サーシス王国とチャイネンシス王国。

一国の規模はどちらもアネモネ王国にすら満たない小国だけど、両国を合わせた全領土はフリージアの三分の一に及ぶ規模を誇っている。世界有数の大国であるフリージアの三分の一だからかなりの規模だ。その為、互いの国同士による交易で必要資源を殆ど賄《まかな》っている。城下町の側が海に面しているお陰でアネモネ王国と交易を行っているサーシス王国と異なり、チャイネンシス王国に至っては地続きな上に国自体の信仰の関係でサーシス王国以外との交流を全く取っていないのが現状だ。そしてサーシス王国もまた、チャイネンシス王国とアネモネ王国としか交流を持っていない。

そしてそれは、我が国フリージア王国に対しても同じこと。

「プライド様、只今《ただいま》サーシス王国の馬車が到着したとのことです」

近衛兵のジャックが、部屋外の衛兵から受けた報告を私に伝えてくれる。

ハナズオ連合王国の片割れであるサーシス王国との会合。これを機会に我が国が更に同盟関係をサーシス王国、そしてチャイネンシス王国へと広げられるかもしれない。

「行きましょう、お姉様」

わざわざ部屋前で待っていたティアラが迎えてくれる。今回の会合は、我が王族としても礼を尽くす為に私やティアラも同席する。特に私は今回何故か第二王子からの御指名まで頂いている。

ステイルは摂政付きとしヴェスト叔父様と一緒に先にいるのだろう。謁見の間まで近衛兵、近衛騎士のアーサーとカラム隊長、専属侍女のマリーとロッテ。そしてティアラと共に向かった。

ハナズオ連合王国の片翼、サーシス王国。一年前に国王が世代交代して第一王子が即位した。優秀で先見の明に優れ、交易を通して世界の流れを知るべきだと貿易大手国であるアネモネ王国との交易を進めたのも彼らしい。その国王の実の弟でもある第二王子が我が国に来訪してくれた。

謁見の間に入り、既に所定の位置に着いていた母上、父上、ヴェスト叔父様、ステイル、そしてジルベール宰相と共に私とティアラも王子を迎えるべく並んだ。

ここでサーシス並びにハナズオ連合王国と同盟を結ぶことができたら大きい。ハナズオ連合王国は金脈と鉱物の宝庫だ。サーシスかチャイネンシスかどちらかとだけでも交易をしたいと願う国も多い。閉ざされる百年前まで取り扱われていたサーシス王国の黄金やチャイネンシス王国の宝石は、今の希少価値を抜いてもその質の良さから未だに世界中で求める王族や貴族が後を絶たない。それに、遠方の地であるハナズオ連合王国と同盟を繋げられたら、その周辺諸国へのアピールにもなる。多くの国と繋がり、信用を得られるというのはそれだけでも自国の立場や価値を上げることに繋がる。鎖国中の国であれば尚更《なおさら》だ。他国への警戒心が強い国から自国が信頼を得たということになるのだから。

扉が、開かれる。従者達を連れ、堂々と真っ赤な絨毯《じゅうたん》の中心を歩いてきたのは金色の青年だった。

肩近くまである金色の髪を靡《なび》かせた彼は、耳や首、手首など身体中の至るところに装飾品を身につけていた。歩く度に足音は絨毯に吸い込まれるのに、装飾品だけがジャラジャラと音を立てている。どの装飾品も自国で作られた黄金製なのだろう、遠目から見ても金色に光り輝いているのがよくわかった。両耳には金色のピアス、首にも金色の首飾り、手首は金色のブレスレット。両手にも金色の指輪や、自分の瞳の色と同じ赤い宝石と金の装飾を掛け合わせた指輪を嵌めていた。中指など一本に二つ金の指輪を嵌めている指もある。自分の髪の色に合わせたのかそれとも自国の特産品故か、まるで全身が金色に光っているかのようだった。燃えるように赤い瞳だけが金色の中で強く際立ち、余計印象的に見える。その顔も派手な装飾品に決して負けず、高い鼻と長い睫毛《まつげ》でこれ以上なく男性的に整った顔立ちだった。癖毛のように少し乱暴に跳ねた髪も相まって動物で例えればライオンだろうか。

「……ハナズオ連合王国、サーシス王国第二王子。セドリック・シルバ・ローウェルと申します」

優雅に腕を使って礼をする。ゆっくりと大きなその動作だけで彼の装飾品が再びジャラリと音を立てた。服の中にも〝ゲーム設定〟で覚えのあるペンダントが仕舞われていて、頭を軽く下げた拍子にチラリと見えた。全身装飾品武装がものすごい。

「この度は謁見の機会を頂き、心より感謝致します。女王陛下」

優美な整った顔が母上へと向けられる。キラリと光沢のある眩しい笑みだ。どこか自信に満ちたそれは、王族ならではの不敵な笑みでもあった。……とうとう、現れた。

乙女ゲーム「君と一筋の光を」通称キミヒカの第一作目、五人の攻略対象者最後の一人。ゲーム開始時にも更に女王プライドから追い詰められる被害者。

この世界の主人公、ティアラの未来の婚約者。

キミヒカシリーズ第一作目は、ティアラの十六歳の誕生日から始まる。ティアラの十六歳の誕生祭だ。悪虐非道王女プライドが女王になってから一度も行われなかったティアラの誕生祭。そこでティアラは数年ぶりに、離れの塔から公式の場に姿を出すことが許される。女王プライドが用意した婚約者とティアラの婚約を発表する為に。

その婚約者こそが、今私達の目の前にいるセドリック第二王子だ。

他国と違って女王制であるフリージア王国は、次世代の女王が決まれば他の王女はフリージア王国の城にはいられない。中には国内の貴族や上流階級の人間と結婚する王女もいたけれど、その場合は嫁ぐことになるから今よりも立場が低くなる。嫁がせるのも女王の地位を狙《ねら》った反乱や暗殺を防ぐべく成り代われない立場にする為だから問題はないのだけれど、それよりは同盟関係の為にも同じ王族である他国の第一、第二王子に嫁入りさせることの方が多かった。母上は一人っ子だけれど、過去には他国に嫁いだ女王の姉妹達の息子の一人が我が国の王配として戻ってくることもあったらしい。

ゲームでは、プライド女王の目的は邪魔な妹であるティアラをセドリック第二王子と婚約させてフリージア王国から追い出すことだろう、とティアラからも冒頭で語られていた。そしてゲームを全クリアした私はその真相も知っている。我が国では誕生祭と同時に王族は婚約者を女王から初めて知らされる。昔からの習わしだと私も子どもの頃に教師から歴史の授業で学んだけれど……

実際はそれがゲームのスタートだからだ。

プライドに見ず知らずの婚約者を決められ、誕生祭に発表されるティアラ。相手は異国の素敵な王子様。離れの塔から出ることも一時的に許され、婚約者との甘い日々が始まると思いきや……。と、ゲームの流れがそのまま我が国での王族特有の習わしとされている。勿論、今の私は無理矢理ティアラの婚約者を決めるつもりなんてない。むしろティアラがここで一年早くセドリック第二王子に恋をするのなら姉としてがっつり応援するつもりだ。ステイルルートやアーサールートやレオンルートに行かないのは少し惜しいけれども!!

何よりティアラは彼との恋愛ルートが一番可能性がある。まずゲームでの婚約者ということもあるけれど、ゲームのパッケージにもセドリックとティアラのツーショットが大きく描かれていたし、コミカライズや特典ドラマCDやミニ小説もセドリックとティアラの恋愛が主軸で描かれていた。物語の主軸自体、彼が強く関わっている。キミヒカシリーズ第一作目の王道本命キャラ、それが彼だ。ゲームでも婚約者となったティアラに攻略分岐ルート前からアプローチしまくっていた。……とある理由からティアラの心を自分へと向ける為に。

「……ええ、この度フリージア王国、並びに女王陛下との謁見を望んだ理由は他でもありません」

母上とセドリック第二王子が言葉を交わすのを聞きながら、私は静かに彼の設定を繰り返し思い出す。そう、彼が我が国へ来た理由は明白だ。ゲームの設定でも彼は一年前……つまり今年、フリージア王国へ突然現れている。今から彼が話す内容に、恐らく母上も含みこの場にいる全員が驚くのだろうなと一人心の準備をする。私も知らないふりをしてちゃんと驚かなくては。

ゴクリと口の中のものを飲み込み、改めてセドリック第二王子に目を向ける。ちょうど言葉を切った彼の燃える瞳と目が合った気がし、少しだけ心臓が脈打った。彼は優雅に笑み、再び口を開く。

「是非とも我が国サーシス王国、並びにハナズオ連合王国との同盟を検討して頂きたくこちらに参上させて頂きました」

え。………………それだけ？

驚きのあまり、ぽかんと口が開いてしまいそうなのを必死に唇へ力を込めて堪えた。

「ただ、まことに申し訳ありませんが我が国サーシスの国王は事情があり、国を離れることができません。なので、どうか我が国まで調印の為に御足労願いたいのです」

その言葉に母上が「事情とは？」と尋ねたけれど、「それはまた追々御説明致します」と笑んだ。

そんなのらりくらりした王子に私は若干パニックになる中、当人はそれ以上話題に触れようとはしない。

「我が国、サーシス王国は金脈の地。そしてチャイネンシス王国は鉱物の地。同盟が叶《かな》えば必ずや莫《ばく》大《だい》な見返りをフリージア王国に御約束致しましょう」

自信満々にそう語る彼に、私一人が色々ツッコみたくなって仕方がない。まだ本題も言っていないし先延ばしにしたら余計言いにくくなるというのに!!

「フリージア王国は我がハナズオ連合王国と同じく奴隷制反対国。世の情勢が変わりつつある今こそ、同じ思想を持った他国と共に手を取り合うべきだと、我が兄ランス国王も考えております」

……うん、筋は通っている。そしてこれ自体は嘘ではない。けどこれは突然来た理由にはならない。ゲームではかなり切迫して本題を問答無用《もんどうむよう》で切り出し切実に訴えていたのに、何故こんな悠長にしているのだろう。ゲーム通りのはずなのにいろいろしっくりこなくてモヤモヤする。

母上はその後もいくつかセドリック第二王子と問答を続けた後、互いの条件の擦り合わせの為に形式通り三日の猶予を取ることになった。今日一日は互いの条件の確認、明日は内容の具体的な擦り合わせ、そして最終日に再度確認。本来ならそのまま調印なんだけれど、今回は国王代理の許可を彼が得ていないからその後に母上自らセドリック第二王子と共にサーシス王国へ調印に行くことになる。

そうして三日間我が城に客人として泊まるべく、セドリック第二王子は部屋へ案内されていった。

彼の退室を見届けて充分な沈黙の後、母上はゆっくりとその口を開いた。

「……どう、思いますか。プライド、ステイル、ティアラ」

はぁ……と、重い溜息《ためいき》をついて振り返らずに私達へ尋ねる。なんだか少し疲れた様子だ。きっと衛兵や騎士達の前でなければもっと項垂《うなだ》れていただろう。

一年前から母上は私達にも少しずつ素を見せてくれるようになった。以前人払いをして場に家族しかいなくなった途端に「疲れたわ〜……」とテーブルへ突っ伏した時は流石に驚いた。

「同盟……自体は悪い話ではないと思います。サーシスに留《とど》まらず、ハナズオ連合王国との結び付きも約束してくれるようでしたし」

まぁ同盟したい本当の理由が若干問題なのだけれど。そんな言葉を飲み込みながら私は母上に頷く。結局私もハナズオ連合王国とフリージア王国が同盟を結んで欲しいというのは本音だ。

「姉君の意見に僕も賛成です。ただ、同盟の申し入れだというのに何故国王どころか摂政や宰相すら連れずに第二王子のみでの訪問だったのかだけが気に掛かりますが」

ステイルの言葉にティアラも頷く。「私も、護衛や侍女しか連れていないのは不思議議でした」と続ければ母上達も深く頷いた。やはり全員その違和感は感じていたらしい。国王の代理で別の王族……というのはそこまで珍しくもないけれど、普通は公式に他国へ交渉に赴くなら必ず摂政か宰相は連れ歩く。だけど彼は単身、しかも初めて訪れる大国で更には同盟を組みたい相手に対して。今まで外交を殆ど絶っていたせいでそういう他国への礼儀や常識がまだ馴染《なじ》んでないのかと思えてしまう。

「……まさか、単独の無許可で我が国との同盟に訪れた訳でもないでしょうに」

母上が少し唸るように呟く。いくら王の弟でも無断で同盟交渉に行くなどあり得ない。けれど……。

……そうなんだよなぁ……。

顔に出ないよう必死に表情筋へ力を入れながら、私はゲームの回想場面を思い出す。訪問した用件や様子こそ何故か違ったけれど、ゲームでもセドリックは置き手紙だけ置いて単身でフリージア王国に交渉へやってきたのだから。

攻略対象者セドリック・シルバ・ローウェル。お色気担当王子のレオンに対し、セドリックは俺様ナルシスト王子だ。生まれた頃から鎖国された国の第二王子として育ち、国中の民にチヤホヤされて御立派な異名まで持つ。生まれ持っての美形も相まって、俺様且つ自分の美しさにだけは絶対の自信と矜持《きょうじ》を持つナルシストだ。そんな彼は一年前まで決定的な弱点……いや、欠点があった。

恐ろしいほど、無知だった。とある理由から彼は殆ど勉学というものをしてこなかった。その為、超がつくほどの世間知らずで無知。正直、現段階の知識や常識量だけで判断すれば馬鹿と言っても良いくらいだ。周囲がどれほど勉強を勧めても、彼は敢えて学ぼうとはしてこなかった。

ゲーム開始時には辛《つら》い経験を経て俺様な性格にもふさわしい完璧《かんぺき》王子だったけれど、それでもやはり時折知識が偏っていて博識のティアラにも色々世の中のことを教えてもらう場面があった。俺様な彼自身が言うことを素直に聞く相手なんてゲームでも回想シーンを入れて悪徳女王のプライド、その補佐のステイル、主人公のティアラを入れてたったの五人しかいなかった。彼は女王プライドにより心に酷《ひど》い傷を受け、更には成長したゲームスタート時の一年後にも都合良く利用されて苦しめられることになる。回想シーンでは、たった一年前なのに未だ俺様で子どもっぽさも残るナルシスト王子様だったけれど、ゲームスタート時には俺様ナルシストとはいっても大分大人《おとな》びてもいて、王族としての威厳や知識もそれなりにはある頼れる王子様だった。……ただし、同時に重度の人間不信にもなっていたけれど。ゲーム後半では本人の口から「一年前までの俺は、……何も知らないただの馬鹿なガキだったんだ」と語られていた。

一年前に心に酷い傷を負った彼はたった一人を除き、他の全てを信じられなくなってしまう。ティアラはそんな俺様な強引さに振り回されながらも、優しい笑顔と心で接し続けた。気がつけばセドリックはティアラに心を奪われ、愛に触れ、人を信じられるようになっていく。後半から明らかになっていく抱えるものの重さのギャップも相まって人気の高いキャラだった。博識なティアラに物事を教えてもらう時に垣間《かいま》見せる子どもっぽい一面と、何度もティアラに放たれる甘い台詞《セリフ》や強引さが俺様好きユーザーには堪《たま》らなかった……のだけれども。


「美しきプライド第一王女殿下。宜しければ少々お時間宜しいでしょうか？」


……一体、これはどういうことなのだろう。

会合後、謁見の間を退室しティアラと自室で寛いでいた時だった。突然のセドリック第二王子による部屋訪問に、私だけでなくティアラも近衛騎士のアーサーとカラム隊長、近衛兵のジャックに専属侍女のマリーとロッテもポカンだ。

「え……ええ、私で宜しければ喜んで」

何故ティアラじゃなくて私⁈　と思ったけれど、もしかしたら前世でいう将を射んと欲すればまず馬を射よ的なアレかもしれないと取り敢《あ》えずは頷く。金色の髪を靡かせて不敵に笑むセドリック第二王子はそのまま手を私に差し出してきた。手を取って歩いてくれるつもりなのかと誘われるままに重ねると、優しく包み込んでくれる。私の手を引きながら城内を案内して欲しいと望み、了承すれば満足げに笑んで……私の背後へと目を向けた。

「……彼らは」

彼の目線の先には近衛騎士のアーサーとカラム隊長がいる。そういえば近衛騎士自体が我が国で初の試みだし、騎士が始終王族の傍にいるというのは妙なのかもしれない。

「私の近衛騎士です。三番隊のカラム隊長と八番隊のアーサー副隊長、二人とも私の身を守ってくれる心強い味方です」

手で二人を示しながら伝えてみせる。すると、セドリック第二王子は食い入るかのようにアーサーとカラム隊長の顔を至近距離で覗き込んだ。

「ほぉ……なかなか、だ。…………だが、まぁ」

フフンッと軽く笑いながら独り言のように呟いた。カラム隊長もアーサーも意味がわからない様子で反応に困ったまま瞬きをしている。……多分、顔のことを言っているのだろう。彼は自分の容姿にだけは確固たる矜持があるナルシスト王子なのだから。

そんな二人を気にしないように、セドリック第二王子は「では行きましょうか」と再び私の手を握ってきた。取り敢えずどこから案内して欲しいか尋ねようとしたその時。

「わっ……私も御一緒しますっ‼」

少し慌てたような声でティアラが駆けてきた。振り返れば、にっこりと笑顔で私とセドリック第二王子の背後に立ち止まる。

「ハナズオ連合王国について色々お話が聞きたいです！　構いませんか？　セドリック第二王子殿下」

ティアラの笑顔にセドリック第二王子が驚いたように目を丸くした。直後にはフッと笑って「是非とも」と快く承諾してくれる。ティアラも嬉しそうにお礼を言って私の隣を歩き出した。……もしかしてティアラ、既にセドリック第二王子に心奪われてしまったのだろうか。恐るべし王道ルート。

背後にいたアーサーもティアラを置いていくのが心配だったのか、ほっと息を吐く姿がチラリと目に入った。まさかティアラがセドリックルートに行くかもしれない危機だとも知らず。

「それにしても、プライド第一王女殿下もティアラ第二王女殿下もお美しい。お二人はいつも一緒で？」

「はいっ！　いつも一緒です。お姉様はお優しいのでいつも一緒にいて下さります」

私より早くティアラが食い気味に答える。セドリック第二王子がそれに応えるように「奇遇ですね、私も兄とは一緒に育ちました」と笑顔だった。金髪同士すっごく絵になる。

やっぱりセドリック第二王子に一目惚《ぼ》れしたのだろうか。それなら私の手をしっかり握ってくれているティアラに、私のもう片方の手を握っているセドリック第二王子の手を開け渡すべきでは――

……。

ふわっ……。

……そんなことを考えていたら、突然誰かに髪へ触れられた。

驚いて肩を揺らして振り向けば、セドリック第二王子が私の髪を手に微笑んでいる。

「深紅《しんく》の美しい髪。……良い香りだ」

驚きのあまり私が固まってしまったのを確認するように高身長の身体を屈《かが》ませ、上目に見上げてくる。燃える瞳と目が合ったと思った瞬間、その唇が私の髪へと当てられた。

「えっ……?!」

まさかの行動に思わず身体が固まる。対してセドリック第二王子はドヤ顔にも見える強い決め顔を私に向けてきた。小さく顔を俯かせた拍子に彼の装飾品がまたジャラリと音を立てる。彼の胸元からはクロスのペンダントが小さく姿を覗かせた。

髪……髪ッ?! 髪に口づけ?! 手の甲とかと違って別に感覚はない! でも、でもでもでもものすっごく恥ずかしい! しかもティアラやアーサーにカラム隊長の目の前!! 恥ずかしさが段々と増して顔が熱くなってくれれば優雅に笑んだ彼は、そっと私の髪を掻き上げてきた。

「失礼。あまりに美しい髪でしたので、つい」

「『つい』じゃないでしょう?! ……と言いたいけれど、悔しいことに言葉にならない。敢えて言うならば全く反省していないその笑みに腹が立つ! 続けて今度は「こちらの方が宜しかったでしょうか」と手の甲へ口づけされた。突然の連続アタックに顔が熱くなりながら、ふと考える。

何故だろう、すごくどこか覚えがある。

『失礼。あまりに美しい髪だったから、ついな』

『こっちの方が良かったか?』

確か、ゲームのセドリックが婚約発表後の三日間の城滞在でティアラに言っていた台詞だ。

「失礼致します、セドリック第二王子殿下。流石に王子殿下とあっても、それ以上は」

そっと王族相手に窺いながらカラム隊長が声を掛けてくれる。同時にアーサーが庇《かば》うようにして私の前に立ってくれた。更にティアラも後ろへ下がるようにと背後からドレスの裾《すそ》を引いてくれる。

そう、レオンの時とは違う。レオンにも一年前色々してもらっちゃったけれど、あれは婚約者だから許されただけだ。たとえ異国の王子であろうとも気軽にそういう行為は許されない。

「失礼。どうやらプライド様の魅力に囚《とら》われてしまったらしい」

全く反省していない。イケメンオーラ全開で微笑まれて悔しいけれど眩しい。流石王道攻略対象者。

「プライド第一王女殿下。この俺は貴方の美しさの虜《とりこ》になってしまった。……この三日間が、とても良いものになりそうだ」

同盟はどうした同盟は。そして本来の目的は。

胸の内を飲み込みながらセドリック第二王子に再び手を取られ、渋々と城の案内を再開する。取り敢えず王居内を案内すれば良いだろう。まずは図書館からと、彼を誘導しながら共に歩む。

だめだ、頭が纏《まと》まらない。俺様ナルシストキャラは前世でも嫌いじゃなかったし、実際ティアラとの恋愛にときめいたりもした。でも、彼の本来の事情を知るとどうしてもそちらばかりに頭がいってしまう。なんというか「そんなことしてる場合か！」と言って叩いてやりたくて仕方がない。これでは一年早くセドリックルートが始まってしまったようなものだ。……何故か相手が私だけど。

ゲームでもティアラに婚約者として紹介されたセドリックは、最初の三日間でいきなり初対面のティアラへ猛烈アタックをしている。義兄のステイル以外の男性に全く免疫《めんえき》のないティアラがあたふたする姿と、それを強引にリードするセドリックの姿は王道恋愛ルートそのものだった。でも、それは無条件にセドリックがティアラへ一目惚れしたからじゃない。彼にはティアラに猛烈アタックしなければならない理由が……

「あ」

思わず声が漏れた。どうかなさいましたか？　とセドリック第二王子に顔を覗かれ、思考のままにその顔を凝視してしまう。まさかこの人、ティアラの時と同じ理由で……？　いや、それはまず絶対あり得ない。でも、ティアラの時のように私に対してもこうするだけの〝目論見〟があったとしたら。セドリック第二王子が、凝視する私へ優雅な笑みを返してくる。恐らく、自分に見惚れていると勘違いでもしているのだろう。頭が高速回転し続け硬直する私の頬を撫で、ゆっくりと彼の男性的に整った顔が私に近づい………、ん??

気がつけば、彼の唇が確実に私の口元へと近づけられていた。

ちょっ、えっ?!　ッあった！　こんなシーン確かに!!　ティアラと見つめ合ったセドリックがティアラに口づけをしようとするシーンだ、ゲームの攻略分岐ルート前のイベントだし確かあの時は口づけする寸前に兄のステイルが止めに入っ……

「しッ……つれい致します……!!」

セドリック第二王子の唇があと二センチまで迫った瞬間、間に手が挟まれた。突然目前を塞《ふさ》がれ、セドリック第二王子が反射的に身体ごと顔を反らす。私も驚き、伸ばされた手の主へと振り返る。

私の騎士、アーサーだ。口づけしようとした瞬間なんて私も反応できなかったくらいの一瞬だったのに、見事な反射神経で割って入ってくれたらしい。伸ばした手を私の顔の前から離さないように維持しつつ、ゆっくりと私とセドリック第二王子との間に身体ごと割って入って背中に隠してくれる。

背中越しでもわかるほどアーサーからピリピリした気配が感じられた。ついさっきカラム隊長が注意してすぐにまた手を出そうとしたことを怒っているのだろう。何も言わないからこそ全てが詰められたような恐々しい覇気だ。鋭い視線が突き刺さっているだろうセドリック第二王子も一歩引き、顔色を変えた。……もしかして、自分が今なにをやらかそうとしたのか気づいていないのだろうか。第一王女の唇を奪おうとするなんて無礼どころの話じゃない。国同士が関わる重罪になる国だってある。

「セドリック第二王子殿下、どうやら長旅でお疲れのようだとお見受け致します。今日はお部屋に戻り、お休みになられた方がよろしいのではないでしょうか」

沈黙を破るようにカラム隊長がセドリック第二王子へ進言する。私はアーサーの背中越しで見えないけれど、蛇《へび》に睨まれた蛙《かえる》のようにアーサーから目を離せていないセドリック第二王子は無言で小さく頷いた。二歩ほど下がり、私に挨拶をするとそのまま先に衛兵達と部屋へ戻っていった。

「……ッ大丈夫っすか⁈　プライド様！」

セドリック第二王子の姿が見えなくなってからアーサーがぐるりっ！　と勢い良く私の方へ振り返ってくれる。大丈夫も何も、アーサー本人が庇ってくれたお陰で何もなかった。

「ええ、大丈夫よ。ありがとう、アーサー」

あまりにもさっきの静けさが嘘のように慌しく心配してくれるアーサーがおかしくて、苦笑気味に返してしまう。

「申し訳ありませんでした、プライド様。まさか指摘した傍からあのようなっ……！」

カラム隊長も急ぎ私に頭を下げる。「いえ、対応して下さりありがとうございました」と伝えて私からも笑みで返した。本当にアーサーとカラム隊長がいてくれて助かった。それに、第二王子を前に色々考え込んで隙《すき》だらけになった私にも責任がある。

すぐに女王陛下と王配殿下にも御報告を！　と近衛兵のジャックが言ってくれたのを私が止める。流石に今のことがバレたら大変だ。最悪の場合、折角の同盟話にすら波紋が生じるかもしれない。ですがっ……！　とカラム隊長も言ってくれたけれど、どうにかその場にいた皆には心の中だけで留め

てもらうようにとお願いする。こんなしょうもないことで同盟決裂になったら本当に笑えない。

「……せめて、交代の際にアランとエリックには共有させて頂いてもよろしいでしょうか」

万が一の為にも、と。渋々了承してくれたカラム隊長に私も頷く。確かにそれは必要かもしれない。今回は私だったけれど、もしかしたら次はティアラが同じアタックを受けるかもしれないもの。未来の婚約者とはいえ、そうなる前に第二王女へ今みたいな無礼は駄目だ。

「お姉様、次は何かあったら絶対声を上げて下さいねっ！」

ティアラが私の手を握り、真剣な眼差しを向けてくれる。……気持ちは嬉しいけれど、完全に未来の婚約者が変質者扱いを受けている気がする。ありがとうと笑みで答え、ふと視線を投げるとアーサーが私の隣でなんとも難しい表情をしていた。きっと私やティアラを心配してくれているのだろう。

アーサー、と名を呼ぶとすぐに顔を上げて答えてくれる彼に私も目を合わす。

「ありがとう。アーサー達がいれば何があっても安心ね」

絶対的な信頼をきちんと言葉にして彼に伝える。そのまま笑ってみせると、アーサーは目を見開き、段々と顔を紅潮させていった。口元を手の甲で隠しながら「いえ……そんなっ……」ともごもご零す。きっと〝アーサー達〟と憧れの騎士の先輩達と一緒に褒められたのが嬉しいのだろう。照れた様子のアーサーに思わず微笑んでしまいながら、私はさっきのセドリック第二王子のことを考える。

彼が私へ異常なまでに好意的に振る舞う理由。もしゲームの時と同じように理由があるとしたら、彼の狙いは……。

「…………」

いやいや、そんな馬鹿な。

流石に俺様ナルシストな彼でもそんな馬鹿で安易な考えには至らないだろう。ゲームでも過去には交渉下手《べた》だったけれど、それを通り越して子どもレベルの愚策以下だ。大体、切羽詰まっているはずの状況でそんな悠長なお遊びみたいな作戦なんて。……いやでも〝あの一件〟がまだないセドリック第二王子ならもしくは……いやいやいやいやいやいや‼

思わず一人で首を横に振ってしまえば、ティアラが手を握って「どうかしましたか？」と心配してくれた。なんでもないわと言って笑みで返しつつ、私は今思いついたセドリック第二王子の愚策が、単なる妄想であれと願った。……うっかり事情を知ってしまったステイルが黒い覇気を纏《まと》ってどこかへ去っていくことになるなんて、この時は思いもせずに。

……さて、と。

どうするべきか。と、ジルベールは廊下を歩きながら静かに考える。薄水色の髪と同じ色の切れ長な目を細め、肩の位置で一纏めに括り垂らした長い髪を揺らした。フリージア王国の優秀な宰相である彼は、会合後も王配であるアルバートの補佐として勤《いそ》しんでいた。日が沈みかけていた今も、セドリックへ今後の同盟を結ぶにあたり条件や予定を確認すべく足を運ぶ。任された業務を滞りなく進ませながら、思考も休まず働かせ続けた。

午前の会合で、セドリックが交渉に向いた人間ではないことも早々に察しがついた。だがそうなると、今度は何故そんな彼一人が同盟交渉に赴いてきたのかとまた別の疑問が浮上した。

何故、会合で全てを明かさず含み続けたのか。何故、突然我が国との同盟に手を伸ばし始めたのか。

……何故。

非公式に今、相手国の第二王子と我が国の第一王子が語らっているのかと。

セドリックの部屋を目前にジルベールは物陰で息を潜め、壁に背中を当て耳を澄ませる。視線の先にはつい先ほど摂政であるヴェストからプライドへの報告を任されたばかりのステイルが佇んでいた。ちょうどセドリックの部屋の扉を衛兵に開けさせた彼は、全身から溢れる覇気を尋常でなく黒ずませていた。部屋へ招き入れようとするセドリックの誘いも断り、その場で語らい出す。

初めは他愛《たわい》もない社交辞令だった。挨拶をきちんとできなかったので、同盟は是非前向きに、何かあればいつでも相談をと。しかし、何気ない会話からステイルの黒い覇気が急激に勢いを増した。

「そう言って頂けると幸いです。フリージア王国は他国と文化の異なる部分も多くありますので」

「そうですか。それは興味深い、例えばどのような？」

「セドリック殿下第二王子も御存知の通りの特殊能力者の存在が大きいですが、併《あわ》せて騎士団の編成や女王制度、それに基づく養子制度や婚約者の選定や公表……他にも数えればきりがありませんね」

僕もまだまだ勉強中ですが。そう笑みを作り、謙遜して見せるステイルから鈍く黒い殺気のような気配が続く。ジルベールの目にも明らかなそれに、セドリックは気づかず相槌だけを打ち続けた。そしてとうとうステイルの声色まで微《かす》かに変わり始める。

「まぁ、他国の王族に無礼を働くなど最低限の禁忌事項は万国共通なのでご安心下さい。暴力を振るわない、非公式の場であろうと節度を重んじる、むやみに触れない、誓いならまだしも親しくもない間柄で手の甲以外の口づけなど論外。唇を奪おうとしたり、それ以外でも無体を働けば即刻重罪、悪くて死罪など。……どこの国でも当然の、言うまでもない暗黙のマナーですから」

にっこりと笑みながら、夥《おびただ》しいほどの殺気が溢れ出す。つい先ほどプライドに報告がてら会いにいったステイルは、ティアラ達からセドリックの愚行について聞いたばかりだった。プライドの髪に触れ、あろうことかその唇まで奪おうとした男へ釘《くぎ》を刺さずにいられるわけがない。

壁と一体になるジルベールからの角度ではセドリックの姿は見えない。しかし、恐らくは予想通りの表情をステイルはしているだろうと考える。更に頭脳を回せば、察するのも難しくはなかった。

いまステイルが並べ立てた禁忌のどれかをプライドに犯したか、もしくは未遂に終わったのだろうと。そして、そのどれかもジルベールは大体予想ができた。

会話の流れから、ステイル自身も知ったばかりなのだろうと推察する。プライドから聞いたのか、それともティアラか近衛騎士か。どちらにせよ、彼なら察するのも難しくないと考える。

ステイルの言葉に対し、セドリックは終始無言だった。釘刺しだと理解したか、それとも己の行動に思い当たったか。それでも構わず怒りが冷めないステイルは、更に言葉を続けた。

「勿論、そのような当然のこと。ハナズオ連合王国サーシスの第二王子殿下が御存知ない訳がありません が。僕も幼い頃に当然のように学んだ内容ですし……」

矢継ぎ早に捲《まく》し立てる言葉に、どうやら頭を冷ます間もなくセドリックの部屋まで直行したらしいとジルベールはまた一つ理解する。彼がどこまでセドリックを追い立てられるか見てみたくはなったが、それよりも今は宰相として双方の立場を守らなければならない。しかし。

……セドリック第二王子が、プライド様にそのようなことを。

あの御方に、と。他でもないプライドの顔が頭に過《よぎ》った瞬間、何もない空へと目を細めてしまう。

「…………………。……大概、私も大人げないですね」

ふぅ、と溜息を一度だけつき、壁から身を起こす。瞼《まぶた》を閉じ、そして切れ長な眼差しをまた開く。

「……お話し中失礼致します。ステイル様、そろそろお時間ではないでしょうか」

笑顔で責め立て続けていたステイルは、突然差し込まれたその声に振り返る。見ればジルベールがにこやかな笑みで歩み寄ってきていた。面倒な奴《やつ》に見つかったと、胸の底で苛《いら》立《だ》ちが蜷局《とぐろ》を巻く。

「……ジルベール宰相。いつからそちらに？」

舌打ちをしたい気持ちを抑え、笑みのままジルベールを迎えた。もう少し徹底的に言葉で串《く》刺《し》しにしてやりたかったが、ジルベールに割って入られては自分の方が分が悪い。

「先ほどからです、偶然声が聞こえておりましたので。無礼を承知の上で一言申し上げますが、ステイル様。サーシス王国の第二王子殿下に先ほどのような言葉は流石に些《いささ》か無礼かと」

ティアラ達から聞いたばかりの情報をステイルは思い返しながら、きっとジルベールはセドリックが何をしたのか知らないのだろうと検討づける。ここで説明する訳にもいかず、まだ言い足りない気持ちはあったが仕方がなく、ここは大人《おとな》しく引こうと笑みを意識したその時。

「王族への暴力、口づけ、無体など〝至極当然の禁忌〟。それを改めて他国の王族に説くなど」

ジルベールからの言葉の選別とにこやか過ぎるその笑みで、ステイルは全て理解した。

目の前のセドリックが微かに息を飲む音が聞こえた途端、本心から口元が緩んだ。自分にとってジルベールの手を借りることが不本意ではある。が、……今だけは、悪くない。

「ああ、確かにその通りですね。失礼致しました、セドリック第二王子殿下。あまりにも当然のことばかりしか出てこず……僕もまだまだ勉強不足のようです」

「まぁ、中にはそういう礼儀知らずの者もおりますが……その多くが厳しく罰せられておりますから、心配など不要でしょう。それにセドリック第二王子殿下は同盟の為、我が国を訪れて下さった責任ある立場なのですから」

「そうですね。間違ってもそのようなことはないでしょう。本当に申し訳ありませんでした、セドリック第二王子殿下。姉君は訳あって未だ婚約前の身の上故、どうしても過敏になってしまいまして」

「ステイル様の御心配も当然でしょう。なにせ、プライド様は次期女王となる御方。何より、国中の者に慕われている存在。大事な御方ですから。あの御方に何かあれば、それこそ我が国を敵に回すようなもの。…………まぁ、それは言い過ぎですかね……？」

「いえいえジルベール宰相。少なくとも僕やティアラ、父上や母上……城の者にとっても姉君は大事な方です。…………そう、とても大事な」

まるで示し合わせたかのように、二人の顔がぐるりと同時に首ごと動く。互いに笑みを崩さないままゆっくりとセドリックを正面に見据えた。会話に相槌を返しつつ表情こそなんとか崩さず維持したが、先ほどより血の気が引き一筋の汗が伝っているのをステイルとジルベールは見逃さなかった。

「……ああ、そうそう。ステイル様、確か〝これから〟プライド様の元へ向かわれるのではありませんか？」

「！　ええ、そうです。先ほどの謁見の間を最後に僕はずっとヴェスト叔父様に付いていたので。〝これから〟姉君と配達人の手続きを」

「そうですか。こちらに伺う途中で、プライド様が未だステイル様が来られないとお探しになっておりましたよ。どうぞ、宜しくお伝え下さい」

「ありがとうございます。それでは僕は急ぎ、これで失礼致します」

セドリックへ挨拶を交わし、促されるままにステイルは足早にその場を去った。どちらにせよ既にプライドへ報告を終えた今、急ぎヴェストのもとへ戻らなければならない。

背後からジルベールがなに食わぬ声でセドリックに今後の予定と同盟について確認をと言葉を掛けているのが聞こえる。息もつかせぬ間もなく今度はジルベールと話すとなれば、いい気味だとも思う。何があったかについてはプライドの許可を得てからでなければ話してやる訳にはいかないが、今晩にも気が向いたら礼の一つは言ってやらないこともないと考える。ジルベールのお陰で言ってやりたい言葉も大体突き刺すことができた。更には自分がこれからプライドに会うということで、きっとセドリックは己が所業がこれから自分にバレるのではないかと気が気でなくなる。これで再びプライドに手を出そうものならばそれは余程以上の馬鹿だ。

「…………フン。論外だ」

思わず思った言葉が口に出る。あんな男ではプライドには相応《ふさわ》しくない。自分とジルベールに少し圧を掛けられた程度で動揺する男など。それに摂政であるヴェストが調べたところでは、と。そこまで考えたステイルは「あ」と一音を零した。まだ、プライドに報告していない。会ってすぐ言おうとしたところでティアラ達から聞いたセドリックの愚行に思考全てが持っていかれてしまった。プライドにも次会った時にはきちんと話さなければと、ヴェストが得たばかりの情報を頭に刻む。

十二日前、ハナズオ連合王国に訪問を許されたという噂の、コペランディ王国について。

「いつもありがとうね、ティアラ。手伝ってもらってごめんなさい」

「とんでもないですお姉様っ！　私、お姉様とお料理するのすっごく楽しみでした！」

真夜中に食材を並べる私へティアラが笑顔で答えてくれる。料理人達に厨房《ちゅうぼう》は借りられたけれど、今私達の傍にいるのはジャック、マリー、ロッテを含む専属侍女と衛兵だけだ。本来なら寝静まるべき時間の為、近衛騎士も騎士団演習場に帰っている。

「今日作るのは以前の豚肉料理とスープですよね？」

「ええ、私が作るの自体は初めてだけど……」

生姜《しょうが》焼きと味噌《みそ》汁。定食の定番なその料理を思い浮かべながら私は気合を入れる。今夜、王女である私達が厨房に立ったのは他でもない、副隊長に昇進したアーサーへのお祝いの為だ。

折角の昇進に何かお祝いができないかと話し合った時、それなら手料理をとアラン隊長が提案してくれ、特に生姜焼きと味噌汁をアーサーが好んでくれていたとカラム隊長が助言をくれた。結果、レオンから食材が届いた今日、アーサーへサプライズを決行することになった。演習後のアーサーを自室に待機させてくれるのが近衛騎士、そして料理担当が私とティアラだ。食材もレオンに頼んだらこうして配達人であるヴァルに届けさせてくれた。前世料理は食材が我が国で流通していないものが多いから、貿易最大手国のアネモネ王国便りだった。レオンの話によると、一年前に私が提供した前世料理のレシピをレオンが民に提供してすごく人気が出たらしい。結果として食材の需要が増え、それからはアネモネ王国でも定期的に輸入していると。ヴァルの高速配達のお陰で鮮度も間違いない。あとはささっと作って、ステイルにもクッキーを焼こうと思って、ステイルが合流したら瞬間移動でアーサーの部屋まで連れていってもらうだけだ。

「あと、……実はステイルにもクッキーを焼こうと思って」

そう提案する私にティアラの目がパッと輝く。「素敵ですねっ！」と声を上げ、きっと兄様も喜んで下さりますっ！　と大賛成してくれた。ステイルもここ一年摂政の勉強を頑張っているし、労《ねぎら》いにクッキーの一つや二つくらいなら焼いても大して時間は掛からない。取り敢えず生姜焼きの下拵《したごしら》えをしてから、先にクッキーへ取りかかることにする。焼いているところをステイルに見られたら彼へのサプライズも台無しだ。本当はティアラと私で分担できれば良いのだけれど、ティアラの主人公女子力チートがないと私一人では食材が殉職すらならず惨殺《ざんさつ》されてしまう。

前回お菓子を作った時と同じように、まずはボウルの中に食材を放《ほう》り込んでいく。今回ならば豚肉と調味料だ。ここで最大のポイントはティアラにちゃんとボウルを押さえてもらうこと。じゃないと、確実に逆チートの呪《のろ》われた手で何かが起こる。取り敢えずそうして肉を揉《も》み込み放置し、味をつけている間に今度はクッキーの生地作りを始めた。こちらもポイントはティアラにボウルを持ってもらいつつ切るように力一杯混ぜ、そしてティアラに生地を伸ばしてもらう。

「兄様のクッキー、どんな形にしますか？」

「うーん……そうね、折角のプレゼントだし、何か特別なものにしたいわよね……」

小さな手で一生懸命均一に生地を伸ばしながら尋ねられ、私は首を捻る。クッキーの型になる物を用意し、ティアラの横に並べると「お姉様が考えて下さった形がきっと兄様も喜ぶと思います！」と力いっぱい熱を込めて言ってくれた。嬉しいと同時にハードルがぐんと上がる。男の子だし、可愛過ぎるのも困るだろうか。いやでも可愛い妹のティアラが作ってくれたクッキーなら、逆にものすごく可愛い形の方が嬉しいかもしれない。花とか動物とかハートとか。あとはベタだけど……。

「似顔絵……とか？」

前世で小さい頃、友達と一緒に学校の先生へ顔を似せたクッキーを作ったらすごく喜ばれた。あまり似ていなかったけれど、それはそれで御愛嬌《あいきょう》で喜んでくれた。ちょっと子どもっぽいけれど、女子力チートのティアラもいるし案外ステイルそっくりに作れるかもしれない。

首を傾げるティアラにも説明すると、すごくわくわくしたように目が輝いた。「やってみたいです！」と声を上げ、早く次の工程に移るべく、初めてとは思えない早さで生地を平坦《へいたん》に伸ばしきってくれた。

「余った生地はどうしますか？」

「取り敢えずステイルの分を焼いて、料理を作り終わって時間が空いたら全部普通の丸いクッキーにしようと思うわ。……余ったら食べてくれるって言ってくれたし」

今日ヴァルが材料を届けに来てくれた時、今夜のアーサーへのサプライズを話したら皆も是非味見したいと言ってくれた。正確にはアラン隊長とエリック副隊長は味見希望。ヴァルはお裾《すそ》分《わ》け希望だったけれど。丸型のクッキーなら途中で焼いたのを見られても「暇潰しに焼いていました」で通るからステイルに見られても問題ない。ティアラが「近衛騎士や……ヴァルとセフェク、ケメトの分も作りますか?!」と聞いてきたので、苦笑しながら頷いた。今回アーサーのお祝いにヴァル達は来ないけれど、明後日には私の書状を取りに来る予定だしその時に渡せば良いだろう。未だにティアラはヴァルとセットでセフェクやケメトとお部屋で遊んでいるらしく三人と仲が良い。

ティアラの器用さに助けられ、ステイル顔のクッキーが順調に形成されていく。私一人で捏《こ》ねると液状化するかもしれないから、なるべくティアラの手を借りてパーツを作り、私が生地の上にそっと載せるようにする。流石ティアラ、すごくステイルの特徴を掴んだパーツばかりだった。ただ、口のパーツだけは「兄様ってばジルベール宰相とヴァルの前ではこの表情ばかりだもの！」とへの字に曲げて作っていた。すごく似ていたけれどそこは贈り物だしと、逆さにしてV字にさせてもらった。折角のクッキーなら笑顔にしたいし、私やティアラやアーサーの前ではこっちの方が多いと思う。

器用なティアラのお陰で予想以上に早く、すごく可愛くて完成度の高いクッキーができた。本当ならココアパウダーとかあったら黒髪とかもちゃんと表現できたのだけれど、残念ながらないので形だけで表現させてもらった。変に混ぜ物をして変な味になるのも怖い。ティアラが生姜焼き用の醤油《しょうゆ》を手に「これとか同じ色ですよ！」と言った時はすごく慌てた。料理の腕はチートだけど、本人はまだ料理が人生で三回目だから気を抜けない。

でも、本当によくできたと思う。侍女達に調節しておいてもらった窯《かま》に形が崩れないように置き入れて、そっと閉める。焦げないように願いながらこれもティアラと一緒の共同作業だ。

ステイルクッキーが一区切りついてから、今度は生姜焼きと味噌汁に取りかかる。これも分担した方が早いのだけれど、例によってティアラに手取り足取り教えるように見せかけ、一緒に作ってもらう。肉はもう焼くだけなので、先に鍋《なべ》に水とティアラが刻んでくれた野菜や具材を放り込む。煮立ったら火から下ろし、家庭科の授業のように出汁《だし》を取るところから始める。味噌をティアラと一緒に溶いて入れれば、湯気と一緒にすごく懐かしい香りがして、なんだか無性に白米が食べたくなった。

生姜焼きの方はステイルが来てから焼こうかとも思ったけれど、摂政業務中のステイルが合流するのも結構後だし、すぐに持っていけるようにしないと最悪の場合アーサーが先に寝てしまう。用事がない時は健康的に早寝早起きしているらしい。

前回同様に冷めた状態の提供にはなるけれど、すぐに食べれる方を優先し焼くことにする。私がフライパンを持ち、ティアラに一枚ずつ載せて焼いてもらう。ジューッと激しい音がして油が弾けた。一気に香ばしい香りが広がって思わずティアラと一緒に生唾《なまつば》を飲んだ。……いや、摘まみ食いはダメだ。大食いのアーサー用に多めに用意したとはいえ、それでもアーサーの分きっちりしかないのだから一枚でも多く食べてもらわないと。やっぱりレオンに食材を多めに頼めば良かったかもしれない。

途中で、ステイルクッキーをティアラと一緒に窯から完璧な焼き加減で回収する。ラッピングする前に冷ますべくそっと火の傍から離して置いた。そして再び生姜焼きへしっかり火を通してから皿に盛り、また新しいのを焼く。一回のフライパンでは全部は焼ききれないから数回に分けて焼くしかない。ティアラが油が跳ねる度楽しそうに悲鳴を上げるから私まで楽しくなってきた。

最後の一枚を皿に盛った時には、前世の漫画みたいな山盛りになった。いかにも男子メシ‼　って感じがして我ながら大満足だ。ティアラも香りだけで幸せそうに生姜焼きの山を眺めている。

「それじゃあまだ時間もあるし、皆の分のクッキーも作りましょうか」

段取りの良いティアラのお陰で割と早く出来上がった。これなら今からでも余裕で間に合う。クッキーの材料なら沢山あるし、いっそもっと生地を作って多めに焼こうかとティアラに提案する。

「良いですね！　それでしたら材料を取りに行きましょう！」

料理は侍女達に見ていてもらい、私達は鍵《かぎ》を借りてくれた専属侍女や衛兵達と一緒に食料庫へ向かう。卵、砂糖、小麦粉、バター、牛乳。それぞれの保存場所を歩き回り、そのまま両手に食材を抱えてくれたジャック達と足早に厨房へと向かった、その時。

「あのっ……ですから！　それは……!!」

「おやめ下さいっ！　その料理は大事な御方がっ……‼」

「プライド第一王女殿下が作った料理なのだろう？　……うむ、変わってはいるがどれも良い味だ」

……………すごく、すごく嫌な予感がする。侍女の騒ぎ声と聞き覚えのある声に、思わずティアラと顔を見合わせた。ティアラも同じ予想らしく、次の瞬間私達は二人で厨房へ駆け出した。後ろから食材を抱えた衛兵も追いかけてきてくれる。そして……

予想通り、料理は器から消えていた。

私達がさっきまでいた皿の前に何故かセドリック第二王子が立ち、侍女達の制止も聞かず皿の肉を半分以上平らげ、味噌汁を飲み切り、ステイルクッキーは置いていた場所から姿を消していた。言うまでもなく、犯人は彼だ。口を開けたまま放心する私とティアラを確認し、セドリック第二王子は何の悪びれもなく私達に笑いかける。

「！　……プライド第一王女殿下、先ほどは失礼致しました。淑女にむやみに触れるなど」

「何故、それを貴方が食べているのですか……？」

セドリック第二王子の言葉を最後まで聞かず問いかける。彼はきょとんとした表情になり、そして優雅に笑んだ。

「プライド様にお詫《わ》びしようと部屋を出たところ、香《こう》ばしい香りがしまして。思わず足を運べばプライド様のお姿が見えましたので。第一王女殿下が料理など驚きましたがこれもフリージア王国の風習」

「ですから、何故貴方が食べているのですか？」

気づけば低い声が出ていた。周りの侍女達が真っ青な顔で申し訳ありませんと私に謝っている。

「プライド様が腕によりを掛けて作って下さった料理ですから。クッキーも美味でしたが、この肉料理もとても」

ブチッ、と。

「それは貴方に作った料理ではありませんっ！！！」

数年ぶりに私の中で何かが弾け、次の瞬間には力の限り声を荒らげていた。

私の叫び声にティアラの目が丸くなり、セドリック第二王子の表情が驚愕《きょうがく》のまま固まる。侍女達がどうすべきかと慌てだし、衛兵達が手の中の食材をそのままに動きを止めた。

一気に声を荒らげたせいで、だらしなく肩で呼吸する。取り繕うのもやめて息を乱しながらセドリック第二王子を睨み付ける。

ゲームでも、城下に逃げてプライドの追っ手から隠れながら身を寄せている時、ティアラが作った料理を先に摘まみ食いするイベントがあった。「うん、良い味だ」と初めて作った料理を美味《おい》しそうに食べてくれるセドリックと、嬉しそうに照れて笑うティアラのシーンは微笑ましかったけれど……今は全く微笑ましくない。だって、今回の料理はセドリック第二王子の為に作った料理じゃないもの！　あれは昇進したアーサーと摂政業務を頑張っているステイルの為に作ったのに‼　しかも、ティアラが協力してくれてっ……二人で、アーサーとステイルの為に。レオンも食材調達してくれて、ヴァルが届けてくれて、皆のお陰で最高の出来になったのに……せっかく、二人が喜んでくれると思ったのに……贈るのを楽しみにしていたのにっ……

なのに、なのに、なのにっ‼

気づくと固まっていたセドリック第二王子の表情が変わり、更に目が見開かれていった。何故表情が変わったのかと思ったら、視線の先である私自身が歯を食い縛ったまま涙をボロボロ零していることに、一拍置いてから気がついたからだ。

ダメだ、摘まみ食いされたぐらいで良い年した女が泣くなんて！　でも、……でも、あれは本当に特別でっ……もう、アーサーの方は調味料とか食材もないし、ステイルのクッキーなんて世界に一個しかなかったのに‼

「……っ…………………い」

涙を拭《ぬぐ》うのも悔しくて、ドレスの裾を握りしめてセドリック第二王子を睨み続ける。私の声が小さくて聞き取れなかったのか、セドリック第二王子が聞き返すべきか悩んだように表情を惑わせる。

「プライド、お待たせ致しました。予定より早く……、……？」

ふと、傍でステイルの声が聞こえた気がした。でも、返事をするよりも先に私は再び思いっきり怒りを込めてセドリック第二王子へ怒鳴りかけていた。

「大ッッッッ嫌い！！！！！」

子どものような私の叫びが、彼を真正面から突き刺した。


「……ハア」

セドリック第二王子摘まみ食い事件から一夜明けた今日、朝から落ち込みまくった私は背中を丸めて息を吐く。昨晩は大失敗だった上に思い返せば恥ずかしくて、本当に散々だった。

セドリック第二王子へ怒鳴って泣いた私に「今日は延期にしましょう」とティアラとステイルが気遣ってくれ、私達は専属侍女や衛兵と一緒に部屋へ戻り折角のサプライズは延期になった。

セドリック第二王子。人の城で勝手に料理を食べるなんて普通あり得ない。王族、というか人としてあり得ない。だけどセドリック第二王子はそれが許される環境で育ったのだろう。現段階の彼は無知で世間知らず、つまりは精神年齢もかなり低いということになる。勉強や剣どころか王族としてのマナーや教養の勉強すら逃げ続けてきたのだから。素敵な異名もこれでは飾りだ。彼の今の性格が矯《きょう》正《せい》されるのはとある一件の後。ある意味、プライドが付けた傷痕《あと》が彼を矯正したともいえる。

恐らく、昨晩の摘まみ食いも彼には悪気がない。むしろナイスプレーとすら思っていたかもしれない。私とティアラが作っていたのを目撃し、きっと自分が食べて褒めれば喜ぶと信じて疑わなかったのだろう。城の中で女性達に持て囃《はや》されて育った彼ならば安易に想像はつく。

だけど、非常識な行為だったとはいえ理由も言わずに怒鳴ってしまったことは頂けない。私だってこっそり規則違反して料理したようなものだ。大体、もし料理していたことを言いふらされたら困るのは私とティアラだ。だからこそ彼には怒鳴ったお詫びもしつつ、口止めもお願いしないといけない。

……なのに。

「大丈夫ですか？　お姉様」

ぐったりした私を心優しいティアラが気遣ってくれる。ありがとう、大丈夫よと返しながらせめて姿勢くらい正さなければと曲がった背中を反るほど伸ばす。

朝部屋を出てから、私はずっと謝り通しだった。ティアラとステイルを始めとして専属侍女マリー達に近衛兵のジャック、近衛騎士のエリック副隊長達に昨晩協力してくれた侍女達と衛兵達。皆、快く許して慰めたり励ましてくれたことだけが不幸中の幸いだった。そうしてやっと最後はセドリック第二王子へ謝罪と口止めをするだけになったのだけれど、……昨晩以降から全く遭遇しない。

いや、正確には遭遇はする。ただチラッと姿が見えると私に声を掛けられる前にどこかへ消えてしまう。昨日の急接近が嘘のように遠巻きにされてしまった。

セドリック第二王子に避けられ気落ちする私に、ティアラが「謝る必要なんてありません！」とわりと強めに私の手を引いてくれる。ティアラも折角作ったアーサーへの料理とステイルクッキーを食べられたのをかなり根に持っているらしい。

「そんなことよりも今日はお勉強の他はずっとお城中歩き通しでお疲れですし、お庭でひと息入れましょうっ！」

眩しい笑顔で庭園まで私を連れ出してくれる。本当に優しい、庭園の草花と相まってまるで天使だ。

セドリック第二王子のことを〝そんなこと〟で片付けちゃうところに若干の棘《とげ》を感じるけれども。

庭園の木々を眺めながら深呼吸をするとそれだけで心が洗われる。あっちの木陰が涼しそう、いえあっちの茂みなら誰にも見られません！　とティアラが私の為に一番良い休憩場所を一生懸命吟味《ぎんみ》してくれる。休憩場所が決まると専属侍女のロッテ、マリーや近衛兵のジャックはいつものように、そして近衛騎士のアラン隊長とエリック副隊長も少し距離の置いた場所まで下がってくれた。「気兼ねなく休んで頂きたいので」と私達に気を使ってくれて、本当に皆の優しさが身に染みる。緑いっぱいの木々と可愛らしい黄色の花に囲まれそれだけでもすごく癒された。

「お姉様っ！　私の膝をお貸ししますよ!!」

ティアラがきらきらとした瞳《ひとみ》で芝生《しばふ》に座った自分の膝を私に叩いてみせる。以前、思わずティアラに甘えて膝枕してもらった時からティアラの中では私を慰めるイコール庭園で膝枕《まくら》になってしまったらしい。嬉しいけれどちょっと年甲斐《がい》もなく恥ずかしい。それでもやっぱり断れず、お言葉に甘えてティアラの膝を貸してもらうことにする。ごろんと転がり、再び深呼吸をするように息を吐くと一気に気が抜けた。ティアラからふんわりと花の香りがして余計に眠気に誘われる。

こくん、こくんと瞼が重くなり、気がつくと眠りの深みへ沈んでいった。深く、深く——……。


「……い。あれ、騎士……じゃ……」

「…………ですね。……らくは、…………と、……隊でしょうか」

……ぽつん、ぽつんと声が聞こえる。

この声は、……アラン隊長と……エリック副隊長……だろうか……？

ざわ、ざわと何やら人の声がいくつも聞こえる。そこまで考えてやっと、自分がさっきまで眠っていたことに気がついた。薄く目を開けて寝返りを打ち、仰向けになると私の方へ俯ける可愛らしいティアラの寝顔が目に入った。どうやら私の後にそのまま眠ってしまったらしい。

段々と目が覚め、瞬きを何度かした後にティアラがこのままだと寝苦しそうだと気がついた。そっと膝から頭を上げ、起こさないようにゆっくりとティアラの身体を崩して楽な姿勢にするべく誘導する。細いティアラでも、やはり人間一人分の重さなのかそれともドレスのせいかなかなか重かったけれど、手が震えて起こさないよう必死に力を込めた。貧弱のプライド設定が恨めしい。一度「お姉様……？」と寝惚《ねぼ》けた声がしたけれど、またすぐに眠ってしまった。パタリとまるで毒林檎《りんご》を食べた後みたいに綺麗《きれい》に芝生へ倒れる。きっと私の謝り倒しに付き合ってくれて疲れたのだろう。

改めて耳を澄ませると、明らかに複数人の声や気配がした。しかもかなり多い。時折雑踏に紛れて「四番隊はここで配置の確認を」「八番隊は各自判断で」と指示のような声も聞こえる。騎士団だろうかと茂み越しにそっと向こうを覗けば、やはりその通りだった。何やら話し合ったり指示を飛ばし合いながら散らばっている。何かあったのか聞いてみようと思った、その時だった。

「……まさかっ……何故……⁈」

騎士団の姿が見えるのとは全く違う方向から知った声がした。まさかと思いつつ振り返りそっと木々の間から覗くと、やはりセドリック第二王子だった。木と木の間に埋もれるように佇み、明らかに騎士団の方を見て動揺している。お腹《なか》を片腕で抱え首を丸め、遠目から見ても明らかなほど血の気が引いていた。思わずといった様子で呟いた後は、何か考えを巡らせるように目を一人泳がせていた。

「セドリック第二王子殿下……？」

潜めた声で呼びかければこちらに気づいたセドリック第二王子は、はっと顔を上げた。赤い瞳を揺らめかせながら「プライド第一王女殿下……！」と私を捉え、急ぎ足で近づいてくる。若干警戒する私の目の前寸前で立ち止まり、口を開いてすぐまた閉じた。何か言いたいのに言葉が見つからないように何度も口を開けては閉ざし、答えを求めるようにまた視線を泳がせる。

「……あ、……貴方を、……その、先日のお詫びをっ……。俺、……私は本当に申し訳なく……」

……どうやら、謝ろうとしてくれているらしい。それにしてもあまりに辿々《たどたど》しい。大体何故さっきまで逃げまくっていたのに突然謝ろうとしてくれたのだろう。もしかして私一人になるのを待っていた？　いや、王女の私が一人になるなんて普通はあり得ない。今がちょっと特例なだけだ。

「ですから、……是非とも今後も懇意にして頂ければと、……思います。同盟をどうか、是非とも前向きに……」

ええい、焦《じ》れったい。……駄目だ、昨日のせいで未だにセドリック第二王子への苛々《いらいら》が消えていない。改めてこうして相対するとまた食べ物の恨みが湧《わ》き上がってくる。

私が内なるムカつきと戦っている間もセドリック第二王子は辿々しく言葉を続ける。彼の言葉は私に向けられているけど、よく見ると視線は未だ泳ぎ、誰かに見つからないか心配しているのか私の周囲をちらちらと見回し続けている。謝る時くらい相手を見なさいと鳩尾《みぞおち》に一発入れたくなる。

……本当私ったら大人げない。一体どうしてしまったのだろう、今までこんな風に思ったことなんてなかったのに。

彼は何を気にしているのだろう。騎士団が来たからといって何の問題が……、……。……まさか。

ふと、一つの予感が私の脳裏を過った。もし彼が我が国に来た本当の目的がどこかで漏れてしまったのだとしたら、今この王居に騎士団が派遣されたのも頷ける。でもそうなると騎士団に気づいた彼が突然今、私に謝り出した理由は。

ゲームスタート時のセドリック。彼は誕生祭でティアラの婚約者として現れる。そして最初の三日間、セドリックはティアラの愛を手に入れる為にあの手この手で猛烈アタックをする。ただ、それは本当に恋に落ちたからじゃない。フリージア王国の女王、プライドからの命令だったからだ。

プライドがセドリックに出した命令は二つ。ティアラを彼との恋に落とさせること。そして……

彼を愛したティアラを、彼自身の手で殺すこと。

女王プライドにとって邪魔者のティアラへ、何よりも残酷な死を与える為だけに彼は利用された。たった一人を除き人を信じる心を失ったセドリックは、プライドからの脅迫もありその条件を飲むことになる。罪もない第二王女のティアラを騙《だま》し、恋をさせ、そして殺す為に彼女へ近づいた。

まさか今の彼がそんな条件を私以外の誰かに提示されたとは思えない。けれど彼がそれと同じように、自分の容姿だけで今回のことが何とかなると思い込んでいるのなら。

「まさか、貴方……」

驚きとそして呆《あき》れが混じり、気づけば言葉が先に出た。未だに辿々しく言葉を紡ぐ彼が、上塗る私の言葉に口を止め、驚いたようにやっとその瞳をこちらに向けた。

「私に気に入られれば〝本当の目的〟を話してもすんなり同盟が通ると、本気で思っているの？」

昨日過った考えをストレートにぶつけてしまう。そこで否定してくれれば何よりだったけれど、明らかに彼の瞳孔《どうこう》は開きその口からは「何故それを……」と言葉が漏れた。まさかの確定だ。

呆れから段々と怒りが湧いてくる。己のキツい目つきをわかった上で更に鋭く尖《とが》らせ、彼を睨む。そんな、馬鹿で安易な愚行に私達を巻き込んだのかと怒りを込めて。

「馬鹿じゃないの?!」

苛々が相まって罵声《ばせい》を浴びせると、今度は彼の表情が驚愕に固まり、そして数拍置いて歪《ゆが》み、紅い瞳が更にメラメラと燃え出した。すると、

「ッお前に……何がわかる?!」

セドリック第二王子が怒りで顔を赤くさせ、歯も感情も剥《む》き出しにして私の肩を掴んだ。突然のことに驚き突き飛ばそうと両手を上げると、今度は両手首を掴まれた。そのまま身体ごと傍の木に押し付けられてしまう。抵抗しようにもプライドの唯一の弱点である非力さでは彼の力に敵《かな》わない。

歯を食い縛り、腕や肩ごと捻って暴れてみるけれど全然ビクともしなかった。そうしている間も彼

は鼻先が触れるほど私に顔を近づけ、潜めた声で私に怒りを滲ませる。

「俺が、兄貴が、どれほど必死だと‼　この同盟にどれほどのものが掛かっていると‼　兄さんがどれだけ追い詰められていると思っている⁈」

ギリギリと握りしめられた手首が痛い。駄目だ、完全に癇癪《かんしゃく》だ。燃え滾《たぎ》らせた目を私に向ける彼は、王族としての常軌を逸していた。

「お前達にとっては同盟国を増やしたいが為の打診だろうが俺達は違うッ‼　これに全てが掛かっている‼　兄貴の、兄さんの、俺達の全てが‼」

抑えられた声色で怒鳴る彼の姿はその怒りを際立たせた。やめてっ……と声を上げようとしたけれど、手首の痛みで潰れた。声を上げれば近衛騎士が来てくれると頭ではわかっている。でも、今度こそんなところを見られたら確実に彼は捕らえられてしまう。彼一人捕らえられるだけならまだ良い。だけどそれでは同盟も決裂だ。それだけは絶対に駄目だ、私一人でなんとかしないと。なのに至近距離で目の当たりにした彼の変貌《へんぼう》ぶりに、どうしても思考が追いつかな……

シュシャシャシャッ‼

突然、風切り音が掠《かす》めた。直後にトトトトッ！　と何かが突き刺さる音が聞こえ、完全に思考が止まる。私だけじゃない、セドリック第二王子もだ。音の先を見れば、まるで私を避けるようにしていくつものナイフがセドリック第二王子の身体スレスレに突き刺さっていた。あと一センチでも狂ったら、間違いなく彼はナイフの刃に刺し貫かれていただろう。

間近に突き刺さったナイフにセドリック第二王子が慄《おのの》き、身を強張《こわば》らせる。瞬間、私の手首を掴む手も緩んだ。ナイフの刃に目を奪われている隙に、思い切って私は背後の木に背中ごと体重を乗せる。

「ッ放……して！！！！」

右脚をセドリック第二王子の腹部に突き立て、思いっきり蹴り飛ばす。

怯《ひる》んでいた隙の不意打ちと背後の木に体重を預けられたことで、セドリック第二王子の身体がドンッという音と共に小さく跳び、尻餅《しりもち》をついて崩れた。

「何をっ……!!」

まだ痛痒が冷め切っていないのか、剥き出しの歯で私を睨むセドリック第二王子がすぐに立ち上がる。歩み寄ってくる彼に今度は不意を突かれはしない。まずどうやって彼の動きを奪うか考え……

「触ンな……!!」

真っ直ぐと断ち切るような声が聞こえた。

その瞬間、頭上から私とセドリック第二王子の間に白い影が走った。地の割れる音と振動が響き、目を見開くと見知った背中がそこにあった。

「アーサー！」

突然の登場に思わず声を上げてしまう。私に背中を向け、一つに括られた銀髪が揺蕩《たゆた》った。私達を分かつように地面へ突き立てた剣が半分近くめり込んでいる。それを軽々と抜くアーサーは、剣先を迷うことなくセドリック第二王子へ向けた。表情は見えないけれど、向けてくれた背中から凄《すさ》まじい敵意が溢れ出てきて思わず私まで身を強張らせた。

突然剣を向けられたセドリック第二王子もアーサーから一歩引き、動揺を隠すように声を荒らげる。

「ッ無礼者！　貴様、この俺を誰だと」

「大変申し訳ありません、セドリック第二王子殿下」

「ですが、我々〝近衛騎士〟はプライド様の御身を守ることが第一なので」

ジャキッ、と更に二枚の刃を鳴らす音が聞こえた。振り向けば今度はセドリック第二王子の背後にアラン隊長とエリック副隊長が立っていた。さらには近衛兵のジャックも後衛として控えている。皆、さっきの騒ぎで駆けつけてくれたらしい。最初に一言掛けてくれたアラン隊長が背後から腕を回してセドリック第二王子の首元に剣を、そしてエリック副隊長が背後から剣先をその背に突き立てていた。

「この御方は、この国の大事な御方です」

背を向けたままのアーサーが、はっきりとした口調で言い放った。

私を庇うように後ろ足で傍まで歩み寄ってくれる。私からも駆け寄り、すぐ背後についたことがわかるようにその背にぴったりとくっついた。

セドリック第二王子が屈辱と動揺で顔を歪め、アラン隊長とエリック副隊長によって前にも背後にも動けないまま歯を食い縛る。

「このままでは先日のプライド様への無礼も含め、女王陛下にお伝えせざるを得なくなります。どうぞ、お部屋にお戻り下さいセドリック第二王子殿下」

「これ以上の無礼はたとえ第二王子殿下であろうとも、我が国の法に則《のっと》り拘束《こうそく》させて頂く必要も出てきます。……今、我が国の第一王女殿下に何をされていたのかにもよりますが」

エリック副隊長に続いてアラン隊長までいつもと違う整った強い口調と言葉で第二王子を縛る。二人ともセドリック第二王子の背中越しに覗かせる瞳が容赦ないほどの敵意に満ち溢れていた。

〝拘束〟というアラン隊長の言葉にセドリック第二王子も息を飲み、一筋の汗が伝った。一気に頭が冷えたのか、全身からの緊張が解けて代わりに顔が青ざめていく。二人の言葉にアーサーが肩だけで小さく私の方を振り返った。答えを待っているのだと気づき、こちらからも口を開く。

「……少し、口論になっていただけです。どうぞ、セドリック第二王子殿下はお部屋にお戻り下さい。それと……」

一度言葉を切り、アーサーの背中から顔を出して睨み付ける。私が暴行されたことを言わなかったことに驚いたのか、見開いたままの目で私の方を見返してきた。

「昨晩貴方は何も見ていない。……それもゆめゆめお忘れなく」

私だって思い切り蹴り上げたし、お互い様だ。ここはなかったことにする。だから私が料理していたことも口外しないでよ、と。

セドリック第二王子に伝わるように睨みを利かせながら強めに発すれば、何か飲み込むように喉を鳴らし、重々しく頷いた。エリック副隊長とアラン隊長、そしてアーサーがゆっくりと警戒を解き、剣を鞘《さや》に収める。それでも眼光だけはしっかりとセドリック第二王子を突き刺し、離れない。

エリック副隊長が声を掛けると、近くにいた衛兵と騎士が数人駆けつけてセドリック第二王子を任せた。まるで護衛というよりも連行されていく犯人のような表情で第二王子が連れられていった。そうして彼の背中が視界から完全に消えた途端。

「ッ申し訳ありません‼」

さっきまで凛《りん》と佇んでいたはずのエリック副隊長とアラン隊長が一気に私の前へと跪いた。頭を深々と下ろすその姿に、私の方が呆気《あっけ》に取られてしまう。

「近衛の任務中にこんなっ……！」

「プライド様を危険に晒すなど、騎士としてもあるまじき失態だというのに……‼」

アラン隊長に続いてエリック副隊長も声を上げる。俯いた顔から表情は見えないけれど、声からだけでも彼らが本気で悔やんでいるのがひしひしと伝わってきた。話を聞けば騎士団が突然王居内に集まってきたことで一瞬気が逸れて私がその場を離れたことに気づかなかったらしい。確かにあの時は人が沢山右往左往《うおうさおう》していたし、私一人の気配が動いたところで違和感もなかっただろう。もともと周囲が気にならないように気遣って私達から離れてくれていた二人だ。こちらの姿も見えていなかったはずだし、その状態で大量の屈強な騎士達の気配がひしめき合えば私が少し動いたところで気づくのも難しい。庭園の中にセドリック第二王子がいたことに気づかなかったのも同じ理由だろう。大体、厳重な警備を施されている王居内で王族を襲う人間がいたこと自体が論外だ。

「いえ！　元はと言えば私が勝手にその場を離れたのが悪いので‼　私こそ本当にごめんなさいっ！」

顔を上げて下さい‼　声を上げ、二人へ必死にこちらからも謝る。なんだか今日は謝罪ばかりだ。なんとか二人が顔を上げてくれたと思えば、後方でジャックまで頭を下げていたからまた忙しかった。

「アーサー、よくやった」

「流石副隊長。……けどよ、何でお前までここにいるんだ？」

私がジャックとも話し終えた時、今度はアーサーがエリック副隊長とアラン隊長に労われていた。先輩騎士が頭を下げるところを見ちゃったり褒められたりで、アーサーも少し戸惑い気味だった。エリック副隊長に背中を叩かれアラン隊長に頭をわしゃりと掴まれ、今は少し照れ臭そうにしている。

「先ほど、四番隊と八番隊に指令が入って……王居内の王族とセドリック第二王子の護衛と警備に。俺達八番隊は各自判断なので、取り敢えず到着してすぐ散らばったんすけど……そしたら、プライド様の悲鳴が聞こえて」

そうだ、まだアーサーにはお礼を言っていない。ジャックの前から「アーサー！」と声を掛け、彼へと駆け寄る。私の声にアーサーも目を丸くして振り向いてくれた。

「さっきはありがとう、本当に助かったわ」

手を取り、感謝を込めて握りしめる。するとアーサーの顔が一気に紅潮し、私から逃げるように背を反らせた。「い、いえ……当然のことなんで」と何やら口ごもりながら言ってくれたけれど、笑みで返したら照れたように押し黙ってしまった。憧れの隊長達の前で褒められるのは未だ照れるらしい。

「……あの、プライド様。一つよろしいでしょうか？」

エリック副隊長が静かに私に声を掛けてくれる。アーサーの手を握る手を緩め、放しながらそれに一声答えると更に声を潜めて続けられた。

「……その、実際はセドリック第二王子殿下と何が……？」

エリック副隊長の言葉にアーサーとアラン隊長も真剣な表情で頷いた。やはり三人共、察しはついた上で私の「口論」発言を黙認してくれたらしい。昨日のこともあるし言わない訳にはいかない。目を覚ました後にセドリック第二王子を見つけ、私から声を掛けたこと。セドリック第二王子と実際口論になったこと。そして激怒した彼に押さえつけられてしまったことも正直に話す。最後の部分で一気に三人の目の色が変わり、口を一文字に引き結んだまま瞳孔まで若干開き始めていた。流石に危険な香りがしたので慌てて「でも、アーサーがナイフで助けてくれて！　私も蹴ってそのまま皆が間に入ってくれたお陰で何事もなかったから!!」と大きめに声を上げてフォローする。まずい、どんどん自業自得《じごうじとく》とはいえセドリック第二王子の評価が地の底に!!

すると、少し息を吐いてくれたエリック副隊長やアラン隊長と違い、アーサーが少し考えるように眉間に皺を寄せて首を捻った。

「俺、ナイフは使ってませんが……」

　え。

　アーサーの何気ない爆弾発言に、私だけでなくエリック副隊長とアラン隊長まですごい勢いで振り返る。でも私が拘束された木を指させば、そこには小ぶりのナイフが四本突き刺さったままだった。

「俺がプライド様の悲鳴で駆けつけた時にはもうセドリック第二王子がプライド様に突き飛ばされた後でした。そっから飛び上がって二人の間に……」

　確かに思い出せば、アーサーが現れた時の方向とは正反対からナイフは飛んできていた。なら、方向的にはアーサーよりアラン隊長達の方が可能性もある。でも二人の反応からしてそれも違うらしい。

「まさか侵入者が既に……？」

　自分で言っておきながら思わずぞっとする。もし、本当に我が城へ何者かが侵入していたとしたら。

「いえ、そうとも限らないと思います。アーサー同様、いま王居内には八番隊が散らばっていますから。その内の誰かがプライド様の窮地《きゅうち》に助力した可能性もあると思います」

　エリック副隊長の落ち着いた言葉にほっとする。確かに、ナイフは私達に全て当たらなかったというよりも、敢えてギリギリで外されたようだった。侵入者ならそこで傷の一つは負わせている。

「八番隊にナイフを使う奴ってどんくらいいたっけか？　アーサー」

「半数近くはいたと思います。入隊してからハリソン隊長を見習って始める人も多いんで」

「ナイフにも他の武器のようにフリージア王国騎士団の紋章が入っていれば、少なくともこの持ち主が外部か内部か判断がついたのですが……騎士団の演習項目にナイフ投げはありませんからね」

話によると、ナイフなどの騎士団演習項目外の武器に関しても実践で使う分は所持や使用も許されているらしい。ただし国からその武器自体が支給される訳ではないので、各自で所有している物をそのまま使用するらしい。

「ナイフなんてどいつも使い捨てて適当に買ってるだろうしなぁ。同じナイフを持っていても本当にそいつかどうか……」

アラン隊長も困ったように頭を掻いている。確かにこのナイフ自体は本当に何の変哲もないシンプルなデザインだ。市場に行って探せばどこにでも売っているだろう。

「でも、私を助けてくれたのだとしたら何故この場に出てこないのかしら……？　何も言わずにいなくなるなんて……」

サーシス王国の第二王子に刃を向けたことに気後《きおく》れしたとかだろうか？　いや、近衛騎士でなくてもあの状態の第一王女を助ける為に威嚇《いかく》でナイフを放つのは当然の処置だ。私もセドリック第二王子も無事だし、誰に咎《とが》められる訳もない。名乗り出ない理由などないはずだ、けれど。

「あー………」

「…………。……八番隊……ですから、ね」

「すんません、覚えのある人しかいないっす……」

アラン隊長、エリック副隊長が苦笑いしたまま言葉を濁し、アーサーが額に手を当て俯いた。まさかの八番隊全員容疑者だ。

「八番隊は、基本的に個人主義の者や他者と関わるのを避ける傾向のある者も多いので。任務さえこなせば後はそれまで、という者も……」

「ハリソンが隊長になってから特にそういう奴が増えたよな？　アーサーがちょっと八番隊では特殊なだけで」

なんだろう、その隠しキャラ的ポジション。前世のアニメやマンガに出てきた謎《なぞ》の男的なキャラを何人も思い出す。八番隊は殆どがレンジャーで言うブラック的ポジションの集まりなのだろうか。

「一応、ハリソン隊長にも報告して八番隊全員に確認してみますが、……名乗り出てくれるかは……」

本当に極力関わるの避けたがる方々ばっかなんで……と、申し訳なさそうに言うアーサーに今度は私が苦笑いしてしまう。それってもしかしてオブラートに包んではいるけれど、若干人嫌いとかコミュ症とかそっちの類《たぐい》の方もいるのでは。

「お姉様っ！」

突然の声に振り向くと、丁度ティアラが茂みから飛び出してきた瞬間だった。そのまま真っ直ぐ私の胸に飛び込み抱きしめてくれる。

「ごめんなさいっ……私が眠ってしまったばかりにっ……！」

そう言って本気で心配そうに顔を歪めてくれるティアラにすごく申し訳なくなる。私が眠っているティアラを置いてこっそり横の茂みに移動してしまったからだ。目が覚めたら私が消えてしまっていたのだし、きっと心配してくれたのだろう。

「私こそ心配掛けてごめんなさい。貴方を置いて動いた私がいけなかったわ」

首を左右に振り、ぎゅっと私を強く抱きしめてくれるティアラを私からも抱きしめ返す。

エリック副隊長の話だと、私の叫び声に気づいて彼らが飛び出してきてくれた時には既にティアラは目を覚ましていたらしい。そのまま侍女と衛兵達にティアラを任せ、近衛騎士と近衛兵の三人だけが私の元へ駆けつけてくれたそうだ。私が消えていて、更には悲鳴で近衛達が飛び出してきて衛兵や侍女達に守られた後にはまさかのセドリック第二王子が茂みの向こうから衛兵達に連れられて現れたなんて。心優しいティアラに心配するなという方が無茶な話だった。

ティアラの頭を撫でながら、そろそろ宮殿に帰りましょうかと声を掛ける。騎士団が警護に来たということは私達も宮殿内にいた方が良いだろう。今頃城の衛兵が私達を呼びにこちらへ向かっているはずだ。それに今日はヴァル達が書状を取りに来てくれる約束もある。

アーサーも「宮殿の中まではご一緒します」と言ってくれ、皆で王居へと向かうことにする。私にしがみ付いていたティアラと今度は手を繋ぎ、歩き出す。

「……あ」

その時、ふと思い出したことで声が漏れた。アーサー達が「どうかしましたか?!」と勢い良く三人同時に反応してくれる。さっきのことのせいか、心配してくれたことが嬉しくて思わず苦笑しながら背後の近衛騎士三人と近衛兵のジャックへと振り返る。

「さっきは駆けつけてくれてありがとう。アーサーもアラン隊長もエリック副隊長もジャックも、皆とっても格好良かったわ」

ちゃんと顔を向けて笑いかけ、次にティアラとも顔を見合わせてもう一度笑い合った。

皆がいてくれて良かったと心からそう思えたから。

「いよォ、主《あるじ》。随分と遅かったじゃねぇか」

宮殿へと戻り客間に入ると褐色肌の男性が暇そうに床へ転がっていた。衛兵の話では、私達が戻るより少し前に来ていたらしい。客間までは衛兵と侍女達が案内してくれた。


ヴァル。我が国には珍しい褐色肌の彼は、王族直属の配達人だ。焦げ茶色の髪と瞳、牙《きば》のような歯をした極悪顔だけれど、正式に我が城で雇っている。

「こんにちは主」

「今日もお仕事お疲れ様です！」

セフェクとケメトが備え付けの椅子からわざわざ立ち上がって挨拶してくれる。寝ぐせがかった黒髪をしたケメトも小柄ながら今年で九歳、茶髪の長髪に吊り目気味のセフェクも今年で十三歳だ。

二人へ挨拶を返し、次に床に転がるヴァルを取り敢えず寛ぎ過ぎだと窘《たしな》める。

「主が遅いから待ち侘《わ》びてね」

ニマリと笑いながら、待たせたお前が悪いと言わんばかりに返される。ぐうの音も返せない返答が悔しくて、私から口をへの字に曲げてみせる。

「そんなに長くは待たせていないでしょう?!」

「主に会えねぇ時間は千年より永《なが》く感じる。なんて言やァ、女は満足か？」

ああ言えばこう言う!!　こう言えばああ言う！　ケラケラと笑いながら私をからかうヴァルに、思わず鼻の穴を膨らませる。それを見てヴァルの楽しそうな悪い笑みが更に引き上がった。最近はレオンの影響か、時折こういう詩的な言葉まで交えておちょくってくる。せめてレオンにはヴァルの性格が影響しないで欲しい。

「とにかく！　今日の分の書状です、宜しくお願いしますね」

専属侍女のマリーとロッテが私の部屋から取ってきてくれた書状を、三枚渡す。ヴァルは書状を指先で挟むようにして受け取ると、懐に仕舞いのんびりとした動きで床に座り直した。

「そういやぁ主、例の料理はマトモにできたのか？」

んぐ！　と。ついでのように言われた言葉にセドリック第二王子のことを思い出し、喉を詰まらせたままプルプルと拳を震わせてしまう。この場にアーサーがいなくて良かった。もしいたらサプライズ失敗がバレるだけでなく、あの腹立たしい出来事を話さないといけなくなっていた。

私の反応に違和感を抱いたのか、ヴァルが片眉を上げて「なんだ？」と返してきた。すると言葉を押し殺す私に代わり、ティアラが口を開いてくれた。

「お、お姉様のお料理はちゃんと上手《うま》くいきました！　ただっ……、……食べられてしまって」

「ハァ？」

間の抜けた声で聞き返される。「誰に」と、意味がわからない様子で問う彼に、今度はティアラも言うべきか言葉を詰まらせた。エリック副隊長とアラン隊長も気遣うように私へ目配せしてくれる。

「…………セドリック第二王子に」

耐え切れず、私自ら目を逸らしてしまう。今度はヴァルの一際大きな「ハァ?!」とケメトの「えぇ?!」とセフェクの「王子様が??」の三人の声が綺麗に重なった。

「ごめんなさい……折角わざわざ届けてもらったのに」

なんとか絞り出すように言って謝ると、すごい勢いでセフェクとケメトが「そんなことないです！」「元気出して下さい！」と慰めてくれた。ヴァルが訝《いぶか》しむように眉間に皺を寄せて「食材なんざはどうでも良いが」と私とティアラを見比べた。

「んで？　また主がその王子を餌付《えづ》けて仲良しこよしってことか？」

「違います」

一体私を何だと思っているのか。

若干食い気味に返せば、意外だったのかヴァルの目が少し丸くなった。

「むしろ先ほども口論に火がついたばかりです」

一応全て他言はしないように、と。ヴァル達に念を押しながら言う私にケメトとセフェクが頷いた。

溜息をつく私に、ヴァルが少し面白そうにまた口を開く。

「へぇ〜、じゃあ今回こそは主の片思いってことか。珍しいこともあるもん……」

「大ッッ嫌いです‼」

片思いって言葉自体も色々突っ込みたかったけれど、とにもかくにも今は色々なことで導火線に火がついた。ヴァルの言葉を上から叩き落とすように声を荒らげると、次の瞬間には部屋中が静まり返った。セフェクとケメトも口をあんぐり開けていたし、私をからかっていたヴァル本人ですら口をポカンと開けたまま目を皿のようにして何度も瞬きをしていた。頬を膨らませて怒りを露《あら》わにする私を、ティアラと専属侍女のロッテとマリーが頭や背中を摩《さす》り宥《なだ》めてくれる。

一度深く深呼吸して落ち着こうとする私に、ヴァルが呆気に取られたような表情のまま「それは俺か？　その王子サマか？」と尋ねてくる。

「…………セドリック第二王子のことです」

大声を上げてすみませんでした、と謝りながら再び溜息をつく。だめだ、早くまた頭を纏めないと。

なんだかこんなに腹が立ってしまうと、年をとってどんどんラスボス女王プライドのように心が狭くなっているんじゃないかと自分で心配になる。

「………主相手にそこまで言わせるとはなぁ……」

すげぇなその馬鹿王子、とヴァルが半ば感心したかのように腕を組んで私の顔をまじまじと眺めてきた。セフェクとケメトも同調するように二人でヴァルの腕にピッタリ掴まりながら何度も頷いた。そのままヴァルが、何をすればそこまで怒らせられるんだとティアラに聞いてきたけれどそこは「まぁ色々と……」と苦笑気味にティアラも言葉を濁らせてくれた。本当にありがたい。

セドリック第二王子。……まさか本当にゲームのティアラに放った言葉の通り三日で私を惚れさせるつもりだったなんて。

彼はゲームの中でも三日間でティアラを恋に落とすつもりだった。一年後の性格がある程度改善した後でも、自分の容姿への自信は絶対だったからだ。

そして今回、彼はそれを私に使おうとした。私が彼に惚れれば、本来の目的を伝えても第一王女の後押しで同盟はすんなり通るだろうと考えて。だから初日では本来の目的を言わなかった。きっと同盟締結前に私を虜にでもして、それから言うつもりだったのだろう。本当に大馬鹿にも程がある。

女王になっていれば別かもだけれど、第一王女の私の一存で同盟が決まったりするほど母上達は甘くない。しかも逆に不敬に無礼に盗み食いに暴行‼　惚れさせるどころか怒らせてどうする⁉

『俺が、兄貴が、どれほど必死だと‼　この同盟にどれほどのものがかかっていると‼　兄さんがどれだけ追い詰められていると思っている⁈』

「…………」

彼が、必死なのはわかる。その理由も事情も全て。でも矜持に囚われている時点で必死も何もない。

……何故、こうなったのか。ゲームの彼はもっと必死で切実に、切迫した姿で同盟を訴えかけていた。それともゲームのあの姿は交渉相手が極悪非道で恐怖の女王プライドだったからこそのものだったのだろうか。状況が同じでも相手が違うだけでこうも態度が変わると少し幻滅してしまう。ゲームでは普通に好きなキャラではあったのに。

「……そういやぁ来た時に騎士がうじゃうじゃいたが、ありゃあ何の騒ぎだ」

私が何も言わないからか、ヴァルが舌打ち混じりに別の話題を振ってきた。はっ、と顔を上げると、めんどくさそうに私の方を睨んでいた。

「確か……王族とセドリック第二王子の護衛と警護、でしたね」

アーサーの言葉を思い出しながら、確認するようにエリック副隊長へ視線を向ける。「はい、そのようにアーサーは言っていました」とすぐに頷いてくれた。

「守る価値あんのか？　その馬鹿王子」

ヴァルの失礼極まりない発言に、全員が否定できずに押し黙る。私が代表として「これから同盟を結ぶ相手ですから」と返すと、納得いかないと言わんばかりに首をゴキゴキと捻られた。

きっと、セドリック第二王子は騎士達が大勢配備されたことで慌てたのだろう。自分の本来の目的がバレたと。そしてバレたとしてもタイミングが最悪だった。私を惚れさせるどころか怒らせて、更には「大嫌い」と子どもじみた暴言まで吐かれたのだから。だから彼は私を見つけた途端、殊勝に謝り始めた。マイナスの状況をゼロに戻す為に。この後の同盟についての会談で母上に本来の目的を指摘されても、せめて怒った私が同盟を反対したり邪魔をしないように。

……本ッ当に失礼極まりない。

はぁぁあぁぁあ、と長い溜息をつきながら頭を押さえる私にティアラが椅子を勧めてくれた。お言葉に甘え、侍女が運んできてくれた椅子に腰かける。もう昨日から何度も何度も私の内なるプライドが「ガツンと痛い目に遭わせてやりたい」「もう放っておいてしまいたい」と愚痴を零している。でも、そんな訳にはいかない。だって、自国にずっと引きこもっていた彼がわざわざ我が国に訪れたのは……

コンコンッ

突然のノックの音に全員が目を向けた。すると「姉君、失礼致します」とステイルの声が聞こえ、書類の束を片手に落ち着いた様子で入ってきた。

「ステイル。どうしたの？　ヴェスト叔父様との仕事は？」

今回、ステイルは呼んでいない。ヴァルには書状を渡すだけだったし、ステイルにチェックしてもらう必要のあるジルベール宰相への書類も昨日受け取ったばかりだもの。

「いえ、一応これもヴェスト摂政から仰せつかった仕事です。第一王女と第二王女である姉君とティアラにも関わる内容なので、俺から説明、報告をして欲しいと」

まぁ部外者もいますが良いでしょう、とヴァルを軽く見ながらステイルは改めて書類を手に中身を確認した。そのままはっきりとした口調で要約した内容を私達に告げる。

「今、我が城に滞在しているハナズオ連合王国のサーシス王国第二王子、セドリック殿下との同盟交渉ですが……」

その言葉に少しほっとする。どうやら今日の同盟交渉の話らしい。恐らく私達もまた同席を……

「一時凍結することになりました」


「ッ一時……凍結……⁈」

ガタン、と掛ける椅子が音を立て、セドリック第二王子がその場に茫然《ぼうぜん》と立ち尽くした。驚愕に表情を硬め、時折痙攣《けいれん》するようにヒクつかせる。

「どういうことです……⁉　昨日の時点では確かに互いの条件に問題はなかったはずではなかったのですか⁈　ジルベール宰相殿‼」

動揺のあまりか声を荒らげ、信じられないように私を睨む。若干怒りで顔色も赤らみ、全身に緊張を走らせていた。

「ええ、〝昨日の時点〟では」

動揺から興奮し始めるセドリック第二王子を宥めるべく、ゆっくりと彼へ言葉を返す。彼は未だ納得しかねるように一人首を振り、歯を食い縛った。

「！　まさか、プライド第一王女殿下がっ……‼」

突然出てきたプライド様の名に、今度は私が首を傾《かし》げる。昨日ステイル様がセドリック第二王子を咎めた行いのことを言いたいのだろうか。まさかその腹いせにプライド様が同盟交渉の一時凍結に手を回したとでも考えたのか。

「？　プライド様、が何か。恐らく今頃、プライド様にも通達がいっている頃でしょうが……」

私が敢えて訳がわからないといった表情をしてみせれば、彼は口が滑ったと言わんばかりに目を見開き、視線を下ろした。「いえ、何も」と言いながら明らかにその表情は困惑と疑惑に染まっていた。

彼の熱が少し収まったところで改めて椅子を勧め、腰を下ろしてから私もテーブルを隔てた向かいの席に腰かける。

「……セドリック第二王子殿下、我々に何か伝え損ねていることはありませんか」

座ったまま俯き気味だった彼が、私の言葉に瞬時に顔を上げゴクリと聞こえるほどに息を呑んだ。

昨日の謁見でもそうだったが、やはり彼にはこういう交渉事は向いていない。

「先ほど、新たな情報が入りました。コペランディ王国、アラタ王国、ラフレシアナ王国……。いずれもハナズオ連合王国の近隣国と存じ上げております」

ヴェスト摂政に届いた使者からの報告だ。この数十年、多くの国との交流を拒み続けたハナズオ連合王国。それが我が国との同盟交渉を望む為に国を出る二日前に、とある国の訪問を許していたと我が国の使者から報告が入った。その国こそがコペランディ王国だ。

その国の馬車がハナズオ連合王国に入国を許されたところを、偶然にも我が国の使者が目撃していた。更にはコペランディ王国に滞在していた我が国の別の使者も、王族の馬車が国外に出ていくのを確認している。双方の使者が記した大体の時刻からも合致がいく。そして今朝に届いた使者からの更なる情報。同じくハナズオ連合王国の近隣国であるアラタ王国とラフレシアナ王国。

この二国が、戦準備を始めているということだ。

突然の侵攻準備、近隣二国がほぼ同時に兵を起こすなど偶然とは考えにくい。

「コペランディ王国がハナズオ連合王国を訪問したことも、そしてアラタ王国とラフレシアナ王国が戦準備を始めていることもこちらは既に掴んでおります」

当然、この三国の大いなる繋がりも。そこまでは敢えて告げずにいる私に、歯噛みをしながらセドリック第二王子は拳を握った。やはり彼も知っていたらしい。……そして、隠していた。

「どうか、詳しく御説明願います。セドリック第二王子殿下」

この三国とハナズオ連合王国との関係。それが不明なままでは信頼も同盟もあったものではない。だが、セドリック第二王子は視線を彷徨《さまよ》わせたままひたすらに口を閉ざす。彼が黙する理由、それはつまりヴェスト摂政の案じていたことが的中したということなのだろうか。ならば尚更、フリージアはハナズオ連合王国との同盟交渉を白紙に戻さざるを得なくなる。

「…………っ、それはつまり……説明によっては同盟凍結の話の取消もあり得る、ということでしょうか……」

端整な顔立ちを苦々しく歪め、両眉を強く寄せたセドリック第二王子は腕や肩、身体中を強張せ、絞り出すようにやっと口を開いた。私がそれを無礼にあたらないように細心の注意を払って肯定すると、彼はまた黙す。仕方なく再び私から更に彼に語りかけてみる。

「……セドリック第二王子殿下。勿論、同盟の行方《ゆくえ》については、あくまで〝事実によっては〟です。ハナズオ連合王国と同盟による友好関係を望む我が国としてもできる限り互いの同盟関係を叶えたいと」

「ッなにが〝和平〟だ‼　これほどの力を持っていながら国が誇りの為に戦場へその身を投じることすら躊躇《ため》らう臆病《おくびよう》者が‼」

ダンッ‼　と私の言葉を打ち消すようにセドリック第二王子が目の前のテーブルに力の限り手をつ

き、音を立てた。肩から息を上げ、興奮した様子の彼は燃える瞳で私を睨み付ける。

「戦場……？」

やはり、アラタ王国とラフレシアナ王国の戦準備は彼らと無関係ではないらしい。そう確信が強まりながら聞き返す私に、セドリック第二王子は喉を詰まらせたかのように口を結び、零してしまった言葉を後悔するかのように剥き出しにした歯を噛みしめた。

「〝臆病者〟という言葉については私の胸中のみに留めておきましょう。どうか、詳しい御説明を願います。戦場、とはやはりハナズオ連合王国は近々……」

「ッもう良い……!!」

再び、私の言葉が遮られる。手をついたまま俯くその声は、投げやりにもそして悲痛にも聞こえた。

「フリージア王国にその気がないことは十分に理解した……！　それでも同盟が叶わぬというのならばこれ以上貴方がたに話すことなどない。私はこの場にて失礼させて頂く」

椅子から勢い良く立ち上がり、振り向き様に自身の侍女と衛兵に帰国の準備をと命令を下し始める。

「！　お待ち下さい、セドリック第二王子殿下」

確かに女王であるローザ様からは帰国か長期滞在かのどちらかを仰せつかっている。だが、このような怒りに任せた帰国では互いに遺恨も今後の関係にも傷も残る。どうか彼をもう一度落ち着かせるべく言葉を掛けるが、熱を発した彼の周りでは忙《せわ》しなく侍女達が荷を纏め始めていた。

「我が国がサーシス王国との同盟を望んでいることは変わりません」

私に睨みを返しながら、彼は乱れた息を少しずつ整えていく。私の言葉に未だ耳を傾ける分、少しは理性も残っているのだろう。

「我々の元に届いた情報も確かとは言えません。貴方と我々で事実の行き違いが生じている可能性も十分あるでしょう」

今の状態の彼をこのまま国に返してはならない。確信ともいうべきそれに私は準じ、どうか引き止められるようにと言葉を重ね続ける。……何より、今の彼の取り乱す姿はまるでどこかのよく知る愚者に酷く重なって見えた。

「まだ、女王陛下も我々も調査段階なのです。だからこそ、詳細をご存知の貴方に話をお聞かせ頂きたいと願っております」

「……だが、貴方達の予想通りの事態であればフリージア王国は同盟を結ぶ気はない。……だからこその一時凍結なのだろう」

幾分落ち着いた彼からの言葉に今度は私が黙する。否定はできない。だがそれを確かめる為にも今、彼からの情報が少しでも必要なのだ。ローザ様は、ヴェスト摂政そして王配のアルバートと共に審議の最中だ。今後のサーシス王国との同盟の為にも、第二王子である彼からの情報は必要不可欠だ。

だが、彼は口を噤《つぐ》んだ私に背を向けると扉へ歩み始めた。手早く荷を纏めた侍女達がセドリック第二王子に続こうと荷を抱える。私が再び背中に言葉を掛けようとした、その時だった。

ダンダンッ！　と。第二王子の部屋にも拘わらず強めに扉を叩く音が響き出した。セドリック第二王子も驚き、扉の前で立ち止まる。「失礼致します」と声が聞こえ、衛兵により扉が開かれた。堂々とその場に現れた御方に、私だけでなくセドリック第二王子までもが目を見開き一歩後退《あとずさ》った。

「プライド第一王女……殿下」

言葉が漏れ、彼は驚愕をそのままにプライド様から目を離せないようだった。更にその背後にはステイル様、ティアラ様、そして近衛騎士、近衛兵と続く。最後の一人が入りきると同時に閉ざされた扉の前に立ち塞がるプライド様へ、セドリック第二王子が戸惑いを隠せぬように硬直する。

「………どうやら、間に合ったようですね」

そう呟き、プライド様は部屋内の荷を纏めた侍女や衛兵達に小さく息を吐かれた。落ち着いたその眼差しが、最後にゆっくりとセドリック第二王子へと向けられる。

「セドリック第二王子殿下。貴方はまだ国に帰ってはなりません」

なっ、とプライド様の言葉にセドリック第二王子が息を詰まらせる。紅《あか》く燃える瞳を向けられてもプライド様は物怖《ものお》じ一つせず正面から受け止め、見つめ返した。あの御方にとっては彼の眼差し程度は怖《お》じけるにも値しないのだろう。

「……っ、申し訳ないがそれは断る。フリージア王国と我が国は同盟交渉が決裂した。私がここにいる理由などない。……よってこれ以上、我が国の事情を説明する義理もない」

最後はプライド様から逸らすように私へ視線を向けてきた。恐らくそれが私への答えなのだろう。

「なりません。貴方の口から、我が母上に全てを語るまで帰す訳にはいきません」

はっきりと言い放つプライド様の言葉に、セドリック第二王子の目が見開かれる。彼からも何か言葉を返そうとするが、まだ己が感情に言葉が追いついていないかのようだった。

「もし、どうしても貴方が去るというのならば私にも考えがあります」

見定め、更に続けるプライド様はギラリと珍しく強い敵意にも感じられる眼差しをセドリック第二王子へと向けられた。「考え……？」と疑問が先行するかのように彼の口からやっと言葉が零れ、プライド様が頷くと同時に背後からその両脇《わき》を近衛騎士の二人が守るように固めた。さらにプライド様の隣にはステイル様が並び、セドリック第二王子を警戒するかのように睨み付けた。

「貴方がこの連日、私に犯した無礼と暴力。その全てを母上に報告させて頂きます」

プライド様の御言葉に今度こそセドリック第二王子の呼吸が一瞬止まり、言葉を失った。口を魚のようにパクパクと開き、見開かれた瞳が細やかに震えながらプライド様へと囚われる。

「正式に我が国が貴方の身柄を拘束するのに十分過ぎる理由と、……更には国同士の諍《いさか》いにもなり得るでしょう」

プライド様の発言に、今度はセドリック第二王子だけでなくこの場にいる誰もが息を呑む。その言葉は間違いなく脅迫だ。プライド様がサーシス王国の第二王子を言葉で縛ろうとされている。……だが、私には覚えがある。この、プライド様の意図せぬ言葉を。

私は知っている。この御方が、言葉で相手を縛る時。この御方が、他者へ己が権力を振りかざす時。

それは、その者の為に動く時であることを。

セドリック第二王子が我が国に来訪した日から今日でとうとう三日。

昨日は無事彼の帰国を引き留めることはできた。けれど、私達を部屋から追い出した彼はそのまま部屋に一日閉じこもってしまった。

「セドリック第二王子殿下。私です、昨日のことでお話ししたいことがあって伺いました」

そして一晩頭を冷やした今日、私はもう一度彼の部屋へ訪れた。アーサーが近衛騎士に付いてくれる時間帯を選び、ティアラとステイルにもお願いして休息時間を合わせてもらった。……正直、私一人じゃ来るのも結構怖かった。昨日は不意を突かれたとはいえ力で全く敵わなかったのだから。昨日も今日もこうしてセドリック第二王子を訪ねられるのは心強い彼らが傍にいてくれるからだ。

セドリック第二王子の部屋の前に立ち、扉越しに声を掛ける。衛兵の話では昨日から一度も出てきていないらしい。私に代わって衛兵が何度もノックをしてくれたけど、開けてくれる様子はなかった。

数分間ノックを鳴らし続け、やっと返ってきたのは「話すことなどない」とその一言だけだ。私のせいとはいえ、人の城に引きこもってしかも何も話さないの一点張りでは子どもが意地になっているようなものだ。……いや、実際そうか。彼は自らの意思で自分の時間を止めてしまったのだから。

これではいつまで経っても終わらない。仕方なく我が城の鍵を使って無理矢理中に入らせてもらうことにする。我が城の中だし、中から鍵をしめようとも基本的に王族の私達が入れない場所はない。

「失礼致します」と声を掛け全員で突入する。セドリック第二王子の侍女や衛兵が困りますと立ち塞がったけれど、そこは無理に押し通らせてもらった。「無礼者‼」と彼の叫びが上がり、構わず私は部屋の真ん中を歩みセドリック第二王子の前に立った。

ソファーに身を預けたまま私を睨むようにして燃える瞳が私を睨む。知っている、彼は私が嫌いだ。そして、私も彼が嫌いだ。

「いつまでくだらぬ意地を張り続けるおつもりですか」

ソファーに腰かける彼を睨み返しながら声を張る。〝くだらぬ〟という言葉に彼が反応して身を起こそうとしたけれど直後にステイルとアーサーに目を見開いた。身体を強張らせ、ソファーの肘置きに指を食い込ませる。我が国の王子と近衛騎士の前で、これ以上の暴挙は流石にと思い止《とど》まったらしい。

「っ……プライド第一王女殿下、貴方の要求通りにしているだけです。ですが、……同盟を結ぶ意思のないフリージア王国にこれ以上国王の許可なしに我が国の話をすることはできません」

「国王に無断で我が国に交渉に訪れておいて、何を今更」

なっ?! と、今度こそセドリック第二王子の身体が起き、その場に立ち上がった。彼だけではない、彼の侍女や衛兵。そしてその事実を知らなかったステイル達まで驚愕に言葉を失った。

心の底で早速言い方が厳しくなったことを少し反省しつつ、見上げるようにして彼の顔を捉える。開かれた目の奥が揺れている。何かを言おうとした口が余計なことを言うまいと食い縛られた。表情に出さないように努めながらも、頬には一筋の汗が滴っている。

「何故、それを……」

やっと零れ出たのはその一言だった。図星の怒りもあってか唸るような吐息が共に漏れた。

「そんなことはどうでも良いのです。良いからさっさと貴方の事情を今すぐ母上に話して下さい。全て話せば、私も貴方の問いに答えましょう」

駄目だ、彼の顔を見るとそれだけで料理の恨みがふつふつと沸いてくる。いつの間に私はこんなに心が狭くなったのだろうか。……いや、むしろ元々か。

「ッふざけるな!!」

彼がとうとう声を荒らげる。反応してアーサーとエリック副隊長が同時に剣を構えて私の前に出た。負けじとセドリック第二王子の衛兵も前に出るけれど、完全に覇気で負けている。彼ら自身もセドリック第二王子の立場が悪いことには気づいているのだろう。

興奮したせいか、セドリック第二王子の荒い息が私の眼前に掛かる。動揺し、声を荒らげ、鼻息まで荒らげる姿は私と同い年とは思えないほどに幼く見える。ゲームでの一年後の姿が嘘のようだ。

「………時間がないのでしょう？」

静かに問いかけた言葉に、突如彼の肩が酷く震えた。

「今、貴方の我が城での立場を理解していますか？」

脅しにも取れる問いに、端整な顔が酷く醜く歪んだ。「誰のッ……」と何やら口ごもり、そして喉で最後に飲み込んだ。

「言っておきますが、私は貴方のやったことを許してはいません。口づけも、料理も、庭園での暴力も、そして……」

一言ひとこと彼に言い聞かすように語りかける。その行いを口にする度、彼の表情から苦々しさが増した。金色の髪を自分で掻き上げるように鷲掴《わしづか》みぎゅっと握った。最後に私が言葉を切り、目を逸らそうとする彼の瞳を逃がさないようにもう一度改めて覗き込む。

「貴方が私を利用して本来の目的と同盟の許可を母上から得ようとしたことも、全て」

庭での一件を繰り返すように言い放てば、ギリッと白く整った歯が強く音を立てた。

「ですが、それと今回の貴方を引き止めた理由は全くの別です」

別に今までのことの意趣返しでこんなことをした訳じゃない。そのまま「貴方は未だご自分の立場を理解していないようだったので」と伝えると、苦々しげな表情のまま俯き再び声が漏れ出した。

「そんなことはっ……わかっている……!!」

声を荒らげないように細心の注意を払って言葉を紡ぐ。どこか弱々しくも見える彼の姿に、ティアラが少し驚いたように身を引いた。

「いいえ、わかっていません」

はっきりと切り捨てる。強めに放てば彼の顔が上がり、今度は抑えきれないように声が荒らげられる。

「ッわかってる!!」

「わかってないと言ってるでしょう!!」

私も負けじと声を荒らげれば、背中ごと反らしながら言い返そうと肩で何度も息をした。彼が頭と呼吸を宥めている間も私は追撃する。

「ならば貴方は我が国が何故サーシス王国との同盟交渉を凍結させたかご存知ですか?!」

「ッ知っている！　俺の目的がわかったからだろう?!　日和《ひより》見主義の大国が!!　戦を共にする覚悟もなく同盟を望むなど聞いて飽きれる!!」

彼の言葉に今度は私が歯を食い縛る。また癇癪だ。全くこちらの言いたいことの意を汲もうともせず、自分の中で決めてしまっている彼に腹が立つ。

「ッだから……!!」

足をドレスの限り大股《おおまた》に開き両足で床を噛む。そのまま私よりずっと背の高い彼の胸倉を鷲掴み、引き寄せる。突然のことに驚いたのか無抵抗に私の眼前まで引かれ、整った顔が目を丸くする。鼻と鼻がぶつかるほどに顔が近づき、ふと口づけをされそうだった時を思い出した。

彼の顔面に向かって口を開き、その鼓膜が破れても良いほどにお腹に力を込めて叫ぶ。

「貴方のその〝目的〟が我が国に誤認されていると言っているのです！！！」

甲高い声が耳に響いたのか、流石に顔を顰《しか》めた彼の顔がその直後には驚愕に染まった。まるで猫のように大きな瞳がパッチリと開き、苦々しげに歪んだ顔が元の形に戻った。

「……なん、だと……？」

パチリパチリと瞬きし、私の言葉を確かめる。その表情すら腹立たしく、勢いに任せて彼を突き飛ばすように胸倉から手を放し、距離を取る。

思い切り叫び過ぎたせいで息が苦しい。今度は私が肩で息をせざるを得なくなる。

「昨日……ジルベール宰相から貴方は何と聞きましたか」

必死に自分を落ち着かせようとする私に対し、彼は虚をつかれたように大きな目を瞬きさせる。放心した顔のまま淡々と口を動かした。

「フリージア王国は、コペランディ王国がハナズオ連合王国を訪問したこと。更にはアラタ王国とラフレシアナ王国が戦準備を始めていることを知っていると。……だから我が国との同盟交渉を凍結させたのだろう」

「その後、……ジルベール宰相は貴方に詳しい話を聞かせて欲しいと望みませんでしたか」

私の問いにわかりやすく彼の視線が顔ごと動き、泳いだ。いや、まさか、そんな、と小さくぼそぼそと呟き声が聞こえる。覚えがあるに決まっている。私自身、昨日あの後からジルベール宰相に確認を取ったし、ちゃんとその為のやり取りがあったことは知っている。……彼が、ジルベール宰相の言葉を完全に突っ撥《ぱ》ね帰国しようとしたことも。

「……セドリック第二王子殿下。いい加減回りくどい言葉はなしで話しましょうか。貴方もその方が楽でしょう？　私のことも好き勝手にどうぞ呼んで下さい。貴方にどう呼ばれようとも私は気にしません」

どうせ、どう転ぼうと私も彼も互いが嫌いなのは変わらない。きっと王道主人公ルートの彼とラスボスの私は絶対相容《あいい》れない運命なんだと勝手に結論付けることにする。

言葉の意図を理解できないのか、眉を寄せるばかりの彼を深呼吸してから思い切り睨み付ける。

「……セドリック」

敢えて呼び捨て、低い声で切る。突然のことに彼は小さく顔を後ろに反らせ、目を皿にした。

「貴方は今、我が国と同盟を結び、陥れようとしていると思われているわ。コペランディ王国と結託し、同じくコペランディ王国と繋がりのあるアラタ王国、ラフレシアナ王国と共に他国に攻め入ろうとしていると。もしくは同盟交渉という名目で我が国に単身で乗り込み、三国と結託してフリージア王国に侵攻しようとしていると」

今まで歯に衣《きぬ》を着せてきた疑惑を、はっきりと私は言い放つ。彼には遠回しな表現は伝わらないともう理解していたから。そして思った通り彼はみるみる内にその顔色を変えていった。

「なっ?!　何だそれは!!　何故そんなことを兄貴がっ……我が国がしなければならない?!」

やはりだ。目に見えて狼狽《うろた》えながら血の気が引いた顔で私に一歩詰め寄ってきた。彼の背後にいる侍女や衛兵達も、必死に無実を訴えようと首を横に振っている。

「ずっと引きこもっていたハナズオ連合王国が突然コペランディ王国の訪問を許したら誰だって同盟

か親交関係があると思うわよ‼」

「ッ勝手に決めるな‼　我が国が何故選《よ》りに選《よ》ってあの奴隷国の……」

「奴隷制を廃止していないアネモネ王国とは交易していたじゃない‼」

「アネモネは元々奴隷制を奨励はしていない‼　奴隷の取り扱い自体は禁じ！　更には今も奴隷制を撤廃すべく動いている‼　我が国がラジヤ帝国の手先などと同盟や親交などあり得る訳がッ……」

「だったら何故ジルベール宰相に聞かれた時にそう言わなかったの⁈」

「宰相が聞いてこなかっただけだ！」

「聞いたでしょう⁈　詳しく教えて欲しいと‼」

「あのような国と我が国が！　同盟か親交を持つかなどとは聞かれていない‼　コペランディ王国の訪問はそのようなものでは断じて」

「それも含めて！　説明しろとジルベール宰相は聞いてくれたんでしょうが‼」

ぎゃあぎゃあと子どものような口論が続く。動物の縄張り争いのように吠《ほ》え合っているだけだ。

「しかも‼　コペランディ王国と同じラジヤ帝国の植民地のアラタ王国とラフレシアナ王国が同時期に戦準備をしていたら！　三国とハナズオ連合王国が手を組んでどこかの侵略を狙ってると思うに決まっているじゃない‼」

そこまで言うと、もう返しが思いつかないようにセドリックが拳を握った。私が声を荒らげる中、

「我が国がッ……そのような疑いをっ……」と冤罪《えんざい》に唇を僅かに震わせた。

「だから！　母上は同盟交渉を凍結させたのよ‼　同盟締結した後に、ハナズオ連合王国とラジヤ帝国との結び付きが明らかになって我が国が不要な他国への侵略に関わらないように‼　同盟を結んだ

ら、戦争でもその繋がりが発揮されるのは貴方も望むところだったでしょう⁉」

もしサーシス王国と同盟をした後に、ハナズオ連合王国が他の三国と一緒にラジヤ帝国の望むようにどこかの国を侵略しようとしたら。フリージア王国も同盟の名の下に兵を挙げざるを得なくなる。

実際、今までなかった話じゃない。過去に国同士の争いが活発だった時はフリージア王国の特殊能力者目当てに同盟を結び、その後すぐに他国への侵攻を決め、我が国がその侵略戦争に巻き込まれたこともある。フリージア王国には全く何の得にもならないその戦で、多くの民が犠牲《ぎせい》になった。

同盟はただの仲良しの約束ではない。様々な条約と共に敵にならないことを誓う契約だ。互いの国に侵攻、強行しない。そしてどちらかの国が戦争などの争いに関わる場合は必ず味方になると。

「貴方がちゃんと最初に正直に話せばこんなことにはならなかったわよ‼　貴方が馬鹿みたいに下らない矜持に気を取られなければ‼」

ゲームの回想シーンのように訴えていれば。そう、言いたい気持ちをぐっと堪えて詰め寄る。何故、彼がこんなに回りくどいことばかりでゲームのように動かなかったのかはわからない。ただ今回のことは彼が最初に隠し立てしたせいで生じた誤解、それだけは確かだ。

私からの怒鳴りにセドリックは唇を震わせたまま目を剥いた。また掴みかかられるのではないかと身を硬くしたら、その前にアーサーとエリック副隊長が私達の間に入ってくれた。

「〝馬鹿〟……〝下らない〟……だと……⁉」

わなわなと行き場のない拳を震わせてセドリックが私を睨む。すると今度はステイルとティアラまでもが私を守るように隣に並んでくれた。そしてだからこそ私は皆に礼を伝えてからその前に立つ。

もう一度目と鼻の先にセドリックが立ち、それを正面から迎え撃つ。人を壁にしてそれ越しの言葉ではきっと彼には届かない。息を思い切り吸い上げ、再び彼に向かって声を張る。

「下らないわよ!! 大馬鹿よ!! 貴方は何の為に単身でフリージアに来たの?! 別に私と恋する為でも我が国より優位に立つ為でもないでしょうが!!」

今度は飛び込み、両手で彼の襟《えり》元を掴み上げ引き寄せる。彼が小さく声を上げたけれど気にしない。力の限り握り額を打ち付けたまま、大火となって燃える瞳をゼロ距離から覗き捉えてやる。

「己が目的を改めなさい!! 恥も外聞も全部かなぐり捨ててそれでも守りたいものがあるから来たのでしょう?! だったら初めからそうしなさいよ!!」

叫び過ぎて顔が熱い。きっと怒鳴り過ぎて私の顔も真っ赤だろう。王女らしからぬ形相に驚いたのか、セドリックは見開いた目をそのままに今度は一度も逸らさなかった。

「それなのに下らない上に甘い作戦に縋《すが》って！ 無駄に立場を悪くして！ それで大事な人達を守れなかったら何も残らないでしょう！ だから馬鹿だと言っているの!!」

はぁはぁ、ぜぇと。全て言い終わった後には情けないほどに息が上がっていた。私が引き寄せたままのセドリックの顔がポカンと口を開いたまま固まっている。今度は突き飛ばさずゆっくりと手を緩めてから数歩距離を取った。その途端、さっきまで堪えていたかのように再びアーサーとエリック副隊長が間に入り、ステイルとティアラが駆け寄ってきてくれる。

暫くは沈黙だけが流れた。私も息を整えるのに必死で、セドリックも呆《ほう》けた表情のまま動かない。引き寄せた時の中腰体勢で固まっている。私は数分使って息を整えきり、最後の言葉を彼に放った。

「………………これから、私は母上の元へ行きます。貴方も付いてくるのならば勝手にしなさい。これを逃せば貴方が母上と直接語らう機会はないと……、……いえ」

途中で話すのをやめる。彼にははっきりと言わないと伝わらない。

私は姿勢を正し、胸を張ってセドリックを捉え言い直した。

「もう一度だけ、今度こそやり直したいなら今しかないわセドリック。これから一生自分を恥じて生きたくないならばさっさと私に付いてきなさい」


「母上、失礼致します」

母上に許可を得て、私は謁見の間に足を踏み入れる。ヴェスト叔父様や父上、ジルベール宰相も審議中だったのだろうか母上と一緒にいた。全員が私達を迎えるべく所定の位置についていた。

「……どうしたのです？　プライド」

母上が小さく首を傾げながら問う。私の傍にステイルとティアラが寄り添い、近衛騎士のアーサーとエリック副隊長もそれに続く。……そしてセドリックが、その背後に。

振り向いてからほっとした。小さく俯いた彼の表情は読めなかったけれど、ちゃんと来ていた。

「セドリック第二王子殿下が、母上に折り入ってお話ししたいことがあるそうです」

彼をその場に置き、私達はそのまま母上の元へ歩み所定の位置につく。初めてセドリックを迎えた時と同じ態勢だ。私達がその場で捌《は》け、ぽつんと一人になったセドリックは小さく俯いたまま最初は動かなかった。まだ外聞を捨てきれないのかと心臓をバクつかせながら彼を見つめる。母上や父上も彼から詳細を聞きたいと思ってくれているのか、そのまま黙ってセドリックの言葉を待った。

「……同盟交渉について、お伝えしていなかったことがありました。まず、その非礼をお詫び申し上げます」

ポツリ、ポツリと覇気のない彼の声が謁見の間に響く。そのままゆっくりとその場に跪いた。申し訳ありません、と呟く彼は既に何かと戦っているかのようだった。

「……お聞かせ願えますか、セドリック第二王子殿下。サーシス王国並びにハナズオ連合王国が今、どのような状況なのか」

母上が静かに口を開く。小さく開いたその唇からは想像ができないほどのはっきりとした声色だった。セドリックもそれに覚悟を決めたように一言返し、遠目からもわかるほど強く己が拳を握りしめ、平伏、した。

サーシス王国の第二王子が、あろうことかフリージア王国の王族達の前で。

その姿に誰もが驚き、息を飲み、母上でさえも目を見開いた。他国の王族へ平伏する王子なんて普通はあり得ない。きっとセドリック自身もわかっている。それでも体勢をそのままに声を張り上げた。

「っ……どうか、……御救い下さい……っ……!!」

今までにない、真摯《しんし》に訴えるような声だった。

絨毯についた両手は既に震え、拳を握らないように必死に堪えている。床に俯き、つけた顔から表情はわからない。ただ、その声色からどれほどの苦渋にあの顔を歪めているかは容易に想像できた。

「我が国サーシスと同じくハナズオ連合王国の一翼であるチャイネンシス王国が今、侵略の危機に瀕しております……!!」

彼の声が震え始めた。手入れを怠ったことのないであろう長い金色の髪を床につけ、それでも彼は顔を上げようとしない。

「二週間前、コペランディ王国にっ……チャイネンシス王国は服従か蹂躙《じゅうりん》かを迫られました……!!」

服従ならば植民地に。逆らうならば蹂躙し属州に。そう続ける彼はとうとう耐えきれないように拳を握り出し、上等な絨毯にはくっきりと指の跡が残った。

「猶予は一カ月……もう、時間がありません……!! サーシスも共に抗うつもりではありますが我が国は、ハナズオ連合王国は非力です……! 軍事力も、規模も彼《か》の国の足元にも及びません……!」

もう半月しかない。更に大国であるラジヤ帝国の手中にある近隣国のアラタ王国、ラフレシアナ王国もまたハナズオ連合王国に攻め入る為に侵略準備を進めていると。

その三国を合わせれば軍事力も人口も、唯一コペランディ王国に上回っていた国土すら全てハナズオ連合王国を上回る。ハナズオ連合王国は合わせればそれなりの大きさでも、近隣国三国が合わされば明らかに下回る。そして集中的に狙われるのはチャイネンシス王国。しかも三国の背後には多くの植民地や属州を持つ大国ラジヤ帝国が控えている。勝てるどころかまともに抗えるわけもない。

「……ッ……もう、貴方方しかいないのです……! 奴隷制なき国でありながら、ラジヤに匹敵する力と、軍事力を持つ、フリージア王国しかっ……!」

奴隷制の国ではラジヤへ敵対することはできない。ラジヤ帝国は奴隷生産国の中では一番の大国でもある。ラジヤ帝国の侵略を邪魔すれば、奴隷という〝商い《あきな》〟にも支障を来《きた》すのだから。

「御救い下さいっ……どうか……!!」

最初に現れた時とは明らかに異なる彼の姿は弱々しい。俯き首を縮こまらせ、言葉を詰まらせながら必死に噛みしめ紡ぎ、訴え続けるその懇願は謁見の間で悲痛に響き渡った。

「どうかっ……!」

最後に上げた顔は表情も酷く険しく、胸を締め付けられているかのように息苦しく歪んでいた。

「………話はわかりました」

聞き終えた母上が締め括るように言葉を返す。静かなその声だけが空間を脈打たせた。セドリックも一挙一動を見逃すまいと歪めた顔のまま女王を見上げ、私達も母上の決断を息を飲み待った。

「ですがこちらとしては未だ事実がどうかの確証は持てません。もう少し時間を頂きたいと思います」

「そんなっ……‼」

母上の言葉にセドリックが言葉を詰まらせる。だが当然だ。最初に言われていれば心象は違ったかもしれないけれど、先に疑いが生まれてから言われても安易に信じる訳にはいかない。

言葉を失うセドリックの瞳から炎が消えていく。まるで母上に全てを断られたかのような反応に私は溜息をつきそうなのを必死に堪えた。こんなところで諦《あきら》めてどうする‼

「……母上。私は予知を致しました」

声色を抑え、進言する。私の〝予知〟に母上達も目を丸くして振り返った。

「私の予知では、チャイネンシス王国が他国に侵略を受けていました。……恐らくセドリック第二王子殿下の仰ることは真実でしょう」

本当は他にも色々言いたいことはあるけれど、実際にそうなるかどうかわからない。ただでさえ今回は前世の記憶通りでないことが多過ぎる。今の私に言えることはこれだけだ。勿論母上達からすれば、一概にこれだけで安心はできない。それでもこの国において〝予知〟の一言は大きな力を持つ。

母上は少し考え込み、周りにいる私達にしか聞こえない音量で小さく唸った。そして……

「……ならば、その未来を変えねばなりませんね」

肯定とも取れるその言葉に、セドリックの目が輝いた。それは、まさか……！　と声を漏らし、母上へ向ける瞳に再び火が灯《とも》った。

そう、本来ならば我が国はセドリックからの条件を最初から言われても受け入れる心構えはできている。元はと言えばこちらが長年同盟を申し出ていた方なのだから。むしろ同盟したいと言っていたのに、ハナズオ連合王国が他国に侵略されそうなのでやっぱり同盟は結構ですなんてしたら今まで築き上げてきた同盟国からも信頼を失うことになる。自分達も他国から侵略の脅威に晒されたら切り捨てられるのかと思われる。ただ協力や友好だけではない。相手国が侵略の危機に晒されたら味方となる。それも同盟を結ぶ上での大きな利点の一つだ。だからこそ同盟関係になった国は強固な結び付きを得ることができる。……本当に、最初からちゃんと話せば良かったのに。そうすればきっと問題なく話は進んだ。相手は極悪非道自己中プライドではなく女王としては完璧な私の母上なのだから。

「同盟については、我が国からも再び調査は進めます。そして真偽が判明次第、同盟締結に動きましょう。……国王陛下も、その状況では国から動くのも難しいでしょう」

母上の言葉にセドリックが大きく頷き答える。

ハナズオ連合王国が緊張状態の今、国王が他国へ赴くのは難しい。ならばセドリックが国王代理として調印するか、または母上がサーシス王国に赴いて調印しなければならない。本来ならこのままセドリックが国王代理として調印すれば済むけれど……

「調印は、確か元より貴方が代理ではなく私がサーシス王国へ赴き同盟締結の調印をとの話だったと存じております」

母上がジルベール宰相とヴェスト叔父様に目で確認を取りながらセドリックに告げる。彼もそれには「申し訳ありませんが私は今回、国王代理として許可を得てはおりません」と返し、最後に詫びた。……むしろ、国王代理の許可どころか黙って国を飛び出してきたのだから当然だ。

「……やはり、真偽確認の為に時間は頂くでしょう。三日だけ時間を頂けますか。サーシス王国並びにチャイネンシス王国について真偽が取れ次第同盟を結び、できる限りのことはしましょう」

同盟の条件はと冷静に母上が確認を取れば、目を輝かせて「勿論です」と返ってきた。……もともと、母上もそのつもりで最初に時間を下さいと言ったのに、この人は。

感謝致します、と叫ぶセドリックは再び深々と母上に、そして私達にも頭を下げた。その直前、一瞬だけ目が合った気がした。やはり私に頭を下げるのを少し躊躇《ちゅうちょ》したのだろうか。

でも良かった。取り敢えずこれで事実さえヴェスト叔父様が確認してくれれば、フリージア王国とサーシス王国は同盟を締結できる。そうすればハナズオ連合王国が奴隷生産国になるのも防げる。

ラジヤ帝国。ゲーム内でもチラチラ出てきた名前だ。第一作目では物語の主軸後半から女王プライドの協力者でもある。……ただし、ティアラと攻略対象者の前に立ちはだかる中ボスポジションのスティルやアーサー、セドリック、レオンと比べて言ってしまえば小ボスやモブのポジションだ。しかも小ボスとして立ちはだかっても攻略対象者には全く歯が立たず、苦戦するとすぐに尻尾《しっぽ》を巻いて逃げちゃうかとどめを刺されちゃうし、ラジヤ帝国自体もプライドが断罪されたらあっさりと撤退してしまう。物語の主軸には関わるけれど、出番としては殆ど印象にない。ゲームでの脅威はあくまでラスボス女王プライドが支配する〝フリージア王国〟だったのだから。

現状でも、奴隷大国であるラジヤ帝国全土が攻め込んでくるならまだしも、コペランディ王国を含む三国くらいならばフリージア王国だけでも充分太刀《たち》打ちできる。ラジヤ帝国は侵略と奴隷生産で規模を広げて力をつけてはいるけれど、近年はフリージア王国との友好を望んでいる節もあるらしい。奴隷制至上主義な上に我が国の民もラジヤ帝国で売られたままだから難しいのが現状だけれど。

国内の奴隷制はその国の自由。他国で拐《かどわ》かされたり売られた民に関しても、奴隷制の国で奴隷にされればその国の自由になってしまう。たとえその民が奴隷制撤廃国の民であったとしても。ジルベール宰相が他国に売られた我が国の民も保護対象として取り返す為の法律や仕組みを作ってくれているから、それが完成し次第商品にされたフリージアの民達を返してもらうつもりだ。ラジヤ帝国も我が国と友好を望んでいるのなら、我が国と同盟を結んだハナズオ連合王国に侵略の手を伸ばすこともきっと躊躇うはずだ。事実上フリージア王国に宣戦布告するようなものになるのだから。

「同盟締結し次第、すぐに援軍を出しましょう。私からもラジヤ帝国にハナズオ連合王国との和平、そして会談を望んでみます」

母上が視線を投げかけると、ヴェスト叔父様が承諾を示して頷いた。ただしラジヤ帝国もまた我が国からは日が掛かる。その為会談自体も時間が掛かるでしょうと話す母上に、セドリックは「充分です……‼」と再び両手を床につけたまま頭を下げた。その瞬間、ぽとりと数滴水が床に滴った。

母上もそこまで見通しを口にしたということは、セドリックの言葉を信用してくれているということなのだろう。きっと三日後にはちゃんと同盟の為に動いてくれる。私もほっと思わず息を吐く。

セドリックに母上が退室を許し、彼は重々しく頭を下げながら去っていった。その目が瞳以外も赤く腫《は》れているのが金色の髪越しに一瞬見えた。

キミヒカシリーズ第一作目。セドリックルートで彼は、一年前の凄惨《せいさん》な過去をティアラに語る。

彼の国は一年前、突然現れたコペランディ王国に降伏か蹂躙かを迫られた。降伏すればラジヤ帝国の植民地となるが国名や文化は残る。抗えばその国ごと強襲され、ラジヤの属州としてそれまでの文化も国名もなくなる。どちらの選択肢でもラジヤ帝国の傘下《さんか》に降《くだ》れば、強制的にチャイネンシス王国は奴隷生産国として民をラジヤに差し出さなければならない。国王は悩み、二つの決断を下した。

その決断を聞いたセドリックは国を飛び出し、大国と名高いフリージア王国にハナズオ連合王国を救って欲しいと懇願した。そして女王プライドに嵌められ、結果として守ろうとした大事な人達までも彼は自分の行動のせいで不幸にしてしまう。

その苦渋と後悔から彼は自ら立ち上がり、国の為に努める立派な王子へと成長した。二度と人を信じないという決意と消えない心の傷と共に。……そして一年後、再びプライドに人生を弄《もてあそ》ばれる。

「！　……プライド……第一王女、殿下」

母上と挨拶を交わし謁見の間を出た後、私の部屋の前に彼が立っていた。恐らく私が戻ってくるのを待っていたのだろう。セドリックは私を確認した途端こちらに向き直り、正面から見据えてきた。

「〝プライド〟で構わないわ。……貴方も、私の名なんて敬称すら付けたくないでしょう？」

お互いそういうのはもうなしにしましょうと私から提言すると、彼は私から言われたのが不服だったのか眉を寄せ、また顔を顰めた。

「……プライド。……すまなかった、俺のせいで色々と手間を掛けさせてしまった」

まだ私と目を合わせたくないのか、視線を床に落としながら言う彼を、ティアラとステイルが私の両隣に立って警戒してくれた。背後ではアーサーとエリック副隊長が武器を構える音まで聞こえる。

「別にそのこと自体はどうでも良いわ」

頭でわかっていても変に喧嘩腰になってしまう。誰か私の後頭部を叩いて欲しい。

セドリックは私の言葉に少し驚いたように眉を上げた。黙する彼に、仕方なく私は言葉を続ける。

「……貴方の守りたい人や民が救われるなら、別に私がいくら手間を掛けても構わないわ。私が怒っているのは貴方がその手間を自身の矜持を守ることの為に使っていたからよ」

いくら自分の容姿に自信があるからって、私を惚れさせて優位に同盟を結ぼうとするなんて。「愛《いと》しいセドリック様の国がピンチ?! なら助けなきゃっ！」なんて展開を期待していたのだろうけども、もうその考え方自体が恥ずかしい。

言い方が無意識にキツくならないように細心の注意を払う。自分の行いにやっと気がついたようにセドリックも喉を鳴らし、また目を伏せた。再び小さな声で「すまない……」と謝罪が聞こえる。

「あとは……」

流れのまま言葉を続け、ふと止まる。言おうとした途端またふつふつとあの時の怒りを思い出してしまう。気持ち的には「取り敢えず一発殴らせろ」だけど、第二王子にそんなことを言える訳もない。

「……どうすれば良い？」

ぽつり、と突然今度はセドリックから言葉が漏れた。小さくもはっきり聞こえたその言葉に、今度は私が眉間に皺を寄せる。

「どうすれば、俺はお前に許される？」

まるで、初めて怒られた子どものような顔だった。眉を落とし、どこか悲しそうな瞳が微かに私に向けて揺れていた。一瞬、また形勢が変わったから下手《したて》に出ようとしているのかとも思ったけれど、その表情はどう見ても交渉下手の彼が計算してできるものではなかった。

「もう、お前には断りなく触れない。お前の料理や私物にも。今までの無礼についても何度でも詫びよう。………それでも、駄目か……？」

……なんだろう。この、捨てられた子犬のような瞳は。

駄目か……？　と呟く彼は、弱々しく微かに目を潤ませて私に向けていた。ゲームの映像でも見たことのなかった表情だ。弱っている姿の場面はいくつもあったけれど、こんな複雑な表情は見たことがない。ずっと彼に怒っていたはずなのに、さっき湧いてきた怒りが嘘のようで、食べ物のことくらいで根に持って強く当たってしまったことの罪悪感すら覚えてしまう。う……、と言葉を詰まらせる私にそっとステイルが前に出た。今は別にセドリックに何かされそうな訳でもないのに。

「僕も詳しく全ては知りませんが、貴方が姉君に働いた数々の無礼は到底許されるべきものではありません。母上への口添えは姉君の慈悲。……どうか、それだけはゆめゆめお忘れなく」

ピシッ、とまるで鞭《むち》を振るうかのようなステイルの言葉に私まで肩を揺らしてしまう。

何故かステイルの方がすごく敵意満々だ。やはりアーサーの料理の恨みなのか、ここまであからさまに敵意を見せるのはジルベール宰相ぶりかもしれない。

ステイルの言葉に「そうか……」とセドリックは哀しそうに視線を落とすと「部屋の前で失礼した」と呟いて私達に道を空けた。ステイルとティアラに促されるまま私も彼を横切り、部屋に入った。

その間もずっとその場に佇み続けるセドリックが、……少しだけ気になった。

セドリックが真実を母上に告白した翌日も、私達は警備の為に自室謹慎のままだった。

だけど午前が過ぎた頃、部屋にこもるべき私は護衛の近衛騎士と近衛兵と共に部屋を飛び出した。なるべく速足で移動し、断りを入れてから客間の扉を護衛に開けてもらう。

「レオン！　ごめんなさい、城中落ち着かなかったでしょう？」

「やぁ、プライド。……いや、それは良いのだけれど……一体どうしたんだい？」

レオンが、前回の宣言通りに我が城を訪問してくれた。流石に城の門兵も同盟国であるアネモネ王国の第一王子を追い返す訳にいかず、母上からもレオンを迎えるべく許可を貰《もら》えた。……ものすごい数の屈強な騎士達の護衛付きで。客間で待ってくれていたレオンの周りを、既に四番隊の騎士達が数人で囲んでいて、更にレオンが連れてきたアネモネの護衛も含むと……パッと見、レオンがゴツい人達にカツアゲに遭っているかのようだった。

レオンの問いに、私から話せる範囲で事情説明をすると彼の翡翠色の目がみるみる内に丸くなった。

「……まさか第二王子が、そんな理由でフリージア王国に……」

「ええ。……それで取り敢えず審議中で、それまでは厳戒態勢で。ごめんなさい、もっと落ち着いて話せれば良かったのだけれど」

本当にわざわざ足を伸ばしてくれたのに申し訳ない。こんな状態だし、きっと長居も難しいだろう。私が謝るとレオンは笑顔で「僕の方こそそんな忙しい時にごめん」と返してくれた。そのままゆったりと気を取り直すようにして、私の背後に付いているアーサー達に挨拶をしてくれる。

「あと、副隊長昇進おめでとうアーサー。この前プライドから聞いたよ」

にっこりと心から嬉しそうに笑みを向けてくれたレオンに、アーサーも少し恐縮したように「ありがとうございますっ……」と頭を下げた。そのまま「君はすごく優秀なんだね、プライドやティアラ、ステイル王子が自慢するのもわかるよ」と言われると、目を逸らしたまま少し照れたように顔が赤らんだ。レオンのストレートな言葉は本当に破壊力がすごい。

「あ……昇進といえば」

ふと、レオンが思い出したように声を漏らす。はっ!!　と私とエリック副隊長で殆ど同時に気がつき、顔を見合わせる。まずい!!

「プライドからのお祝……」

「ッきゃあ!!　きゃあああああああ!!」

レオンの言葉を遮るように訳のわからない奇声を上げ、思わずレオンの口を両手で押さえてしまう。むぐ?!　と短い声と共にレオンの目が再び丸くなる。振り返ればアーサーが目をぱちぱちさせていた。エリック副隊長が「王族同士の話ならば機密事項もあるでしょうし、自分達は部屋の外で待機しています」と早口で言ってアーサーと護衛達を強引に引き連れて部屋から出ていく。扉を閉める直前、何かあればすぐお呼び下さいと引き攣《つ》った笑みで言ってくれた。

バタン!　と慌しい音と共に扉が閉められる。

「……ごめんなさい、レオン。ちょっと、色々あって……」

そっとレオンの口から手を放し、そのまま流れるように頬に手を添わせる。突然口からの息を止めさせてしまったせいか、若干頬が赤くなってきていた。

「い……いや、それは……っ」

良いんだけど……、と小さい声でぽつりとレオンが返事をしてくれる。ぱっちりと丸いままの目が真っ直ぐ私に向けられていた。

「ええと……その、……実はアーサーへのお祝いは失敗しちゃって」

失敗⁇　と首を捻るレオンに、つい苦笑いで答えてしまう。すると私の表情が不安だったのか、「食材に何か不備でも⁇」と心配し始めた。私もこれは否定すべく「いえ」と首を振ってから続けた。

「料理は上手くできたの。ただ～……、………他の人に食べられちゃって」

流石にセドリックとは言いにくい。頰を指先で掻いて誤魔化すと、不思議そうに小首を傾げた。

「第一王女の君の作ったものを……勝手に⁇　そんな人がいるのかい⁇」

サーシス王国の第二王子です、とはとうとう言えない空気になってきた。レオンの言い方は明らかに心からの疑問だ。それでも私が敢えて言わないようにしていることを察すると、また食材を取り寄せたらすぐに送るとだけ笑顔で言ってくれた。……どうしよう、すっごく優しくて泣きたくなる。

「それより、……ちょうど誰もいないし確認したいことがあるんだけど。ちなみに……第二王子はまだここにいるのかい？」

部屋を見回し、レオンが少し声を抑えるようにして話題を変えてくれる。若干訝しむようなレオンの表情に今度は私が首を傾げた。

「ええ、少なくともあと二日は滞在してもらう予定よ。……何か彼に用事でも？」

必要ならセドリックも呼んで良いか母上に許可を得るけれど。そう続けると、レオンは「ううん、彼には」と滑らかな笑みを向けてくれた。

「僕が会いたかったのはプライドだけだから」

またものすごくストレートな言葉が飛んできた。うっかり照れてしまい、隠すように笑って返すとレオンの笑みに段々と妖艶《ようえん》さが混じり始める。そっと私の髪を撫でてくれる手だけで色っぽい。

「第二王子には、何か失礼なことはされなかったかい？」

　ぎくり。……まさか突然核心を突かれ、肩が上下する。以前からセドリックと顔見知りのレオンは彼の言動の問題点には気づいていただろうし、もしかしたら彼のやらかしもある程度予想がついているのかもしれない。思わず笑みが硬まったまま返事に困る私に、レオンの笑みが次第に薄れていった。そっと私に顔を近づけ、お互いの顔を交差させ真横から私の耳元に口を近づける。

「……何か、あったのかい……？」

　静かに尋ねるその声が、若干深みを増していた。なんだろう、急に寒くなってきた。ヒソヒソ話の為に耳元で囁《ささや》かれたせいだろうか。ええと……と口ごもる私にレオンは顔を引き、今度は高身長の彼が上から覗き込むようにして妖艶な眼差しを光らせた。

「何か、……されたの……？」

　少し不安そうな、そしてどこか怪しく探るような眼差しに顔が火照り目を逸らしてしまう。どうしよう、あまりセドリックの悪印象をアネモネ王国の第一王子であるレオンには言いたくない。プライド、と名を呼ばれ、観念して顔を上げると私を探る眼差しが段々と不安げに揺れていた。

「大丈夫……？」

　翡翠色の眼差しに思わず目が離せなくなる。しまった、心配させてしまった。こんな言い淀《よど》んでいたらどちらにせよ何かあったと言っているようなものだ。

「大丈夫。最初は色々あったけれど、今は大分落ち着いたから。心配かけてごめんなさい」

　そうなんとか笑ってみせると、それに応えるように滑らかにレオンが笑……

「……何かあったら、僕を仲介に呼んでって言ったのに」

……笑、んだ顔をそのままに哀しそうな声を漏らした。気づけばその瞳にまた怪しい輝きと、息が詰まるほどの色気が全身から醸し出される。

「プライド。……心配なんだ、君が」

レオンから目が離せず、段々と色気に押されるように顔が火照ってくる。放心状態の私の手がそっと優しく取られた。

「……僕は、ずっと傍にはいられないから」

きゅっと指先だけの力で握られたかと思えば、レオンの表情までもが哀しげに沈んだ。下唇を僅かに噛むようにしてじっと私を見つめてくれる。

「っ、……ごめんなさい、心配してくれたのに。でも、同盟国の第一王子であるレオンに仲介をさせる訳にもいかないし、それに」

「第一王子としてじゃないよ。僕らは〝盟友〟だろう？」

打ち消すように強めの言葉で言われ、言い訳をしようとした口が再び引き締まる。言葉をなくしてしまう私に、レオンはハッとした表情で「ごめん」と謝ってくれた。……彼は全く悪くないのに。

暫く沈黙が続くと、一瞬レオンから息を呑む音がした。どうしたのかと思い顔を上げると、さっきまでなかった強い意思を宿した瞳がそこにあった。思わず目を見開くと、レオンがいつもの滑らかな笑みで「プライド」と呼んでくれる。それに一言答えれば、……にっこりと優しく笑んだ。

「次からは、ちゃんと僕を頼ってくれる……？」

その笑みは、以前の儚《はかな》さなど微塵《みじん》も感じられなかった。何かに圧《お》されるように私も何度も頷く。勿論よと答えると、レオンは心からほっとしたように柔らかく笑み、私に小指を差し出した。

「じゃあ……約束」

子どものように頬を綻《ほころ》ばせたレオンは、滑らかな笑みをそのままに小指をじっと止め、私からも差し出されるのを待ち続けた。彼のしたいことを理解し、私からも自分の小指を絡める。レオンの肌は私より白くて絡めあうと余計にその差が際立った。

「……約束ね」

絡める指に少し力を込めながら、私からもちゃんと言葉にして約束する。すると、自分から差し出してきたレオンの白い肌が段々と紅潮していった。もとが白いせいで染まった頬がピンク色になる。絡め合った小指をじっと見つめるレオンの目が宝石のように輝いた。微笑む口元が優しく緩んでいる。子どものような約束の仕方が照れくさいのか、頬をピンク色にしたままきゅっと結んだ指からレオンは目を離さなかった。私も釣られるように照れてしまって「どこで覚えたの？」と聞いてみる。

「城下の子どもが教えてくれたんだ。……アネモネ王国をずっと胸を張って誇れるような良い国にすると。……こうして、あの子達とも約束したよ」

そうはにかみながら語ってくれたレオンは、最後には思い出したように柔らかく顔を綻ばせた。その笑みを見てやっと私も身体の緊張がほぐれる。ほっとしてゆっくり結ぶ指の力を緩めたら、自然にするりと指が解けた。レオンが何か違和感でもあるように、抜けた自分の小指を目前まで上げる。そのまま、くいくいと曲げたまま自分の小指を見つめていた。

「………………約束」

最後にそう呟き、小さく微笑んだ。

その笑みは安堵《あんど》しているようにも……何か、満足しているようにも見えた。

「プライド様、今日のこちらの御手紙はどう致しましょうか」

ロッテの声で振り返る。見れば、私宛《あて》の手紙を二束掴んで確認してくれていた。先ほど使者から届いた分も含めてここ数日分の手紙だ。

母上の決断もとうとう明日。二日前から城内が忙しない為、今日も一日部屋から出ないようにと命じられていた。ステイルはヴェスト叔父様付きとして国外の情報整理をしてくれているけれど、私とティアラは自室だ。今この部屋にいるのは専属侍女のロッテとマリー、近衛兵のジャック、そして近衛騎士のアーサーとカラム隊長しかいない。

「ありがとう。早速読むわ」

差し出してくれた手紙の束をロッテから受け取り、それぞれ差出人を確認する。アクロイド、ビーグリー、ネペンテス、コルクホーン……大体が諸国の王子や貴族からの手紙だ。中にはどこの国からの手紙かわからないものもあったけれど、今回は全て差出人が記されているだけマシだ。時々差出国どころか、差出人名すらない手紙まである。内容に問題さえなければ私の元に届けられるようにはなっているけれど、……一方的な愛の言葉ばっかりで何をしたいのかわからないから謎だ。

最初に手紙が届き始めた時はあまりに豪華な人ばかりでかなり戸惑ったけれど、最近は大分感覚が麻痺《まひ》してきた。ステイルは読まずに捨てても良いと言っていたけれど、中には大事な異国の情報や話も入っているし、何より手書きの文を読まずに捨てるのは気が引けた。前世はメールやSNSが流行していたせいで、手書きのありがたみが抜けず無碍《むげ》にできない。流石に返事を書くまではできないけれど、せめてちゃんと目を通したい。今やすっかり定期的に読むことが習慣になってしまった。恐らく私の最初で最後のモテ期でもあるし、ありがたく思わないといけない。

「……あの、プライド様」

手紙の一枚目の封を開けた時、アーサーに声を掛けられて振り返る。なに？　と尋ねると、アーサーは何やら言いにくそうに唇を引き絞り、それからまた口を開いた。

「その、手紙とかで……良い、方とかはいないんすか……？」

え??　突然の恋バナ発言に、間の抜けた声が零れてしまう。アーサーも自分で言って恥ずかしかったのか少し頬が赤い。カラム隊長も驚いたように彼を見つめ、釣られるように頬が染まった。

「……いや、その、いつもプライド様宛にすげぇ量の手紙が来て、それをプライド様も読んでらっしゃるんで……、……どうかな、と」

すみません、と最後に小さく謝るとアーサーはそこで目を逸らしてしまった。私の婚活が完全に心配されてしまっている。そうね……と返しながら一度手紙に目を落とす。そのまま開けばいつも通りの甘い恋文だった。恐らくこれも後でいつも通りステイルやジルベール宰相に選別されるだろう。

「今のところは……まだ、かしら」

自分でも曖昧《あいまい》な返答だと思う。アーサーが「そうですか……」と小さく相槌を返してくれる中、私は「だって」と言葉を繋げ、近衛騎士二人へと振り返った。私が言葉を繋げたことに驚いたのか、二人とも少し目を丸くしてこちらを見返した。

「私の周りにいてくれる人達で、充分過ぎるほど幸せだから」

アーサーの恋バナに釣られてしまったか、自分でも少し恥ずかしい台詞を言ってしまう。

言った後に後悔して照れ笑いで誤魔化すと、……何故かアーサーとカラム隊長の顔が真っ赤になった。我ながら恥ずかしい台詞を言ってしまったことは自覚しているから二人に釣られるようにまた更に顔が熱くなった。一拍遅れてアーサーが手の甲で口元を隠し、カラム隊長も口を片手で覆う。そのまま二人とも私から綺麗に顔ごと逸らす。……どうしよう完全に頭の中お花畑王女だと思われた！　どう見てもよくそんな恥ずかしい台詞言えるなって思われてる‼

「いっ……今のは聞かなかったことにして……下さい……」

私も恥ずかしくなってしまい、手の中の手紙を口元に当てて二人から目を逸らす。駄目だ、恋文を書いた人に対して甘々な文だとか私も人のことが言えない。王子様キャラのレオンやセドリックならまだしもただのラスボス女王の私にはハードルが高過ぎた。

二人から了承が返ってきても恥ずかしくてまだ目も合わせられない。取り敢えず早く読んでしまおうと二人に背中を向けて再び手紙の拝読へと逃げる。……その時だった。

「いけません！　お部屋にお戻り下さい‼　まだ外出はっ……！」

「セドリック第二王子殿下‼」

急激に部屋の外が騒がしくなる。セドリックの名前も聞こえたし何かあったのだろうか。

ジャックが部屋の外の衛兵に確認してきてくれ、戻ってきた時には若干怪訝《けげん》そうな顔をしていた。

「どうやら……セドリック第二王子殿下が自室前で衛兵達に引き止められているようです」

外出禁止中なのに⁈　ジャックの言葉に耳を疑う。しかも一番危険なのは一応セドリックだ。何故突然部屋を出たがったりするのか、変に自分勝手に動けば母上の不興だって買いかねないのに。

「まさか、プライド様の元に来ようとしているのでは……？」

カラム隊長の小さな呟きに、アーサーも顔色を変える。いやいやまさか、確かに謝ってくれたのを突っ撥ねてしまったけれどだからって衛兵達の制止を振り切る訳がない。……と思いたい。

だけどジャックはすごく言いにくそうに「それがっ……」と言葉を濁した。何だろうと全員でジャックを注視する中、ロッテが私を心配してかそっと肩に手を置いてくれた。

「今すぐに自国へ帰る、と……そう仰っているようです……」

ええっ⁈　ジャックの言葉に思わず声が上がる。意味がわからない‼

まだ母上から同盟の了承は得ていない。その前に国へ帰るなんて同盟交渉自体を白紙に戻すようなものだ。せっかくここまで来ておいて何故突然そんな暴挙を⁈

急ぎセドリックの元へ行こうと椅子から立ち部屋の扉へと駆ければジャックやカラム隊長、アーサーに引き止められた。そうだった私も自室謹慎《きんしん》中だ。でも、そうしている間も部屋の外では未だ騒ぎ声が響き、更には遠ざかっている。

仮にもサーシス王国の第二王子。衛兵も無理に押しやることができないのだろう。ッあぁもうっ‼

たった二日の今日でこれか‼　セドリックに謝られた後ステイル達にも安易に彼を許すべきじゃないと言われたし極力もう関わらないようにしようと決めたのに‼　母上にちゃんとお願いする姿を見て少しは見直したのに‼　ちゃんと謝ってくれたから許したいと思えたのに‼

もう私の中でのセドリックの立ち位置が自分でも訳のわからない位置に右往左往していく。とにかく！　セドリックが部屋から飛び出して私は部屋から出れない！　なら今はっ……

「セドリック・シルバ・ローウェルッッッ！！！！」

力の限り腹から喉へと声を張り上げる。我ながら甲高い声のせいで最後はキンッと耳鳴りみたいな音が出た。突然の私の怒声にアーサーやカラム隊長は瞼をなくし、マリーとロッテは思わずといった様子で耳を塞ぐ。叫び終わり息を切らしながら外に耳を済ませば、さっきの騒ぎ声も止まっていた。

「………セドリック第二王子を、……私の部屋に、……呼んで下さい」

どうせ部屋を出てしまったのなら私の部屋に呼んでも問題はないだろう。

ジャックにお願いすると、すぐに部屋の外にいる衛兵へ伝令をしてくれた。

『許す必要などありませんからね、プライド』

『俺も、…セドリック第二王子がプライド様にやったことは許せません』

『私だって、セドリック第二王子には怒ってます！』

『プライド様への数々の不敬はそのように簡単に許すべきことではないかと』

……本当にごめんなさい、みんな。

ステイル、アーサー、ティアラ、エリック副隊長。二日前私の為に怒ってくれた彼らへ心の中で謝る。でもこのまま放っておく訳にもいかない。これ以上彼の暴走で同盟に影響を与えたくない。

振り向いてアーサーを見つめると、やっぱり何か言いたげな表情をしていた。当然だ、二日前忠告してくれて今日さっそくセドリックに関わろうとしているのだもの。……だからこそ。

アーサーとカラム隊長へ駆け寄り、二人の手をそれぞれ握る。突然掴まれたことに驚いたらしく、それぞれビクッと腕を一度震わせた。

「カラム隊長、先日のことはエリック副隊長からも聞いていると思います。どうか、必要とあれば遠慮なく私を止めて下さい」

ステイルも認めている頭脳も優秀な彼なら、きっと私がまた甘い考えや間違ったことをしたら気がついてくれる。そう思ってお願いすると、突然の依頼への緊張からか少し頬を紅潮させながらも「畏《かしこ》まりました」と頷いてくれた。

「アーサー」

次にもう片手で握りしめた彼へ目を向ける。私が握る手を見つめていた丸くした蒼い瞳がこちらに上げられた。何度も私をセドリックから守ってくれて、ステイルと一緒に咎めてもくれた彼だから。

「傍にいて下さい」

カッ、と彼の目がこれ以上なく見開かれる。ポカンとしたように口だけが小さく開かれ、それに反して強くしっかりと私の手を握り返してくれた。

「はい……」と短く返ってきて、カラム隊長よりも更に顔が紅潮してみるみるうちに赤くなった。やはりまだセドリックへの警戒が抜けないのか。……それも私が色々あったせいなのだけれど。

カラム隊長とアーサーにお礼を伝え、手を放す。そうしている間にも複数の足音が私の部屋へと近づいてきた。

「……失礼する」

ノックの後に返事で許せば扉が開かれる。セドリックの手には一枚の書状が握られていた。整った顔が酷く歪められ、俯き重い足取りで歯が食い縛られている。

「……どういうこと？　突然帰国するだなんて」

「っ。……すまない……頼む、一度ハナズオに帰らせてくれ……‼」

「なりません。そんなことをしたら同盟がどうなるか貴方だってわかっているでしょう？」

彼の言葉をはっきりと切る。途端に彼が握りしめる書状がグシャリと音を立てた。「それでも」と言葉を零し、そして再び張り上げる。

「ッ俺はっ……帰らなければならないんだ……!!」

絞り出すような声だった。

下を向いて激しく首を横に一度振る彼が、私の方へ顔を上げれば既に瞳の焔《ほのお》が揺らいでいた。

「………何があったの？」

尋常ではない彼の様子に、思わず口の中を飲み込む。彼は言い淀むようにそれ以上は口を噤み言おうとはしなかった。……また彼は、何かを隠している。

「……我が国との同盟は、どうするの」

質問を変える。彼にどういう理由があれ、同盟交渉の途中で帰るなんて許されない。

セドリックは並びの良い白い歯をギリッと鳴らし、強く目を瞑《つむ》った。数秒の沈黙後、今度は無理に動かすように口を開く。

「ッ……同盟はっ……、……今回は、白紙に戻して頂いて構わない。これから女王陛下にも、謝罪を」

「馬鹿なのッ?!」

思わずまた声を張り上げる。しまったまた暴言を吐いてしまった。もうやだこの人。理由はわからないけど何故同盟を白紙に?! それが今どういう事態を招くのかわかっていない訳がないのに!!

私の暴言に反応せず、彼は目を瞑ったまま「すまないっ……」としか返さない。すまないなんかじゃ済まされない。これは彼だけの問題じゃない。国と、多くの民が関わっている問題だ。

怒りのままに彼の肩へ両手を伸ばし、乱暴に掴んで揺らす。

「ふざけないで!! 貴方個人の判断だけで許される事態じゃないの！ ハナズオ連合王国を助けたいのでしょう?!」

彼の耳が壊れるほど至近距離で怒鳴り散らす。それでも彼はされるがままに揺らされ俯ける。

「頼むっ……我が国へ帰らせてくれッ……今俺が帰らないとっ……！」

「勝手に飛び出してきて今更なにを言ってるの!!　大体貴方の国ならちゃんとお兄様が」

「ッ兄貴が！！！！」

……堪らないかのように、彼が今度は声を跳ね上げた。

そこでやっと私は我に返る。気づけば掴んだ彼の肩は微かに震え、俯いた顔は食い縛った歯を剥き出しに耳まで赤くなっていた。彼が声を張り上げた直後その肩が目に見えて震え出し、更には喉を震わす音もはっきりと聞こえた。

何を、やっていたのだろう私は。

我に返った途端に自分が恥ずかしくなる。彼が本当はどんな人間か前世のゲームをやっていた私が一番わかっていたはずなのに。彼が自分勝手な理由で折角の同盟を放り投げる訳がない。

「…………どうしたの？」

そっと、自分自身を落ち着けるように声を抑える。私の問いに彼はまだ声が出せないように首を横に振った。言えない、と全身からそれを私に訴えている。

「帰らせてくれっ……頼む……！」

ただ、ひたすらに許しを乞《こ》う。……何か、国からの重要な話なのだろうか。彼の手に握られた書状がきっとその全てだろう。国の機密情報なら、彼が私やフリージアの人間に言えないのは当然だ。でも駄目だ、このまま同盟が駄目になれば取り返しのつかないことになってしまう。

「駄目です、ちゃんと事情を話して下さい！」

「ッ‼」

断った瞬間、突然セドリックは私の方へ手を伸ばしてきた。両肩を掴む私を引き離そうとしたのか、逆に私の両肩へ勢い良く伸ばし……

直前で、止まった。

本当に、寸前だった。いつの間にかアーサーとカラム隊長が私のすぐ背後まで飛び出してくれていた。セドリックの両手が止まったことで二人も同時に動きを止める。

まるで、隷属の契約でも発動したかのような不自然な動きだった。そのまま私へ伸ばした手でぎゅっと拳を握り、ゆっくりと下ろした。

『もう、お前には断りなく触れない』

ふと二日前の言葉を思い出す。そうだ、彼は私にそう言った。……そして、今確かに守ってくれた。

俯いたままの彼がどんな顔をしているか、想像がついて胸が痛くなった。きっと彼は今なにかを抱えている。そしてそれを一人で背負おうとしている。

前世のゲームの中と、同じように。

「……セドリック。私は貴方が嫌いです、許してもいません。……許す訳にもいきません」

肩からゆっくりと両手を放し、俯く彼に語りかける。「ああ……」と小さく低い声が返された。

「……でも、貴方の力にはなれる」

彼の顔が俯いたまま、少し浮き上がった。息を呑み、私の言葉に耳を傾けてくれているのがわかる。

「約束するわ、セドリック。貴方が言うなと望むなら私からは誰にも言わない。この場にいる人間しか知り得ない、そして言わない。……だから、話して」

今度は彼も首を横に振らなかった。悩んでくれている、さっきよりも……少し話そうかと考えてくれている。

もう一度、私は彼に届くように言葉を重ねる。

「セドリック。私もハナズオ連合王国を……チャイネンシス王国を助けたいと――」

「ッ間に合わないんだ……‼」

……吐き出すような、泣き叫ぶかのような声だった。

彼の叫びに私の言葉が打ち消される。でも、そんなことどうでも良いくらい彼の声が悲痛だった。

再び私へ顔を上げた両目には既に涙が溜《た》まり、溢れていた。涙を堪えようとしたのか、食い縛った歯に比例して顔が真っ赤になっている。

「兄貴がっ……兄さんが……‼　もう、……止められないっ……‼」

想いが先行するように口から叫びが溢れ、ぐしゃぐしゃの顔から、目から、呼応するように大粒の涙が溢れて床に滴った。

「だめだっ……もう……‼　……兄貴、兄貴を、俺のせいでっ……兄さんまでっ……！」

言葉にした途端、パニックを起こしたようにボロボロと吐露が零れていく。単語ばかりで何を言いたいのかもわからない。でも泣きながら、身体を震わせながら堪えながら話す彼は確かに……

〝助けて〟と、言っている気がして。

「お願い。ちゃんと話して」

落ち着かせるべく腕を掴み訴える。セドリックはもう感情に飲まれてしまったかのように喉を詰まらせて呻《うめ》いていた。頭を抱え、握られていた書状を震わせながら差し出してくる。……読んで良い、ということなのだろうか。

グシャリと握り潰された書状を受け取り、破かないように気をつけて開く。その間にも彼は両腕で頭を抱え、前屈みのまま今にも崩れ落ちそうなのを必死に堪えていた。その口からもう歯止めが利かないように「俺が、……俺の、せいでっ……兄貴……‼」と噛みしめる声が溢れてきた。

しわくちゃの書状、恐らくは先ほど届いたばかりのものだろう。

手紙の日付は十日前、差出人はサーシス王国の摂政だ。さっきの言葉からてっきりセドリックの兄であるサーシス王国国王からの書状かと思った。

書状は急いで書かれたらしく、その丁寧な文字からも焦りの色が滲み出ていた。そして書状の文面を見て、目を疑う。十日前の日付が記されたそこには、短い文章からは飲み込みきれないほどの異常事態が書き込まれていた。

コペランディ王国の使者より猶予期間を九日繰り上げ、チャイネンシス王国に侵攻するという通告。

手紙を書いた二日前、突然ランス・シルバ・ローウェル国王が乱心。

チャイネンシス王国がサーシス王国との同盟を破棄、全面降伏の意思を固める、……と。

どれも衝撃的過ぎて私の頭が上手く追いつかない。目が文面に釘付《くぎづ》けのまま離れない。

「なんでっ……？」

思わず言葉が零れる。おかしい、こんなの。何故こんな風に全てがずれてしまったのか。そもそもセドリックが我が国へ助けを求めに来るのは、チャイネンシス王国に同盟を破棄された〝後〟だったはずなのに。……ゲームと同じで、あれば。

「どういうこと……？」

情報処理が追いつかず茫然としてしまう。背後にいるカラム隊長やアーサーも私の様子を気に掛けて声を掛けてくれたけれど、書状の内容を言って良いかは私も悩む。

彼が言えなかったのも当然だ。どこの文面をとってもハナズオ連合王国の異常事態。まだ同盟を結んでもいない他国にこんなことを言える訳がない。今こうして私に見せてくれたことすら奇跡だ。特に、国王乱心なんて……表現こそ選んでいるけれど、つまりは発狂したということだ。同盟破棄どころか、他国に話せば国王の威信にも関わる。

「もう、……間に合わないっ……！　あと六日しかない……!!　援軍どころか今からアネモネの船を借りられたとしてもっ……侵攻前に帰れるかすらっ……!!」

書状には早くサーシス王国に帰ってきて欲しいという訴えも添えてあった。乱心した国王に代わり、摂政が急いでセドリックを呼び戻そうとしているのだろう。

手紙の日付が今から十日前。つまり国王の乱心はセドリックが国を飛び出してからたった二日後。更に二日後には同盟破棄。その日に摂政が急いで手紙を出したということになる。

そして九日繰り上げられたのなら、侵攻されるまで確かにあと六日だ。

我が国からハナズオ連合王国まで今から王族用の馬車でも十日は掛かる。彼にとって一番間に合う可能性があるのは隣国のアネモネ王国から船を出してもらうことだ。順風に行けば最短五日で辿《たど》り着く。ただしアネモネ王国から船便が出ているかもわからないし、天気や波の状況次第では馬車より日数が掛かる可能性もある。それを突然船を出せと言って最短の五日だなんて相当腕の良い船長や航海士が必要だし、すぐ用意できるとも思えない。

でも、それでやっとギリギリだ。だから彼は今すぐにでも帰ろうとした。侵略が始まるより一分一秒でも早く国へ、兄の元へ駆けつける為に。

「俺の、せいだっ……俺が、勝手に……国を出たせいでっ……!!」

顔を覆ったセドリックの震える指の間から涙が溢れる。俯き、嘆くように声が響いた。

違う、彼のせいなんかじゃない。

書状の両端を握りしめたまま、私は口にしたい気持ちをぐっと抑える。

ゲームでもサーシス王国の国王は確かに発狂、……乱心をした。でもそれはセドリックが国を飛び出したからなんかじゃない。国王がそうなるのは、っ……。

何から何までおかし過ぎる。ゲームの中ではコペランディ王国が侵攻を早めたりなんかしなかった。しかもチャイネンシス王国もまだサーシス王国と同盟を破棄していなかったなんて。

母上に彼が訴えた時、何か言いそびれている気がしたけれどこれだった。ゲームではチャイネンシス王国から一方的に同盟を破棄されたたって回想でセドリックが外道女王プライドに言ってたのに!!

だめだもう前世の記憶が役立たない。私自身訳がわからず一体何がどうなったのかわからなくなる。

「頼むっ……帰らせてくれっ……!　間に合わない……!　兄貴の、兄さんと、話をっ……!!」

涙のせいで息苦しそうに叫ぶ彼が必死に私へ訴える。もうセドリック自身もどうすれば良いかわからないのかもしれない。

駄目だ、今はゲームの設定なんかを気にしている場合じゃない。今、こうして目の前で苦しんでいる人が現実にいるのだから。

「セドリック、私の話をよく聞いて。話せるだけのことでも母上に話しましょう。貴方が、国とお兄様の為に言いたくない気持ちもよくわかる。でもこれ以上母上に隠し事をしては今度こそ信用問題になる。今はまず国の恥よりも国自体を守ることが大切よ」

「駄目だっ……乱心した兄貴のっ……国王との調印なんて、あり得ないっ……!! 使者が言っていた……！ 兄貴はもう、話せる状態ですらないとっ……!!」

激しく首を振る彼の目から、涙が飛んだ。彼にとって受け止められる量を遥かに超えた事態だ。額に尋常でない汗を滴らせ、瞬き一つできず再び帰国を訴える彼は酷く混乱しているようだった。

それでも今はそんなこと言ってられない。国王が乱心したなら今のサーシス王国の代表はセドリックなのだから。

「大丈夫、大丈夫よセドリック」

私はなんとか彼を落ち着かせようと、再び彼の腕を握りしめ言葉を掛ける。ゆっくりと、まずは彼が今の状況を受け止められるように。

「駄目だっ……駄目なんだっ……間に合わない……!! 俺のせいで、……っっ追い詰めて……しまった……!!」

思考が行き止まったように言葉を繰り返す。きっと、今の彼は兄のことで頭がいっぱいなのだろう。自分を責め、自身の頭を抱える手の指が、爪《つめ》が食い込むように綺麗な金髪を掻き乱した。

「セドリック、大丈夫だから。まずは落ち着いて。きっと、間に合うから」

身体中を震わせ、背中を丸めた彼は今にも壊れそうだった。駄目だ、間に合わない、兄貴、俺の所為で、と繰り返し唱え、もう震え以外身体が完全に動かないようだった。

「聞いて。今はまず母上に相談しましょう。そうすればきっと……」

「ッッやめてくれ！！！！」

怒声が、響く。泣き過ぎてガラガラの、痛そうな声を混じえて彼が叫ぶ。あまりの怒号に思わずよろめき、彼から一歩下がってしまう。

見開かれた目は涙が止めどなく溢れ、中の焔が酷く荒れていた。フーッフーッと獣のような息遣いが私の耳まで聞こえる。歯をギリリッと鳴らし泣き顔をもう隠そうともせず正面から私を睨み付けた。

「甘言はよしてくれっ……！　もう……駄目なんだっ……！」

パタパタと彼の目の雫《しずく》が頬から顎を伝い、床に落ちて絨毯に吸い込まれた。溢れ過ぎて首元の衣服までも濡《ぬ》らしている。真っ赤な顔から鼻を啜《すす》り、嗚咽《おえつ》が喉を鳴らしていた。「わかっているんだ、……もうっ……」と言葉を零し続ける彼は最後に口から強く酸素を吸い上げ、咆哮《ほうこう》した。

「救えないんだッ……‼︎‼︎」

ボロッ、と。彼の涙が更に勢いを増した。

「…………さない」

……想いが、先に口から零れ出た。

息を荒くして泣く彼に、私はもう一度至近距離まで歩み寄る。両肩へ腕を伸ばして鷲掴み、足を引っかけ押し倒した。

ドダンッ、と硬直していた彼の身体はあまりにも簡単にバランスを崩して仰向けに崩れ落ちた。私も彼を床に押し付けるように共に倒れ込み、そのまま上に覆い被《かぶ》さるようにして伸しかかる。

突然のことに彼だけでなく彼の付き人達も反応できないようだった。私を取り押さえようと動いたけれど、セドリックが手の合図でそれを留めた。彼の両肩に力を入れながら、丸くした目で茫然と見つめてくる彼を私からも覗き込む。

「諦めるなんて、絶対に許さない」

自分で思ったよりも低い声が出た。泣いて赤くなった彼の顔色が次第に血が引くように薄まった。

「〝救えない〟なんて言わせない。最後の最後まで足掻《あが》きなさい」

許さない、こんなに早く諦めるなんて。どんなに辛くても怖くても、彼は立ち上がらなければいけない。……それが、王族の使命なのだから。

「一緒に母上のもとへ行くわよセドリック。私の言う通りに母上へ告げなさい。そして、母上の御許可を頂けたその時は……」

彼の両肩から、その胸倉を強く掴み上げる。その瞬間、音が全て聞こえるのを全身で感じた。

「世界で一番貴方を嫌う私が、貴方の味方になってあげる」

見開いた彼の燃える瞳が、まるで鏡のように私を映した。自分の目が尋常でなく怪しく光っている。

セドリックからあんなに溢れ続けていた涙が止まり、放心したようにひたすら私を見上げていた。彼の頭が冷えるように、敢えて冷たく突き放すように彼の心臓へ言葉を刺し込む。

「貴方が理解するまで何度でも言うわ。まだ間に合う。サーシス王国は勿論、そしてチャイネンシス王国も……」

私の言葉を信じられないように息を呑んだ。崩れ、倒れたままの頭が金色の髪でボサボサと散らばり乱れている。その中で燃える瞳だけが真っ直ぐに私に向けられた。

最後に私は一度切った言葉をはっきりと彼へ言い聞かすように胸を張り、告げる。

「救える」

次の瞬間。彼の瞳がまた潤い、再び涙がその頬を濡らした。

……もう、どうすれば良いかもわからなかった。

「……話は理解しました」

謁見の間。そこで我がサーシス王国の現状を全て報告し終えた俺に、フリージア王国の女王は黙した後静かに頷いた。

今朝、書状と共に使者から聞いた知らせ。……その一つは、プライドの指示通り語りを偽った。

「まだ間に合う」と。そう語った彼女は女王との謁見の許可を得た後、ここまで俺の手を直接引いた。

謁見の間にはローザ女王だけでなく我が国のことで審議中だったのであろうアルバート王配、ジルベール宰相、ヴェスト摂政、そして次期摂政として勉学中のスティル第一王子が並んでいた。そしてプライドは女王の傍らではなく、俺の隣に並び未だ覚悟の決まらないこの背を叩いた。

今朝、突然のことだった。我が国サーシスから書状と共に使者が駆け込んできた。てっきり単身で勝手に国を飛び出した俺を連れ戻しにきただけかと思ったが、……違った。

今から十二日前、コペランディ王国の使者が再び我が国に足を踏み入れた。俺が国を飛び出して僅か二日後だった。チャイネンシス王国への侵攻を九日早める、その時に降伏か属州となるかを決めておけと告げられた。そしてその直後、チャイネンシス王国の城からサーシスへ帰る為馬車に乗ろうとした我が兄……ランス・シルバ・ローウェル国王が突然の発狂をしたという。今まで兄貴が心乱したところなんて見たことがない。なのに、突然だ。国王に即位してまだ一年でこの事態だ。余計な心労を掛けた俺の責だ。

二日経っても兄貴の容態は変わらず、チャイネンシス王国国王のヨアン・リンネ・ドワイトは一方的に我が国との同盟を破棄したと。追い詰められた兄貴の姿を見て、俺達だけでも……サーシス王国だけでも戦火に巻き込まない為だ。チャイネンシス王国はコペランディ王国へ全面降伏する意思を固めたという。もう間に合わない、残りはたった六日だ。

フリージアから我が国までは馬を走らせても十日。アネモネ王国まで八、九時間。そこから船を運良く借りられれば最短五日。……正直、今こうしている時間すら惜しかった。

俺が最初の同盟交渉で馬鹿な真似《まね》をした故に我が国の信用は落ち、今日を入れて二日もフリージアは審議の時間が必要となっている。審議の結果が出るまで待っていては、アネモネから船を借りられても確実に間に合わない。もし今すぐフリージア王国が援軍を出してくれたとしても、そんな軍隊を運べる大船などアネモネ王国がすぐ出してくれるかどうかもわからん。たとえ借りられたとして、我が国に辿り着いた時には全てが終わっている可能性もある。

「状況は差し迫っているのですね。……ですが、先日もお伝えした通り未だこちらも状況を確認中です。ヴェストとステイルが大分絞ってくれていますが……」

日を早めるのは難しいでしょう、と続ける女王の言葉に俺は耐え切れず拳を握る。やはり、一度失った信用は戻らない。……俺が、くだらぬ矜持を張ったばかりに。

「なので、申し訳ありませんが明日までは待って頂く必要があります」

……待つ？

女王の言葉に耳を疑う。待つ？　待ってどうなるというのか。最短でも戦には間に合わない。それともチャイネンシス王国が属州となった後にコペランディ王国やラジヤ帝国を説得するとでも言うつもりか。だが、一度奪った領土を手放させるなど並大抵の話ではない。それこそ今度はフリージアとラジヤとの戦争にもなり兼ねない。

疑問は喉で引っかかり、戸惑いで声にすらならなかった。なのに女王は「それと」と話を続ける。

「先ほどの話では、……サーシス王国が国王は〝急病〟で、今は話すこともままならないと」

そう、確かにそう言った。プライドの指示通り兄貴の乱心を隠し、女王に〝急病〟と偽った。どちらにせよ兄貴のことが知られるのは時間の問題だ。恐らくプライドが、兄貴の乱心に取り乱した俺の姿を見て気を回したのだろう。国の恥を隠したがる俺へせめてもの情けだと、……そう理解しながらも甘んじた。勝手に国を飛び出した俺が、国の事情だけでなく兄貴の恥まで曝《さら》したくはなかった。

「ならば、サーシス王国に我々が訪問した時にも国王がそのままの場合、私はランス国王に次ぐ第一王位継承者である貴方と同盟を結ぶことになるでしょう」

「なっ……?!」

思わず言葉に詰まる。俺が？　兄貴の代わりに?!　あり得ない、俺が勝手に打診した同盟を、兄貴の許可なく推し進めるなど!!

「ただ、一つだけ問題があります」

俺の戸惑いも気にせぬ女王の言葉に周囲は何も疑問に持たず頷き、話が進んでいく。何故、誰も女王の言葉に指摘をしないのか。大体「一つだけ」とはどういう意味だ？　時間は迫っている、数え切れないほどの難題ばかりだというのに。

「実は昨夜、ラジヤ帝国から書状が届きました」

「ラジヤ帝国からッ……?!」

突然出た憎敵の名に思わず身構える。何故、よりによってこの時機にラジヤからっ……!!

俺だけでなくプライドもこれには驚き、初めて女王の言葉を聞き返していた。

「ええ。以前よりラジヤ帝国からも交流を深めたいと打診はありましたが……今回は〝何故か〟具体的に我が国を訪れる際、城へ挨拶の為訪問したいとのことでした。更に、日時はちょうど今から六日後です」

女王の合図で傍にいるヴェスト摂政が書状を取り出した。恐らくラジヤ帝国からのものだろう。

「九日も猶予期間を切り上げたことといい、……まるでこちらの……いえ、ハナズオ連合王国の動きが筒抜けのようですね」

「ッあり得ません!! 我が国は閉ざされた国!! 唯一我が国門に足を踏み入れたコペランディ王国からの使者も全員門兵が馬車の中まで確認し、衛兵が国外に出るまで監視しております!!」

何者かが国内に忍び込んでいるなどあり得ない。たとえ万が一あったとしても、俺や兄貴……王族の動きを全て把握しているなどあるものか。残る可能性は我が国に裏切り者がいることぐらいか……だがそれもあり得ない! ある訳がない!! たとえあの腐った元上層部であろうとも、閉ざされた我が国でそのようなことをできるはずが……。

「ですが、丁度当て嵌まるのです。セドリック第二王子殿下」

俺の戸惑いを余所《よそ》に、今度はジルベール宰相が進言する。薄水色の髪を垂らし、書類と共に俺へと向き直る。どういう意味かと尋ねればジルベール宰相は順序立てるように話し始めた。

「殿下が我が国へ向かう為に国を発《た》ったのが約二週間前。例えばの話ですが……もし、殿下が城を出られたのを確認した何者かが鳥を飛ばし最速でコペランディ王国に報告、コペランディ王国がそこから再び馬で二日掛かる距離にあるハナズオ連合王国に期限を早めると通告したとすれば。……馬で二日程度の距離ならば、鳥に託すのも容易でしょうから。また、ラジヤの重鎮が侵略の為にコペランディ王国に滞在していることも容易に考えられます。コペランディ王国が知ると同時に殿下がフリージアへ向かったとラジヤ帝国の者が知ったならば、コペランディ王国から我が国までは馬車で十三日前後。……これも、ぴったり当て嵌まります」

勿論全て仮定の話ですが、と続ける宰相の言葉に胃が酷く歪み、揺れる。だが何故っ……どうやって俺の行き先までも……?!

「……まぁ、それは追々考えるとしましょう。それよりも今は、その六日後です」

ジルベール宰相の言葉に女王が首を縦に下ろす。六日後、つまり我が国が侵攻されるその日にラジヤ帝国はフリージア王国へ訪問する。

「ラジヤ帝国は世界各地に属州や植民地がありますが、その本国は遥か遠き地。交渉を進める為にもこの機を逃す訳にはいきません。私はこの六日後にラジヤ帝国と交渉をと思いましたが……同日に侵攻ということでは、私は援軍を連れてハナズオ連合王国に赴くことができません」

まるで、示し合わせたかのようですね。と呟く女王に言葉が詰まる。つまりはフリージア王国が援軍を出せたとしても、そこに女王の姿はないということだ。それでは同盟が結べない。ラジヤ帝国を自国で待ち和平を結んだとしても、コペランディ王国に和平が知らされる頃には既にチャイネンシス王国が全面降伏し、植民地となった後だ。それならばいっそ女王も同盟の為に我が国へ援軍に向かい、共に指揮をとってくれればこれ以上心強いことはない。ッだが、それ以前にやはり六日後に間に合うのかどうかが……。

「母上、それならば私に提案があります」

プライドが俺の隣から進言する。凛とした声が響き、振り向けば真っ直ぐに女王を見据えていた。

女王が発言を許せば胸を張る。そして、迷いのない真っ直ぐな声が俺を揺らした。

「私が〝女王代理〟として、セドリック第二王子殿下と共にハナズオ連合王国へ援軍を率います」

何を、言っているのか。

「その間にどうぞ母上はラジヤ帝国と我が国で和平の交渉を。私と騎士団がサーシス王国、チャイネンシス王国と共に侵攻を防ぎます」

騎士団には私がこれから指令と勅命《ちょくめい》を。そう告げる彼女に正気を疑う。

何を、言っている？　彼女は女王ですらない、第一王女だ。第一王位継承者とはいえ……いや、むしろそれならば尚《なお》のこと俺と共に我が国に赴くなど危険でしかない。

彼女の発言に、ヴェスト摂政やアルバート王配、ジルベール宰相、……そしてステイル第一王子ですら驚きを露わに目を見開いた。唯一、女王だけが落ち着いた眼差しで彼女を見つめ返している。

「それは、私の代わりに貴方が戦場に行くということですよ。危険も隣り合わせです。……当然、わかっているのでしょう？」

「ええ、母上。ですが次期女王としていつかは通る道です。……我が国もいつまでも平和な世が続くとは限りませんから」

プライドの言葉に、女王は「通らずに済むのならばそれが一番なのですが」と呟いた。小さく溜息をつくその愁《うれ》いを帯びた顔に、初めて女王の人間らしい一面を目にした気がする。

「……貴方ならば、そう言うとは思いました。許しましょう。ただし、ステイルを付けます。……この意味は、わかりますね？」

何か、含みを持たせるように女王はステイル第一王子とプライドを見比べる。ステイル第一王子はそれを受け「勿論です」と頷き、プライドも重々しく頷いた。

「ッ……お待ち下さい!!」

耐え切れず、とうとう力の限り声を張る。何故、彼女達はこんなにも簡単に決めている?! 今は時間が刻一刻と迫っているというのに!!

俺の声に誰もが視線を向けた。一度に十以上の瞳から視線を浴び、思わず肩が揺れた。

「我が国の為、多くの決断を下さったことには心より感謝致します。ですが、もう時間はないのです！ どうか、私に帰国の御許しを」

「構いませんが、今から帰国に船や馬車を手配するよりも我が国で明日まで待った方が遥かに早いですよ。……まだ充分に間に合いますから」

俺の発言を上塗りする女王の言葉に、思考が白く埋め尽くされた。……どういう、意味だ……？

言葉が止まり、理解できず疑問をどう投げかけるべきかも惑う俺に、女王は静かに微笑んだ。

「セドリック第二王子殿下。今はまだ我々は同盟交渉の半ば。……全てを明らかにすることはできません。ですが、同盟締結することが決まったその時は」

女王が静かに立ち上がる。その姿は威厳に満ち溢れ、年を感じさせない荘厳《そうごん》たる存在がそこにいた。

「同盟国の為ならば。……我々フリージア王国は協力を惜しみません。我が国の出来《でき》る限りを持って、ハナズオ連合王国を支えましょう」

女王が笑う、不敵な笑みを俺に向ける。当然のことのように誰もがそれに頷き、女王に頭を下げた。

……この時、俺はまだ知らなかった。

数年前までフリージア王国は周辺諸国に警戒されていながらも、何故討伐や侵攻対象とはされてこなかったのか。こんなに豊かで広大な土地と資源を持ち、当時殆ど同盟国もいなかった状態で、何故。過去に一度の侵攻も許さず、この広大な国土をそのままに保ち続けていられたのか。

「どうぞお待ち下さい、セドリック第二王子殿下。明日、我が国フリージア王国は貴方の味方です」

女王の言葉に気圧《けお》された俺は、ただ頷くことしかできなかった。


「……成る程。話は理解致しました。つまり、急遽プライド様が我が騎士団を率いてハナズオ連合王国へ防衛戦に赴くことになったと」

フリージア王国騎士団長ロデリックは、プライドの言葉に重々しく頷いた。

謁見を終えた後、女王ローザに許可を得たプライドは、騎士団演習場へ訪れた。騎士団長であるロデリックへハナズオ連合王国援軍勅命を伝える為に。護衛に近衛騎士のアーサーとカラム、近衛兵のジャック、補佐であるステイル、そして、……自ら願い出たセドリックもまた同行した。

サーシス王国国王の乱心、チャイネンシス王国の同盟破棄、コペランディ王国の侵攻。その全てが前世のゲームと明らかに異なった現状は、プライドも未だ原因がわからない。ゲームのルートでセドリックの口から語られた凄惨な過去を思い返してもみたが、何度思い返しても現状と違う。

ゲームでも、彼には過去に大事な存在が二人いた。一人は実の兄である国王ランス・シルバ・ローウェル。もう一人はチャイネンシス王国国王ヨアン・リンネ・ドワイト。セドリックより四つ年上の二人は互いに親友であり、兄と親友のヨアンはセドリックにとっても兄のような存在だった。兄のランスを〝兄貴〟と呼びヨアンを〝兄さん〟と呼び、慕い続けた。

しかしゲーム開始の一年前、全てが終わった。コペランディ王国により、服従か属州かの選択をチャイネンシス王国は迫られた。勝てるわけがない、ならば植民地となりせめて自国の文化だけでも残したいと降伏を考えたヨアンに、ランスとセドリックは何か方法があるはずだ共に戦おうと説得し続けた。期限が迫り、ヨアンはサーシス王国だけでも戦火から逃がす為同盟破棄を彼らに突き付けた。

そこでセドリックは生まれて初めて国を飛び出し、大国と名高いフリージア王国へ助けを求めた。女王プライドに恥を捨て、助けて欲しい、ハナズオができることならば何でもすると頼み込んだ。

プライドは同盟をその場で了承し、兵を挙げてセドリックと共にハナズオ連合王国へ到着。チャイネンシス王国で防衛戦の為に陣を張ったフリージア王国は敵国からの侵攻が始まった途端、反旗を翻《ひるがえ》しチャイネンシス王国を襲い始めた。全ては彼女の企《くわだ》てだった。

プライドはセドリックから聞いた話に乗じ、ステイルの瞬間移動を使い秘密裏にコペランディ王国とラジヤ帝国と契約を交わしていた。

女王プライドに裏切られ利用され、敵国と大国フリージアの侵攻を受けたチャイネンシス王国は為《な》す術《すべ》もなく敗北。ラジヤ帝国の属州となり、国の名も文化も奪われた。更には、サーシスの国王ランスは頼りにしていた大国からの援軍の裏切りと飲まれるような猛攻を前に発狂してしまう。侵攻が始まり次第フリージアからの合図で奇襲をかけるはずだったサーシス王国は、合図どころか国王の乱心で何の指示もないまま、チャイネンシス王国が侵略されていく光景を見ていることしかできなかった。結果、セドリックは一度に二人も心を寄せる相手を失った。ランスは乱心したままずっと寝たきりとなり、セドリックは当時の悲劇をこう語った。

自分の愚かさが全てを不幸にした、と。

自身の愚かさを呪いながら、セドリックは乱心した兄に代わり一人で国を支え続けた。人間不信になった彼がそれでも国の為に働き続けたのは、それが国王であるランスの願いだったからだ。

そして一年後、女王プライドによりセドリックはその自責の念と兄への想いすら利用される。

「ええ。同日に我が城でも母上とラジヤ帝国との会合があるので、騎士全員を他国に割く訳にもいきませんから母上と私で均等に兵力を分けることにはなると思います」

ロデリックへ言葉を返しながら、プライドは必死に意識を目の前に集中させた。ラジヤ帝国も警戒すべき国ではある以上、騎士団全員が出払ったところを襲撃されればひとたまりもない。

「……つまり、我が騎士団の半数がプライド様と共にその戦場へ赴くと言うことですね」

ハァ……と、ロデリックは長い溜息をつく。その様子に、やはり第一王女とはいえ自分みたいな小娘に大事な騎士団が率いられるのは心配なのだろうとプライドは思わず唇を絞った。今までの護衛や警護とは違う、行先は怪我人や死者だって出る恐れのある戦場なのだから。

「選別が……今から骨が折れそうです」

ぼそっと小さくそう呟いたロデリックに、背後にいる副団長のクラークは喉の奥で笑った。そのままロデリックの背中を乱暴にバシリと叩く。しかし、ロデリックが溜息をつくのも当然だとプライドは思う。十七歳の第一王女と戦場か、女王と城で防衛どちらが安全かなど決まっている。任命されれば騎士も腹を決めてくれるだろうとは思うが、王女である自分が率いるなんて知れば余計不安に思われる。そう考えれば今更ながら胃まで重くなった。しかし会合に来るラジヤ帝国の代表を女王が出迎えなければ問題が生じる可能性がある以上、やはり自分が行くべきだと己に言い聞かせる。

「そうですか……。申し訳ありません」

せめて謝罪の気持ちだけでも伝えれば、ロデリックから「いえ、プライド様が謝ることでは、」と返されたが、彼女の肩は丸いままだった。ここまでぐったりするロデリックを見るのは久々だった。

ハナズオ連合王国に騎士団を率いる際も、自分と同行するのは騎士団長であるロデリックだ。戦に関して素人《しろうと》同然な王女の為、ロデリックが実質的に最前線で騎士達に指示を飛ばし戦場に立つことになる。つまり一番自分が迷惑を掛けることになると思えば、プライドは心から申し訳なくなった。

嫌がる騎士達を戦地に引きずるのは気が引けるが、だからといって「嫌です」「駄目でした」で成り立つものではない。女王からの正式な勅命だ。気が重そうにロデリックが「今日中には必ず選別しておきます」と告げても、プライド自身はまだ悪い気が抜けなかった。背後で近衛任務中のアーサーとカラムにすら振り返れない。二人とも怒っているか、もしくはロデリックと同じようにげんなりとした表情をしているような気がしてならなかった。

「人気者は大変ですね」

自分で手を強く握り続けるプライドに気づいたクラークが、そう言って楽し気に笑いかけた。

突然のその言葉にプライドも目が丸くなる。一体どういう意味だろうと考えながらも、言い方からして嫌味には聞こえない。尋ねようにも先にクラークが「選抜なら私も携わりますから御安心下さい」とプライドへ笑みを向けながら友人でもあるロデリックの肩に手を置いて見せた。それに答えるかのようにロデリックも立ち上がると「では、こちらへ」とプライドを先導し出した。

フリージア王国騎士団全隊を見渡すことのできる、高台へと。

「プライド様」

高台に向かって歩く中、振り向かないままロデリックは声だけを彼女に向けた。何かまた怒られるかと肩に力が入るプライドが一言返せば、優しい笑みで振り返る。

「やっと、我らが騎士団の力を正式に必要として下さり、感謝致します」

穏やかな声で微笑んだ。部下達にもなかなか見せない笑みだった。それに息を呑むプライドは、老いを全く感じさせない姿とその強い眼差しが、息子であるアーサーによく似ていると思った。

「この日を待っておりました」

高台への階段にロデリックが先に上り、彼女へ手を差し出す。プライドにとって子どもの頃よりずっと近くなった背中だがそれでも高く、大きかった。高台の麓《ふもと》で待つステイルとセドリック、そして護衛の衛兵達を残し、彼女の背後をアーサーとカラム、そしてクラークが守るように続いた。

父親であるロデリックとプライドが共に上へと足を掛けていく後ろ姿に、それだけでアーサーは目を奪われた。上る足元を見る余裕もないほどに胸が詰まり、満たされ、溢れる。

——俺はあと何度、この二人の英雄が並んで歩くところを見ることができるんだろう。

騎士になる前から自分が焦がれ続けた二人が揃《そろ》い上る姿は、それだけで夢のようだった。カン、カン、と階段が踏み鳴らされながら自身の心臓も同じ数だけ高鳴った。

風が吹く。髪が揺れ季節の香りが鼻につく。思わず突風に目を凝らすプライドに、ロデリックは支えるようにその細く小さな手を握り包んだ。

「どうぞ、胸をお張り下さい」

強く低い声が耳元に響き、プライドは思わず心臓が高鳴った。緊張で手が微かに震えたが、不思議と怖くはない。手を取られたまま階段を一段、また一段と上っていく。初めて騎士団の演習視察で上った高台に、今は別の目的で共に上がる。

「我が騎士団は、民とそして貴方方王族の為にここにある」

ロデリックの低い声が堂々と彼女の耳に響かされる。風に吹かれる深紅の髪を耳に掛けながらプライドが見上げれば、ちょうどロデリックが上りきったところだった。引き上げられるように手を取られたまま、自分も続いて高台の頂に立つ。髪を掻き上げ、見窄《みすぼ》らしくないように服の皺を確認しながら前を向き、……目を見張った。

陽光に反射し輝く純白の団服を身に纏う騎士達が整然と並び、自分達を見上げる光景に。

騎士団演習場には何度も足を運んできたプライドだが、総勢が並ぶ光景を見るのは初めてだった。目視では数え切れないほどの騎士が並び、地平線のように奥へ奥へと白い人波が続いていた。

――我が国の、誇り高き騎士団。

そう思った途端、急激にプライドの全身が粟立《あわだ》った。こんなに大勢の騎士達が自分達をずっと守ってくれていたのだと。そして、これから自分は彼ら全員へ声を上げるのだと口の中を飲み込んだ。

「お待ちしておりました、プライド・ロイヤル・アイビー第一王女殿下」

見渡す空の深さにも似たロデリックの蒼い瞳が、強く彼女へと向けられた。

その響きに、アーサーまで総毛立つ。爪先《つまさき》から頭頂まで全身が一気に震え、涙が滲みそうなのを必死に堪えた。自分達の総意を言葉にしてくれた父親に目の奥が輝いた。間違いなく、自分達はずっとこの時を待っていたと心で叫ぶ。

「女王陛下より我らが騎士団に勅命が下された‼」

プライド様の前に立ち、騎士団長として威厳と覇気に満ちた声を放つロデリックの声は空気を振動させた。間近に立つアーサー達だけでなく、見下ろす先の騎士達全員の肌を震わせた。

「今から六日後！　プライド第一王女殿下の指揮の元、ハナズオ連合王国の防衛戦にあたる‼　任じられた騎士は速《すみ》やかにそれに準じよ‼」

かっけぇ、と。父親の姿にアーサーは口が開いてしまいそうになった。何度も何度もその背中を見る度に思う。その声に、身を震わされる度に思ってしまう。

〝いつか俺も〟と。

『まぁ、騎士団長くらいまで行けば満足してやっても良い』

なりたい、と。ステイルの言葉を思い出し、急激に胸が熱くなる。まだ自分には分不相応過ぎて、口にはできない。まだ実力も能力も全てが足りていない。ただそれでも〝まだ〟と、そう思う。

でも、いつか。いつか自分も父親みたいな騎士団長に。その跡を継ぐに相応しい立派な騎士にと、胸の奥から全てが熱くなる。あまりの熱に思わず拳で胸を鎧越しに押さえつけた。唇を噛んで前を向けば、今度はロデリックが数歩引いて場所を譲り、入れ替わるようにしてプライドがそこに立った。

深紅の波立つ髪が靡き日の光に当てられる光景は、胸の焔を形にしたかのようだった。

「第一王女、プライド・ロイヤル・アイビーです」

その声は、凛としながらも少し震えているのにアーサーは気がついた。大勢の騎士を前に緊張を零す彼女は、それでも足を踏みしめ胸を張る。そして更に張りのある、熱を帯びた声を響かせた。

「ッこの度、……我が同盟国となるであろうハナズオ連合王国が、我々の力を必要としています」

〝我々〟と。彼女がそう語っただけで胸にまた火が灯る。まるで自身と自分達騎士が一つであるかのような言葉は、アーサー達には大きかった。

「私は、ハナズオ連合王国に行きます……‼　多くの民を守る為に、どうか誇り高き貴方達の力を貸して下さい‼　私をっ……」

張り上げた声が一度詰まる。背中から大きく息を吸い上げ、細い体を目一杯膨らませる。

何を言おうとしているのか、アーサーには全く見当もつかなかった。ただひたすらに騎士達へ向けて前を向く彼女の背中は六年前と変わらず美しく思えた。吸い上げ終えた身体と共に、プライドは顔を上げる。更に向こうに、地平線の先まで並ぶ騎士達に声が届くように。そして、高々とその灼熱《しゃくねつ》の声が放たれた。


「ッ私を‼　助けて下さい！！！」


瞬間。空間全てを貫く鬨《とき》の声が上がり出した。騎士の誰もが腕を振り上げ、天へと吼《ほ》えるように喉を震わせる。城下にまで届いてもおかしくないほどの激しい歓声だった。隣に並ぶ騎士の耳すら壊しかねない鋭い咆哮だ。

おおおおおおおおおおおおおおおおおおおおお。波打つ雄叫《おたけ》びしか聞こえない中、騎士達の別の声が、言葉にならない声がその場に佇む誰の耳にも木霊《こだま》する。

〝待っていた〟と。

今こそ彼女の為に戦う時なのだと。六年前、騎士団の多くを救ってくれたプライドの為に今度は自分達が力になるのだと。無数の騎士達の心は、たった一つに束ねられていた。

プライド自身も騎士達の声に驚いたように少しよろめき、そして自分を奮《ふる》い立たせるようにすぐ姿勢を正した。騎士達の声に手を振り、全ての方角へ身体を向けて応える。彼女がやっと自分から助けを求めてくれた事実に、その背を見守るアーサーは眼球が痺《しび》れるほどに嬉しくなった。

「……何故彼女は、あのように在《あ》れるのでしょうか」

高台の袂、階段の下でプライド達を見送ったステイルは突然投げかけられた言葉に静かに眉を寄せた。プライドによるこれ以上ない演説の余韻に浸っていた中、脈絡がないようにも聞こえたセドリックの言葉に一瞬聞こえなかった振りをしようかとも考える。しかし、口を開け食い入るように彼女に目を奪われる彼の横顔を見た途端胸の奥がざわついた。己と同じ年の女性でありながら、天地の差といって良いほどに王族として立ち振る舞うプライドにセドリックが圧倒されるのは納得できる。しかしその目に宿る焔はどう見ても、敗北や尊敬では片づけられない熱が感じられた。

「それが、プライド第一王女だからです。王族としての誇りも威厳もそして清廉《せいれん》さも。その全てを兼ね備えたフリージア王国が誇る第一王位継承者であり、女王となるべき御方です」

だからそれを穢《けが》そうとしたお前のことは許さない。そう意思を込めて、怨嗟《えんさ》のようにステイルは話を切った。ハナズオ連合王国を救う意思はプライドと一緒だが、彼女の髪に口づけしたことも、唇を奪おうとしたことも、アーサーへの料理を台無しにして泣かせたこともなにも許してはいない。心優しいプライドに代わり、自分は一生許さないことが役目だともう決めている。ヴァルやジルベール、そして当然目の前の王弟とも呼べない愚かな第二王子にも変わらない。

眼鏡の向こうからの冷たい視線に、セドリックは気づかなかった。呼吸も忘れて天を仰いでいるかのように高台を見上げ、ステイルから告げられた言葉が暗にプライドへの無礼な愚かさへの指摘と戒めだとも気づかない。無知な第二王子は、ただただそれを言葉の通りに受け取った。そして……

「………美しい人だな」

相槌ではない。独り言のように自分の中だけに呟かれた言葉は歓声に飲まれ、隣に並んでいたステイルにしか届かなかった。彼女が褒められたにも拘わらず、不穏と腹立たしさだけがステイルの内側に蜷局を巻いて残る。自分でもどうしてかはわからない。ただ、今彼に言えるのは……

「……その美しさを、永久に穢さぬ為に僕らがいるのです」

人を許すことが並大抵のことではないことを、ステイルは知っている。そして許さないでい続けることも時には酷く重苦しい。それでもプライドを守る為、そう在り続けると決めた。六年前交わしたアーサーとの約束からその意思は変わらない。アーサーが自分のできないことを埋めてくれるように、自分もまたアーサーにできないことを貫くと。

プライドが今もまだ純白で在り続けてくれるなら、自分がその分黒く染まる。彼女が許す者も、信じる者も、手を差し伸べる者も、自分だけは許さない。

――彼女が〝優しさ〟を、俺が〝厳しさ〟を。

歓声は暫く止まず、やっと音が落ち着き出した頃合いでロデリックにより騎士達へ散開が命じられた。騎士達が挙《こぞ》って興奮も冷めないままに高台の梺へ我こそはと集い始める中、セドリックもステイルもそれ以上は何も言わなかった。

許されず許さないことを、輪郭もなく互いに知っていた。

「……さて、と。志願者がこれから殺到するな」

騎士達からの歓声が止んだところで、高台上のクラークがくっくっと喉を鳴らして笑った。アーサーとカラムの肩に手を置けば、意図を汲んだカラムも小さく笑う。

「そうですね……むしろ選抜でまた殴り合いにならなければ良いのですが」

「騎士団の内、プライド様と共に行けるのはたったの半数〝だけ〟だ。副団長の私は残念ながら留守番になるだろうが……カラム、アーサー、ちゃんとプライド様を……そしてロデリックを頼んだぞ」

はい！　とクラークの言葉に二人は一気に声を張り、答えた。その直後、カラムの前にも関わらず自分だけ頭を撫でてくるクラークにアーサーは少しだけ目を吊り上げ睨んだ。

「アーサー！」

抑揚のある声に振り向けば、プライドがロデリックに背を守られながら自分達の元へ戻ってきた。お疲れ様ですと声を掛けながら、眼前で見る彼女がその額に信じられないほどの汗を滴らせていることにアーサーは気づいた。

「大丈夫だった？　私、ちゃんと話せていたかしら」

恥ずかしそうに手で自分を扇《あお》ぎながら笑うプライドに、思わず胸がぎゅっと締まった。なんでこの人はいつもこんなに綺麗なんだと、一度喉を鳴らし肩が上がった。

「はいっ……とても、素晴らしかったです。俺も、皆も、感動しました」

詰まり過ぎた胸で子どものような感想しか出てこないことがアーサーには歯痒《はがゆ》い。しかし真っ直ぐな言葉に安心させられたプライドは、ほっと息を吐いて彼へと笑いかけた。

「良かった。……一人でも力になってくれると嬉しいわ」

いやむしろ一人でも減らすのに父上とクラークが苦労するんじゃねぇのか、と。アーサーは心の中で思う。プライドから話を聞いた時、どうやって半数に絞るかをあんなに悩んでいたのだから。ロデリックの珍しく困った表情に、アーサーだけでなくカラムも笑いを噛み殺すのに必死だった。

「あ！　そうだ、アーサー。ちょっと耳をっ……」

ふとプライドが気がついたように声を上げ、突然アーサーの肩を両手で引き寄せた。ふらっとプライドの方に顔が近づき、アーサーの心臓が倍の速さでバクついた。

「実は、お願いがあって。明日の晩……」

手短に伝える為に早口で耳打ちされながら、彼女の息遣いが直接耳を擽《くすぐ》ってきたアーサーは話よりもそっちの方に頭が持っていかれそうになった。

だが途中でプライドの言葉に思考が一気に覚醒する。話し終わり「どうかしら……？」と至近距離で顔を覗かせた彼女に、アーサーは顔の熱を払うように何度も風を切る頷きで答えた。プライドが嬉しそうに笑ってくれ、それだけで息が止まる。頼ってくれただけでも嬉しいのに、間近で笑まれてしまえば次は心臓が止まるのではないかと本気で思う。

「では行きましょうか、プライド様」

プライドとアーサーが話し終えたのを確認したカラムが、そう言って柔らかく笑んでプライドの手を取った。こういう時にさらっとできるカラムをアーサーは心の底から尊敬する。こんな風にさらっと円滑にプライドの手を取るなんて、自分にはとてもできないと思う。

今は〝まだ〟。

第二章　非道王女と第二王子

——帰りたいと、心から乞《こ》い願う。ただひたすらに満ち足りていたあの時に。

「セドリック!!　また教師から逃げ出したな?!」

ランス・シルバ・ローウェル。去年、国王に即位したばかりの兄貴が庭の木で昼寝をする俺《おれ》を下から怒鳴り散らした。俺と同じ金色の髪を前髪ごとびっしりと後ろに流した頭を上げ、鋭い焔《ほのお》色の眼光を俺に向けている。

「フン！　俺様には必要ない、勉学などせずとも俺様はこの存在だけで充分に価値がある」

俺が鼻歌交じりにいつもの言葉を返した途端、兄貴は俺のいる木を蹴《け》り上げた。ドン、という振動と共に突然木が揺れ出し、思わず目の前の枝にしがみつく。

「ッなにをする！　木から落ちてこの俺が怪我《けが》でもしたら……」

「いっそ怪我でもして部屋で大人《おとな》しくしていろ馬鹿《ばか》者!!　そうすれば良い年した王子に教師が逃げられる心配もなくなる！」

「俺様のこの端整な顔に傷がついたらどうするつもりだッ?!」

知るかさっさと降りてこい！　と怒鳴られ仕方なく身を起こす。よく見れば宰相のダリオまで騒ぎを聞き付け兄貴の背後に控えていた。以前は遺恨が残っていたが、それ以上に何度も俺に詫《わ》びてくれた人の好《い》い宰相だ。俺に詫び続けた数が千を越えた時から心は開かぬまでも今は許せるようになった。

このまま飛び降りても良いが、兄貴に捕まれば再び教師の元まで引きずられてしまう。枝から立ち上がり、少し上の位置にある城の窓へと手を伸ばした。少し遠いが飛び上がればなんとか届くだろう。

そう考えている間も兄貴が「逃げるな!!」と俺を下から再び怒鳴った。……やはり多少無茶してでも逃げた方が良さそうだ。

「はい、掴《つか》まって。……あまり無理をしてはいけないよ」

突然窓から手を伸ばされる。見上げれば白い髪をさらりと揺らした男が細縁の眼鏡《めがね》越しに金色の瞳《ひとみ》を向けて俺に笑いかけていた。

ヨアン・リンネ・ドワイト。同年の兄貴と違って線も細く中性的な顔立ちのせいで一見優男にも見られるが、我がハナズオ連合王国の片翼であるチャイネンシス王国の国王だ。

「流石《さすが》、兄さんは兄貴と違って話がわかる」

ヨアン……兄さんの手に掴まり、そのまま飛び上がって窓から城の中へと入り込む。

「ヨアン!! セドリックを甘やかすな!!」

兄貴の怒鳴り声に窓から追撃される。慣れた様子で兄さんが窓を閉め、同時に兄貴の怒声がくぐもり窓がパタンと音を立てた。

「セドリック。あまりランスを困らせ過ぎてはいけないよ。まだ国王の仕事も慣れてきたばかりなんだから」

にこにこと笑いながら俺を窘《たしな》める兄さんに、生返事を返しながら近くの椅子《いす》に腰かける。

「兄貴は大袈裟《おおげさ》過ぎるんだ。俺様は勉強などせずともこの美しさがあれば充分だというのに」

「セドリック、君ももう十七になるのだから。……それに、もう勉学を避ける理由もないだろう？」

柔らかい声で諭《さと》され、思わず黙り込む。兄さんは俺が勉学を避ける理由をずっと前から知っている。

父上と母上に育てられた覚えのない俺にとって、兄貴と兄さんだけが俺の唯一の理解者であり、家族だ。兄貴が王位を継承してからは、前王の父上と母上は歴代の王と同じく表舞台から退いた。もともと育てられたことどころか干渉されたことすらない放任の両親に情はない。国内に身分を隠して滞在しているが、居場所を知るのは国王の兄貴のみ。そして恐らくもう二度と会うことはないだろう。

婚姻どころかたとえ俺達が死んでも式に参列はしない。己《おの》が公務にしか興味のなかったあの人達と俺達は、それほどまでに血の繋《つな》がっただけの他人だった。

兄貴が俺の面倒を見てくれるようになってから十三年。兄貴の友になった兄さんが時折俺の面倒を見てくれるようになってから九年。あの時のことを一度だって忘れたことはない。兄貴と兄さんがいてくれたから、俺は今こうして在《あ》れる。

兄貴も、兄さんも、そして俺も自分の今の立場に心から満足している。このままでい続けられれば、ずっと俺達は笑っていられる。

「せめてマナーや教養だけでも学んでみたらどうかな？　今は国内だけだけど、その内ランスが国を開いたら国外でも社交界に関わる機会も増えるだろう。その時に恥をかかないように……」

「必要ないな。俺様が歩けば誰《だれ》もが目を奪われ 跪《ひざまず》く。この美貌《びぼう》さえあれば何をやっても許される！」

兄さんの言葉をいつもの言葉で掻《か》き消す。

兄貴と兄さんは、将来的にハナズオ連合王国も国外との交流を増やしていこうとしている。いつまでも閉じ篭もる訳にはいかない、世界の情勢は変わり続けていると、昔から兄貴は俺達に言っていた。

「セドリック……それは君が国内しか知らないからだよ。国外に出れば、君が礼儀を尽くさなければならない相手も必ずいる。……僕やランスより偉い人もね」

「兄貴と兄さんは国王だろう？　ならば、あってても対等だ。なに、心配はない。そんな相手がいれば笑みくらいはくれてやる」

誰でも俺が笑めば喜び、女は頬《ほお》を紅潮させる。マナーなど所詮《しょせん》は上の相手がいればこそだ。

「そういうことばかり言うから……」

兄さんは溜息《ためいき》交じりに呟《つぶや》くと、困ったように眉《まゆ》を下げながら扉の方を見た。気がつけばドタドタと不穏な足音が近づいてきている。

「やっぱり、もう少しキツく言った方が良さそうだ」

数歩下がり、手を掛け扉を小さく開ける。キィ……と軽い金具の音とほぼ同時に「ここかッ?!」と雄々しい声が轟《とどろ》いた。

「セドリック!!　今日こそ本当に机に縛り付けるぞ!!」

パタン！　と兄貴が部屋に乗り込んでくる。鼻息荒く駆け込んできて、もう一度窓から逃げようとしたら進路を阻むように兄さんが俺の前に立ち塞《ふさ》がっていた。

「大体お前は！　昔から俺が追いかけてもヨアンが説いても!!　いい加減に俺もヨアンもお前の面倒ばかりは見れないぞ?!」

「見なくて良い!!　兄貴達こそ公務はどうした!!　国王はそんなに暇なものなのか?!」

「お前が大人しく学べばこんなことをする必要はない!!」

忙しいのがわかっているなら手間を掛けさせるな馬鹿者！　と兄貴に頭を掴まれる。やめろ髪が乱れると怒鳴れば更に強く髪を乱された。俺が暴れた拍子に兄貴の服下に隠したペンダントが一瞬零《こぼ》れる。すかさず兄さんが、慣れた手つきで兄貴の服の隙間《すきま》にそれを放《ほう》り込んだ。

……兄貴が好きだ。

「セドリック、ランスも君を心配しているんだよ。そのままじゃ将来的に摂政や宰相すら任せられないからね」

「必要ない！　摂政と宰相ならばファーガスとダリオがいるだろう⁈　俺は俺であるだけで充分に価値がっ……」

「そういう子どもみたいな考えから改めないと。今は若くて美男子でも五十年後にはどうするつもりだい？」

「俺は五十年後も美しいに決まっている‼」

「人には老化というものがあるんだよ」

そんなことは知っている‼　と叫ぶと、兄さんはまた溜息を交じえながら兄貴へ合図をするように頷《うなず》いた。次の瞬間、背後から兄貴に腕ごと使って思い切り首を絞め上げられる。命の危険を感じ、負けを認めて教師の元へ戻ると声を漏らしてやっと解放された。

「神の名の下に誓えるかい？」

クスッと笑いながら、兄さんが俺と兄貴の様子を眺める。テーブルに寄りかかり、首元のクロスのペンダントを俺に握って見せた。

「神が俺様より美しかったら誓ってやる！」

兄貴の首絞めの八つ当たりで兄さんへ怒鳴りつける。すると、兄さんは笑顔を壊さないまま俺の両頬を左右に引っ張った。「神を冒涜《ぼうとく》しちゃいけないよ」と柔らかく言われ、何度も頷いてから許された。

兄さんが治めるチャイネンシス王国は、我が国と違って信仰深い国だ。神に祈り、歌い、そして感謝する。連合王国となりながらも互いの国としての形をそのまま残しているのも、サーシス王国とチャイネンシス王国との文化の違いが激しかったことが大きい。

文化も信仰も何もかもが違う二国が、その昔コペランディ王国から侵略を受けた。自らを守る為《ため》昔から争い合っていた隣国同士が統合し、一つの国となってその侵略を退けたのは百六年前の話だ。

チャイネンシス王国の国王である兄さんもまた信心深く、俺や兄貴も子どもの時からチャイネンシス王国に訪れる度何度も兄さんが祈る姿やその行事を目にした。俺も兄貴も神だの祈りだのは未《いま》だ信じられないが、……神に国の平和を祈り続ける兄さんの姿は嫌いじゃなかった。

「セドリック。……もう、……大丈夫だから」

教師の待つ部屋に戻る直前、また逃げないようにと俺に付き添った兄さんがそう声を掛けてきた。苦笑にも見えるその笑みは、金色の瞳だけが柔らかかった。

「…………………わかってる」

兄さんから目を逸《そ》らし、そのまま俺も部屋に戻った。

……兄さんが、好きだ。

兄貴と兄さん。この二人が幸福ならそれで良い。子どもの頃《ころ》から俺の傍《そば》にいてくれたのも、守ってくれたのもこの二人だけだった。このままで良い。ずっとこのまま国は良い方向に回っていく。

――そう、思っていた。我が国にコペランディ王国の使者が足を踏み入れる、あの時までは。

「っ…………兄貴……っ、……兄さん……」

プライドと共に騎士団への訪問から戻ってから、もう時間は深夜を回っていた。フリージアに連れてきた侍女や兵士は全員部屋の外へ払った。

就寝する時間とわかっているが、眠れるわけもなかった。備え付けのソファーに身を沈め、髪を掻き上げ耐え切れずそのまま頭を両腕で抱え込み、前屈《かが》みに固まった。俯《うつむ》き、強く目を閉じるが巡り続ける思考はいつまで経《た》っても治らず不吉なことばかりを考える。……嫌なことばかりを思い出す。

『何度でも言いましょう。チャイネンシス王国はラジヤ帝国……もとい、我がコペランディ王国に降《くだ》って頂きます』

突然、我が国に足を踏み入れたコペランディ王国の使者三人はそう宣《のたま》った。門前で衛兵が追い払おうとしたが、「国を傾ける大惨事となっても良いのならば」と脅され、我が城まで報告が入った。

全盛期のコペランディ王国が百六年前に我が国を侵略しようとした過去はあるが、今はラジヤ帝国の植民地。つまりはラジヤ帝国の息の掛かった国だった。その使者の強気な発言に不審を抱いた兄さんは、使者達を城へと招き入れた。その異常事態に、兄貴と俺も兄さんの元へ駆け付けた。

コペランディ王国の使者は我が物顔で兄さんに言い放った。全《すべ》てはラジヤ帝国の意向。領土を広げる為、チャイネンシス王国をコペランディ王国の支配下に置くと。条件も何もない、ただの強襲だ。

『こちらとしても慈悲は与えたつもりです。現時点で我らが望むは〝ハナズオ連合王国〟ではなくあくまで〝チャイネンシス王国〟。さらには属州か植民地かの選択権すら与えているのですから』

何が慈悲だ。結局はチャイネンシス王国を征服するつもりだ。更にコペランディ王国……ラジヤ帝国の支配下になれば、兄さんの国は奴隷生産国にされてしまう。自国の民を定期的に奴隷として差し出さなければならなくなる。

『一カ月待ちましょう。望むのならば抵抗しても構いません。ですが既に我が国だけでなくアラタ王国、ラフレシアナ王国も決起の準備を始めています。たかだか引きこもりの小国が一つ、……たとえ二国で来ようとも我々に敵《かな》うとは思えませんが』

屈辱だった。俺も兄貴も……兄さんも、ただ歯を食い縛ることしかできなかった。小国だからこそ統合し一つの国となってでも生き長らえてきた。周辺国が少しずつラジヤの支配下に落ちていることは兄さんも兄貴も理解していた。だが、我が国は統合してからは国を閉じ、常に他国への無干渉と中立という立場で他国からの干渉も免れてきた。なのに、奴《やつ》らはそのようなこと関係ないと言わんばかりに何の理由もなくハナズオ連合王国の片翼を奪うことを〝決定〟していた。

しかもラジヤ帝国ですらなく、その植民地であるコペランディ王国による支配だ。我が国が下位の下位であると言われているようなものだった。一カ月の猶予も全て、我が国ではどう足掻《あが》いても敵わないとわかっているからこその余地に違いなかった。

兄さんは降伏を考えた。敵わない、と。無駄に民に犠牲《ぎせい》を出す訳にはいかない、せめて国の名と文化だけでも守らなければいけないとそう語った。

『サーシス王国との同盟も解消しようか。いつ、ハナズオ連合王国としてラジヤ帝国がサーシス王国にも降伏を望むかわからないから』

チャイネンシス王国の民もそれを望んでいると。兄貴に告げた兄さんは変わらず笑っていた。それでも兄貴は共に戦うと、同盟解消などあり得ないと兄さんに声を荒らげた。

長年の同盟とそして閉鎖し他国を拒み続けた分、我が国は民同士の結束は固かった。チャイネンシス王国がサーシス王国を巻き込まないことを望んでくれたように、サーシス王国の民は皆、ハナズオ連合王国として共に戦うことを望んでいた。

しかも百六年もの間深まり続けていたサーシス王国とチャイネンシス王国の王族や上層部間の溝すらをも、この数年で兄貴達は埋めていた。今や国の者全てが互いの国を想い合っていた。

兄貴と兄さんの話し合いは平行線のまま続き、互いに全く引かなかった。

助けが必要だ、と。その時俺が思い出したのは、我が国が開国の準備が整うまで交流や同盟打診を何度も拒み続けていた国の一つ。大国フリージアの存在だった。

同盟国を増やす為か、特に一年前からは何度もフリージア王国から同盟打診の書状が届いていた。

これを使わない手はない。

翌日には港に向かった。兄貴は以前から少しずつ他国との関わりを広げる準備をしていた。足がかりとしてアネモネ王国との交易も即位する前から進め、一年前から軌道にも乗っていた。その日は丁度アネモネ王国との交易の為の船が来る予定だった。更には天からの導きかのように、港に訪れたのはいつもの商人だけではなかった。

アネモネ王国の第一王子、レオン・アドニス・コロナリア。

以前、兄貴が言っていた。レオン第一王子から隣国であるフリージア王国のプライド第一王女が我が国へ交流、同盟の打診をしていると。フリージア王国は大国で近年は同盟を広げ、更には同盟共同政策など国同士の結びつきを強固にしているらしい。一年前から頻繁に届く書状、大国フリージア、その同盟国の王位継承者レオン第一王子。全て天が味方しているとしか思えなかった。

『是非、同盟交渉を……かい？　プライドに』

『ええ、今日から十一日後にはフリージア王国に着く頃でしょう。特にプライド第一王女殿下と懇意になりたいと私は望んでおります。どうか、その旨をプライド第一王女殿下にお伝え頂きたいのです』

レオン第一王子に未だフリージア王国との仲は良好かと探りを入れてみたところ、丁度アネモネ王国に帰国し次第フリージア王国へ訪問する予定があるところだった。俺の依頼にレオン第一王子は頷き、帰国し次第すぐにプライド第一王女にその旨を伝えてくれると快諾《かいだく》してくれた。

大国、フリージア王国。広大な土地と軍事力。奴隷制なき我が国と在り方も通じる国だ。多くの国と結びつき、そして恐れられていた特殊能力者の国。この国の協力さえ得られれば、ハナズオ連合王国は救われる。

兄貴は、戦の為に今まで拒んでいた国へ突然同盟を望むなど受け入れられるわけがないし、相手がラジヤ帝国ならば尚更《なおさら》だと言っていた。兄さんは、自国の為にサーシス王国にまで恥をかかせる訳にはいかないと。そのような理由で同盟を望めば、ハナズオ連合王国は都合の良い時だけ他国を望む恥知らずの国と思われてしまうと言っていた。だが、そのようなこと知ったことか。

チャイネンシス王国を失う以上の恥などあるものか。フリージア王国は女王制。俺のこの姿を見れば女王であろうと王女であろうと誰もが俺に傅《かしず》く。そうして俺の魅力に傅かせた後で、我が国の状況を話せば良い。そうすれば、たとえラジヤ帝国が敵であろうともこの俺の為にと同盟締結も確約される。あとは大勢の援軍と共に我が国に戻るだけ。フリージア王国を味方に付けられたと知れば、きっと兄さんも兄貴もハナズオ連合王国を守る為に立ち上がってくれるはずだと思った。

レオン第一王子に言付けを頼んだ翌日の早朝には、身の回りの護衛と侍女だけを連れて国から飛び出した。「フリージア王国に援軍を望む」「暫く国を空ける」と、兄貴と兄さんに置き手紙は残した。

簡単だ、俺のこの姿を見れば誰もが虜《とりこ》になる。あとは同盟交渉をなるべく引き延ばし、そしてプライド第一王女に気に入られれば良い。兄貴の話ではまだ婚約者もいないという。必要ならばこの俺が婚約しても良かった。我が国との交渉を優位に進めてくれるのならば構わない。俺が自国を出たところで、我が国には兄貴と兄さんがいるから問題もない。通常、遠方からの同盟交渉は三日を要すると教師が以前に話していた。

三日あれば十分だ。俺の虜にし同盟を優位に進め、是非ともお力にならせて下さいと言わせてみせる。まだ間に合うはずだと、……そのはずだった。

「…………っ」

頭を抱きかかえたまま肘《ひじ》をテーブルに打ち付ける。何故こうなった？　考えれば考えるほどわからなくなる。俺の動きがコペランディ王国……ラジヤ帝国に気づかれていたのか？　何故《なぜ》こうも都合が悪く事態が回る？　もう丸六日もない。今も敵国がハナズオ連合王国に侵攻しようと武器を構えている。そして、兄貴はっ……

「……っ」

考えるだけで胸騒ぎが酷《ひど》く、身体《からだ》の内側が荒れ狂う波のように揺らいだ。兄貴が乱心など何かの間違いだと思った。だが事実だ。俺がいらぬ心労を掛けたせいだ。

兄貴はいつも俺のことを案じてくれた。兄貴だけがあの時の俺を助けてくれた。兄さんだけがあの時の俺を理解してくれた。他者を拒み不信感を募らせ、常に守られ迷惑しか掛けてこなかったこの俺を、兄貴と兄さんだけがいつも投げ出さないでいてくれた。

やっと、二人の力になれると思えばこれだ。何故いつもこうなんだ。何故いつも、兄貴や兄さんの足を引っ張ることしかできない？

兄さんは俺や兄貴、サーシス王国を守るつもりだ。同盟を破棄し、チャイネンシス王国が支配された後も、せめてラジヤ帝国と俺達との繋がりをなくそうとしてくれている。だが、だが俺はっ……兄貴は、民はっ……!!

声を殺し、歯を食い縛り過ぎて顎《あご》が痛くなる。沈むように背中を丸め、気がつけば微《かす》かに身体が震え出していたその時。

コンコン、と。……突然単調な音が部屋に響いた。

音に振り向けば、部屋の扉からだ。何者かが外から叩《たた》いている。一呼吸整え、声色を気づかれないように「なんだ」と短く俺は返す。

まさか我が国にまた何かあったのか。それともラジヤやコペランディ王国からの刺客か。

身を硬くし、扉からの返事を待った。だが暫《しばら》く黙しても返事は来ない。代わりにコンコンコン、と再びノックの音が返ってきた。

不気味に思いながら扉に近づく。確か扉の前には衛兵がいたはずだ。衛兵ならば俺の言葉に返事をするに決まっている。だがノックの主は何も言おうとしない。

「誰だ、名を名乗れ」

扉の前で、もう一度声を張る。襲撃を受けても対応できるように剣を構え、その先を扉へ向けた。

「プライド・ロイヤル・アイビーよ。……こんばんは」

ップライド?!　何故彼女がっ……?!

驚きのあまり扉から後退《あとずさ》り慄《おのの》いた。だが、部屋の外でプライドを待たせていたことに気づき、急いで扉へ手を掛ける。

「いえ、閉めたままで結構よ。このままにしてちょうだい。……変な噂《うわさ》が立ってもお互い困るもの」

衛兵には少し離れてもらっているわ、と続けるその声は間違いなく彼女だった。

「……何か、用か？　それとも、やはり未だ謝罪が足りないか……」

俺の部屋まで訪れる意図も、何故こんな真夜中に来たのかもわからず混乱する。扉に耳を寄せるようにして彼女へと語りかける。

「用事というほどではないわ。謝罪も……貴方が何度詫びても足りるような話ではないもの」

抑揚のないその声に胸が締め付けられる。服越しにペンダントを鷲掴《わしづか》み、胸ごとそのまま握りしめた。やはり、彼女は未だ俺からの仕打ちを許していない。

彼女に気に入れられようと手を伸ばせば、全てが無礼にあたった。数多《あまた》の女性が望んだ口づけを俺の方から与えようとすれば、それも無礼と騎士のアーサーとカラムに止められた。プライドが料理をしているのを偶然見つけ、この俺が食せば喜ぶに違いないと思えば……逆に泣かし嫌われた。

部屋に暫くは閉じこもり、気晴らしに庭園へと赴けば騎士達が俺の護衛の為に王居内へ立ち入っていた。戸惑っていればそれをプライドに見つかり、急ぎそれまでの謝罪をすれば何故か俺の目論見が気づかれ、更には罵倒《ばとう》された。

『馬鹿じゃないの?!』

まるで、俺が兄貴や兄さんを助けたいと足掻いていること自体を否定された気がした。俺の常識が彼女には、……外界には全く通用しない。兄貴や兄さんの言った通りだ。むしろやればやるほど裏目に出て嫌われる。

プライドだけではない。騎士のアーサーには尋常でない敵意の眼差《まなざ》しを向けられ、彼女の補佐でもあるステイル第一王子とジルベール宰相の言葉から今までの行為が全て無礼に当たることが判明した。このままでは本来の目的どころか同盟すらも危ういと、焦燥と危機感が混ざり彼女の言葉で破裂した。

頭に血が上り、気がつけば彼女を押しやっていた。流石の俺でもそれが問題行為であることは理解した。それなのに怒りを抑えきれず彼女へ迫った。そこを近衛騎士達に押さえられ、……もう全てが終わったとさえ思った。同盟どころか、これでもう本当にチャイネンシス王国を救えないのだと。俺は結局、兄貴の役にも兄さんの役にも立てはしないと——

「心配ないわ」

突然、心を読んだかのような言葉が扉の向こうから投げかけられた。驚き、顔を上げれば更に彼女の甲高い声が静かに続く。

「母上も、ちゃんと同盟には前向きよ。きっと全て上手《うま》くいくわ」

ガタン、と軽く扉が揺れた。同時に扉一枚向こうの彼女の声が低い位置から聞こえてきた。この扉越しに彼女は寄りかかり、座り込んでいると理解する。

「貴方のお兄様も、……きっと大丈夫。それに、貴方のせいなんかじゃないわ」

「…………………何故、そう言える」

独《ひと》り言のような声量をした彼女の声を逃《のが》したくなくて、俺も扉に背を預ける。ゆっくりとそのまま床に腰を下ろせば、扉越しとは思えぬほどはっきりと「わかるわよ」と声が聞こえた。

「だって私は予知能力者だもの。貴方の本当の目的も、チャイネンシス王国が狙《ねら》われていることも……全て知っていたでしょう？」

「……ならば、やはりチャイネンシス王国は……侵攻を受けるのか」

彼女は予知でチャイネンシス王国が襲われるのを見たという。ならば、俺がどう足掻こうとやはりコペランディ王国の攻撃を受けるということになる。

「敗戦とは限らない。その為に私も母上も動いているんじゃない。もうきっと未来は変わり始めているわよ」

「…………確証はない」

彼女の言葉を受け止められず、どうしても否定してしまう。俺に憐《あわ》れみを向けている第一王女へ本来ならば感謝すべきだというのに。

だが彼女はまるで気にしないかのように再び「大丈夫よ」と言葉を続けた。

「貴方のやったこと。……最悪だし遠回りだったけれど、我が国に来たことだけは間違っていないわ。……お兄様の為なのでしょう？」

兄貴。その言葉だけでまた胸が潰《つぶ》されるように痛んだ。今も苦しんでいるのだろうか。

あの兄貴が、それほどまでに追い詰められていたなど。

傍で目の当たりにしたであろう兄さんはどうしている？　親友である兄貴の狂う姿など見たくもなかったはずだ。国王としての責に追われ頼りの兄貴まで乱心し、今はどれほど苦しんでいることか。

……苦しんでいる。兄貴が、兄さんが。

プライドへの言葉も返せず息が詰まる。放り出したままの片足を立てて曲げ、腕で抱きかかえるようにして力を込めた。

「…………セドリック？」

返事がないのを不思議に思ったのか彼女が俺の名を呼ぶ。だが喉に何かが詰まったように声が出せず、代わりに後ろ手で二度のノックで彼女に返した。

「……大丈夫よ。ちゃんと間に合う、約束するわ」

俺の姿が見えているかのように先ほどよりも柔らかな声が返ってきた。俺を安心させようと敢《あ》えて言葉を選んでいるのだとよくわかる。

「私がいる。……フリージア王国が付いている。だから大丈夫」

ギリ、と思わず歯を食い縛る。そうしなければ声が漏れそうだった。

「あと六日しかない、じゃないわ。…………あと六日で全てが終わる。たった六日後にはまたいつもの日常が返ってくるわ」

邪魔な前髪を掻き上げる。震える唇を噛み締め押さえつけ、喉が妙に痛むように乾いた。

何故彼女はいつもっ……！　何故俺からの好意に靡《なび》かなかったにも拘《かか》わらず、何故俺から数々の仕打ちを受けておきながら……何故俺を嫌うと言いながら許さないと言いながらっ……何故……

「ッ何故!!　お前、はっ……、そんっ……なに俺に構う……?!」

喉が痙攣《けいれん》し、声が波打った。吐き出す声に自分でも驚くほど張りがない。一部が嗄《か》れ、それでもなんとか言い切れば更に喉の奥が詰まった。

この女がわからない。何故こんなにも俺に構うのか。俺に全くの好意を示さず、なのに二度もこの手を引いた。許さないと言いながら、俺を嫌うと言いながら、何故こんなも優しい言葉を掛けるのか。

「ッ……やめてくれっ……！　……期待を、させないでくれ……。……俺が、……悪かった……」

助かると救えると、言葉のままに舞い上がって絶望に落とされたくない。また調子に乗り、余計なことをして……あんな醜態を。

俺のすること為《な》すこと全てが裏目に出る。俺が全て間違っていた。学ぶべきことを全て放り投げた挙句の果てがこれだ。

両手で顔を覆い、呻《うめ》く。彼女の言葉を拒みたくて聞き遂げたい。どうすれば良いかわからず口を両手に押し当て、目の周りを覆う指に力を込める。

「別に貴方の為なんかじゃないわ。………これは、……ただの罪滅ぼし」

彼女の言葉が淡々と放たれた。意味を理解しきれず沈黙が流れると、彼女は「その内わかるわ」と言葉を閉じて更に続けた。

「知ってるから。家族が、大事な人が辛《つら》い目に遭っていると知りながら何もできずに苦しんだり、悲しんだ人を。……何人も」

何人も、と。その言葉はどこか沈んでいた。その重さに引きずられるように俺の背がさらに丸まった。俺と同年の彼女は、一体今まで何を見てきたというのか。

「……だから、来たの。貴方も大嫌いな私じゃ来られても迷惑でしょうけど」

違う。嫌いなのは俺じゃない。嫌っているのはお前の方だ。〝お前が〟俺を嫌っているのだろう。俺はお前を嫌いなどとは一度もっ……！

そう言いたかったが、喉が乾いたまま発せなかった。喉の乾きも引き攣《つ》りも、扉の向こうに気づかれないよう必死に噛み殺す。だが俺の抵抗も「それに」と続ける彼女の言葉で水泡に帰した。

「一人で泣くのに夜は長過ぎるもの」

……自分の目が、見開かれていくのを感じた。息を呑み、その言葉の意味を理解する。両手を覆っていた顔から離し、ぼやけた視界で手の平を見つめる。涙で酷く濡れ、水が溜《た》まり、手首から腕まで伝っていた。指先で頬や首をなぞれば同じように湿り気を帯びていた。

――必死に、声を噛み殺したというのに。

何故わかったのか、言いたかったがやめた。彼女の言葉を認めたくなくてそのまま沈黙を貫く。

「……泣いても良いわ。言ったでしょう？　今の私は貴方の味方なのだから」

諦《あきら》めて強く鼻を啜り、両足を立たせ腕ごと抱え込む。こんな姿は兄貴や兄さんにしか見せたことがなかったというのに。

膝《ひざ》に目を押し付け、涙を止めようにも止めどなく溢《あふ》れる。嗄れた声で「こんな姿晒《さら》せる訳がない」と返した。既に彼女には二度も醜態を晒した。これ以上は俺自身が許さない。だが彼女は「扉越しだから見えてないでしょ」と正論で容赦なく俺を叩いてきた。

「それに、嫌いな相手に取り繕う必要なんてないじゃない。だから弱音を吐いても問題ないわ。

…………………貴方は、それだけ必死だったのだから」

俺の、全てを知るかのように宣う。

本当に彼女は何者なのか。鼻が詰まり、歯を食い縛りながら口で息をすれば涙が中に入った。喉が引き攣り嗚咽《おえつ》が止まらなくなる。押されるように言葉にしようとした瞬間、今まで以上に全身が震えた。嗚咽交じりの声が喉を震わせ言葉を放つ。

「つ……兄貴が、……発狂など、……っ…………あり得ない……!!」

本当は信じたくない。俺のせいだとわかっていても、それでも……あんなに心の強い人が挫《くじ》かれたなど、どうか間違いであってくれと心から願う。

「……俺の、せいで……っ、……ずっと……苦しんだ……!! ……それでも折れず、……努力も、……俺を恨みもせずっ……、……てくれた……、……兄貴が、そんなっ……!!」

嘘《うそ》であって欲しい。帰国したらいつもの笑みで、騙《だま》されたなと笑って欲しい。お前が勝手に国を飛び出したからと怒鳴って欲しい。

「ッ……兄さん……何故っ……共に、国を……と、……誓ったのにっ……！ 兄貴が、……そう望んでいたのに……、……～っ……何故……、…………何故、共に背負わせてくれないんだ……!!」

俺も、力になりたかった。あんな風に笑わないで欲しかった。たとえどんな形であれ、共にハナズオ連合王国として生きたかった。

兄貴に、兄さんに、何も返せずこんなところで二人の重荷となっている自分が憎らしい。

気づけばプライドへの訴えか、己自身への吐露かもわからなくなっていた。ただひたすらに涙が溢れ、溺《おぼ》れて息をすることすら困難になった。なのに言葉は止まらず、堰《せき》を切ったかのように溢れ続ける。

「何故っ……何故、我が国なんだ……?! っ……！ より、によって……何故我が国をっ……兄貴が、兄さんがっ…………何をしたというんだっ……?!」

助けてくれっ……どうか、誰か誰でも良い、兄貴を、兄さんを、我が国を、民をっ……

「……大丈夫」

嗚咽が激しく交じり合い、言葉にもならない嘆きの中で扉越しの彼女の声だけが透き通るようだった。また、甘言をと思いながらもその言葉に縋《すが》るように耳を澄ませる。

「全部、護《まも》り抜きましょう」

貴方の大事なもの、全部。そう語る彼女の声は清流のように澄み渡っていた。そして何よりも迷いのない言葉から伝わってきたのは……途方もない、強さだった。

目からは未だに涙が溢れながらも身体の震えは止まった。喉を鳴らし、もう一度ぐしゃりと前髪ごと顔を覆いながら歯を食い縛る。

彼女が何故そこまで言えるのかはわからない。ただ、今度こそ俺は彼女の言葉に答えた。

「……ッ、……ああ……‼」

護る、必ず。その為に今、俺はここにいる。


「……っ。どういう意味でしょうか、女王陛下」

鋭く光る瞳が紅蓮に燃えている。怒りと憎しみが全身から溢れ出すかのようだった。言葉を疑うように、そして……どこか予想をしていたかのような声色だ。一歩女王に向けて足を踏み出すと同時に、ジャラリと装飾品が強く音を立てた。

「えぇ？　何度も言わせないで頂戴《ちょうだい》」

面倒そうに言葉を返す彼女は、玉座で足を組み直しながら再度口を開く。

「サーシス王国を今度我が国の属州にすることにしたわ。……侵攻する、といった方がわかりやすいかしら？」

口元を醜く引き上げながら笑む彼女に、彼の端正な顔が酷く歪《ゆが》んだ。

……セドリック。これは、確かゲームの……回想……。……嗚呼《ああ》、嫌だ。これから、彼は。

「何故!!　あれから一年!!　我が国は貴方《あなた》の、フリージア王国の要求通り！　変わらず我が国の黄金を提供し続けているというのに!!」

声を荒らげ、歯を剥《む》き出しにして怒る。敵意と殺意を感じた衛兵が彼に武器を構えた。

「我が国の属州になってもそんなの変わらずできるじゃない」

まるで、何を下らないことをと言わんばかりに彼女は語る。指先で己の赤い髪をくるりと弄《いじ》った。

「別に抵抗しても良いのよ？　金脈しか取り柄のない弱小国が勝てればの話だけど」

ギリッとセドリックが歯を食い縛る。握り拳《こぶし》を震わせ、視線だけで焼き切りそうな眼差しが女王に……私に、プライドに向けられる。

「我が国の安全は保障すると。それと引き換えに我が国は閉ざされた門を開き、……ッ噤《つぐ》み、そして無償で黄金をフリージアへ運び続けたのです」

逸《はや》る気持ちを抑え、彼は続ける。低く唸《うな》るような声が地響きのように謁見の間に響いた。

「一年前、私を……我が国を陥れた貴方に」

彼の言葉を聞き機嫌が良さそうにプライドは口元だけを引き上げた。歪む端正な顔を楽しむようにうっとりと目を輝かせる。

「あれは仕方ないじゃない？　私を恨むのは筋違いよ。同盟どころか交流もなかった分際でわざわざ自国の危機を教えてくれた貴方が悪いんだもの。それに……」

肘置きに肘を立たせ、呑気《のんき》に頬杖《ほおづえ》をつきながらプライドは笑う。一度言葉を切り、彼の視線を目一杯受けてから、ニタリと嫌な笑いを引き攣らせた。

「欲しくなっちゃったんだもの。世界で一番大きな宝石箱が」

鉱物の国、チャイネンシス王国。今は亡きその国の名を呼ばず比喩《ひゆ》するプライドに、セドリックの全身から殺意のみが溢れ出した。黒い禍々《まがまが》しいその色に、恍惚《こうこつ》と女王だけが堪《こら》えられず心からの笑みを続ける。

「でも、そうねぇ……条件を聞くなら見逃してあげても良いわ」

ニタニタと、女性のそれとは思えない笑みを浮かべてプライドは彼を見下ろした。

条件……？　と目を見開くセドリックへ勿体《もったい》ぶるように暫く彼の表情を眺め、そして続ける。

「我が出来損ないの妹、第二王女のティアラは今年で十六歳になるわ。それで、貴方がもし……」

プライドが、語る。まるで新しいゲームでも思いついたかのような口振りで。笑みを崩さない彼女に対し、セドリックの顔がみるみるうちに強張《こわば》っていく。目を見開き、口を歪めて彼女の言葉に耳を傾けた。

「……それを、この私にやれと……?!」

何故そのようなことをとでも言いたげな表情に、女王の目元が満足げに緩んだ。フフッ……と含むような笑みでプライドは「だってぇ」と繋げながら嬉々《きき》として答える。

「愛した男に裏切られて絶望と憎しみに染まるあの子の死に顔が見たいじゃない？」

アハハッ、と今から想像したのか笑い声が零れ出す。まるで小さなお楽しみを取っておいた少女のような抑揚で放たれた声は、若い女性のものとは思えないほどに深みと狂気が滲《にじ》んでいた。

「嫌なら良いわよ？　その場合、貴方の国が地図から消えるだけだもの。大したことじゃないわ」

心からどうでも良いように、……そしてどこか反応を弄《もてあそ》ぶように堪えない笑いをそのままに言い捨てる。セドリックが俯き、苦悶《くもん》の表情に顔を歪めると、彼女の口元が更に引き上がった。

「でも、本当に良いのかしら。たかが一人騙《だま》して殺せば、自国が救われるのよ？　それに貴方の手はとっくに血まみれじゃない」

ぐわっ、と彼の目が強く見開かれる。食い縛られた歯がガキィと音を立てた。喉《のど》から飛び出しそうな言葉を零さないように震える顎で必死に堪えた。彼の葛藤《かっとう》をまるで花を眺めるかのような眼差しで彼女は優雅に眺め続けた。セドリックが自ら言葉にするのを敢えて待つように。

数秒躊躇《ためら》った後、彼は覚悟を決めたように口を開いた。その目は屈辱と背徳に染まっていた。

「ッ……わかりました。私のこの美貌《びぼう》をもってすれば塔に閉じこもった王女一人を虜にするなど容易《たやす》いこと。その代わり、どうか我がサーシス王国の安全は保障して頂きたい」

セドリックが必死に取り繕いながら苦しそうに告げたその言葉に、プライドが待っていましたとばかりに笑みを広げた。

「なんならついでに貴方の隣国も解放してあげましょうか？」

はっ、と彼の開ききった目が激しく燃える。俯きかけた顔を上げ唇を引き絞り、放たれた言葉を確認するように息を飲む。

「それは、本気でしょうか……？」

「ええ、本気よ」

私の手に掛かればそれくらい簡単だもの、と組んだ足をそのままにゆらゆら揺らし遊びながら優雅に笑んだ。そこでセドリックは気がつくように唇を噛みしめ、再び険しい表情をプライドへ向ける。

騙されるものかという確固たる意志がそこにあった。

「っ、……ですが、今や元チャイネンシス王国はラジヤ帝国の属州。……たとえプライド女王陛下といえども、フリージア王国の一存で解放できるものでは」

「できるわよ。だってラジヤは今、私に逆らえない理由があるもの」

はっきりとした声で彼女は言い切る。優越感に浸ったかのようなその声と表情は、どう考えても嘘や虚言には見えなかった。……人を信じられなくなった、セドリックの目にすらも。

「私の条件を全て叶《かな》えられれば貴方は自国を守りきり、更には一年前自身の愚かさ故に救えなかった隣国も取り返せる。……どう？　やる気出た⁇」

フフッ、と含み笑いを交えながら笑う。セドリックが瞳の色を戸惑いや期待、疑惑、焦りと次々変えながら身体を震わせていくのをうっとりと眺めている。そしてその色が一つに纏《まと》まりかけた瞬間、満を持して彼女は口を開いた。

「でも、私の条件を一つでも満たせなかったその時は……」

ニタァア……と、静かに彼女の口の両端が不気味に引き上がった。同時に彼の顔から血の気が引くのを確認し、紫色の瞳が歓喜に染まる。

「サーシス王国には次から黄金と一緒に自国の民も〝商品〟として出荷してもらうわ」

奴隷生産国としてね、と笑う女王にセドリックは汗を滴らせた。恐怖にじわりじわりと彼の身体が侵食される。狂気の権化のような彼女に、セドリックは時間が経ってからやっと目を逸らした。

「では、ティアラ第二王女との婚約を……」

「あら、ただで婚約できるとでも思って？」

セドリックの言葉を掻き消すように、わざとらしくはっきりとした声の張りでプライドは彼を嘲《あざ》笑《わら》った。驚きに目を見張るセドリックを愉快そうに玉座から見下ろした。

「仮にも、この私の妹との婚約よ？　簡単に婚約できる訳ないじゃない」

この私、という言葉を強調させて語る彼女は、戸惑いの色を隠せないセドリックを言葉だけで押し潰すように言い放った。「しかし、それでは」と、まず塔の王女を恋に落とすことすら前提として難しくなることを口にしようとするセドリックを、彼女はわかっていると言わんばかりに嘲《あざけ》った。

「そうねぇ……まぁ、考えてあげなくもないわ。それなりの誠意を見せてくれれば。例えばぁ……」

わざとらしく考え込むような仕草の後、条件に身構え身体を強張らせるセドリックをそのまま目だけで見やり、……笑った。

「私の靴でも舐《な》めてもらおうかしら？」

燃える瞳が、驚愕《きょうがく》の一色に染まる。冗談を言ったのかと疑い、眉を寄せながらも痙攣させても彼女に訂正する気配はない。むしろ口元の笑みをそのままに組んだ足をまた組み直した。女王の絶対的権力と優位な笑みをそのままに顎を上げ、ゆったりとセドリックを見下した。

「今、この場でね」

ペロリと自身の唇を舐め、やれと言わんばかりにセドリックの方へ磨かれた靴を突き出した。

宝石の装飾も施された、土汚れ一つない靴だ。ただそういう問題ではない。一国の王子に、己が靴を舐めろと命じたのだから。これ以上ない恥辱と侮辱だ。直の足ですらないそれは誓いにもならない。単なる強者が弱者へ強制する隷属と服従、そして何より相手への辱《はずかし》めの為の行為だ。

爛々《らんらん》と光沢する靴をチラつかせるように足先で揺らし、女王は嗤《わら》う。「どうしたの？　しないの？！」

と。敢えて軽々しい疑問の声で尋ねた。

屈辱で身震いが止まらないまま、セドリックが一歩いっぽ拒絶する身体を無理矢理動かすようにしてプライドの前へ進み出た。

歯を噛《か》み砕かんばかりに食い縛り、ゆっくりと片膝をつくようにしてプライドの足下へと跪いた。力の入った身体の挙動も足音も、分厚い絨毯《じゅうたん》に吸い込まれる。震える手でそっと女王の靴に触れた。

ハナズオ連合王国を裏切り自分を裏切り陥れ兄の心を壊し、チャイネンシス王国の名と文化を奪い奴隷生産国に堕《お》とし自国を人質に取った、悪魔のような女の靴を。

――ああ、嫌だ。そうだ、ゲームでは確かここはシルエットだけだったはずなのに。

屈辱に顔をこれまで以上なく酷く歪め、表情筋を引き攣らせ、それでも徐々に口を開きプライドの靴に顔を近づけるセドリックが。

自身の誇りも矜持《きょうじ》も尊厳も、全てかなぐり捨てるセドリックが。

誰も信じられずに疑い続け、今この行為が本当に自国やチャイネンシス王国を救うことに繋がるのかすら疑問に思いながら、それでも目の前の唯一の手段に縋るしかないセドリックが。……兄達と民の為に全てを捨て、舌を。

――…………いや。やめて。

美しい金色の髪が、舌より先にプライドの靴に掛かった。

――こんなことをしても無駄なのに。だってプライドは最初からっ……‼

ゆっくり、ゆっくりと覚悟を決めたようにセドリックが目を閉じる。まるで己が心を殺すかのように。美しい王子が自分に傅き、その足元に降る姿にプライドが興奮で頬を紅潮させ、セドリックに反して見開いた目を輝かせた。そして彼の舌は、とうとうプライドの靴に……

——望んでいない。私は、彼のこんな姿見たくない。誇り高く、兄想いで、優し過ぎてしまった彼のこんなっ……。————こんな。


「三日間、お待たせしました」

翌朝、謁見の間で互いに挨拶《あいさつ》を終えた後に母上は早速セドリックへと口を開いた。いいえ、と言葉を返しながらも母上からの返事が待ちきれないようにセドリックは口を強く結んでいた。余計なことや不敬をしないようにと細心の注意がその姿から感じられた。

母上の左右にはステイルやヴェスト叔父《おじ》様、父上やジルベール宰相もいた。時間通りに訪れた私とティアラも所定の位置につこうとしたけれど母上に「そのままで構いませんよ」と笑まれてしまった。

ティアラはさておき恐らく私には話すことがあるからだろう。母上は優雅に笑んで口を開いた。

「結論から先に言わせて頂きます。我がフリージア王国はハナズオ連合王国サーシス王国との同盟締結を望ませて頂きます」

貴方の言葉を信じます、と。そう続ける母上の言葉にセドリックが荒く息を吸い上げた。

「っ！　……まことでしょうか……?!」

信じられないといった口調で、その瞳《め》だけが希望に輝いた。一言返しながら「ヴェスト、ステイル、そしてジルベールが確証を得てくれましたから」と返す母上に、私もほっと胸を撫《な》で下ろした。流石知性派三人組だ。しかもジルベール宰相まで協力してくれていたなんて。これで、やっと私も……

「そして、プライド」

突然話題が私へと振られ、口だけは「はい」と落ち着いて返せたけれど心臓がドキンと鳴った。母上の方へ姿勢を正せば、微笑《ほほえ》みながら「貴方にも伝えておくことがあります」と続けられる。

「この度の防衛戦。とある国が我がフリージア王国と共に立ち上がると名乗り出てくれました」

母上の言葉に私だけではなくセドリックも驚き、言葉を漏らした。それも当然だ、閉ざされた国であるハナズオ連合王国の為にラジヤ帝国を敵に回すだなんて。大国であるフリージア王国ならまだしも、一体どこの……

そう考えを巡らせる内に、母上は斜め後ろに控えるステイルに目で合図を送った。応《こた》えるようにステイルが一礼し、一歩前に出る。

「アネモネ王国が、防衛戦の為に我が騎士団への必要物資提供を名乗り出てくれました」

……レオン?!

まさかの国名に私も開いた口が塞がらない。確かにアネモネ王国もサーシス王国とは交易を行なっているし、我が国とも同盟関係だけど!! でも国の規模としては小さいし、今は貿易も軌道に乗っていて何より戦争なんてものに関わるような国ではないのに!!

色々と言いたい事が溢れ過ぎて言葉が出ない私に、ステイルは少しおかしそうに微笑み話を続けた。

「二日ほど前、僕へレオン王子から打診がありまして。是非、武器や必要物資の提供を手伝わせて欲しいと。昨日の夕暮れ時には使者より正式にアネモネ王国国王からの打診も頂きました。本日の早朝にはこちらからも使者を出しましたので、恐らく遅くても明日の朝には多くの物資が届けられることでしょう」

防衛戦が五日後になったこと、更には明日の午後には出発予定であることなども記しましたとステイルが続けてくれる。あまりに急過ぎだし流石に難しいのではとも思ったけれど、私の懸念を読んだかのようにステイルが「最初の書状を我が国に出して下さった時点で、物資の輸送準備は進んでいるとのことだったので大丈夫でしょう」と補足してくれた。流石貿易最大手。きっと既に他国へ出せるほどの資源があり余っていたのだろう。武器なんて滅多に使わない国だから余計に。

「プライド第一王女の初陣《ういじん》とも記しましたので、きっと期待できると思います」

にっこりと笑みを浮かべるステイルに少し口元が引き攣ってしまう。そんなプレッシャーをがっつり掛けなくても！　確かに元婚約者である私の為の物資提供と書けば、きっとレオンや国王も同盟国として手は抜けないだろうけども‼

二日前に打診があったといえば、きっと私と話した後だ。定期訪問でもステイルはあまりレオンと会う機会は少なかったはずだけれど、一体いつの間にそんなに仲良くなったのだろう。

「アネモネ王国との連携に関しては防衛戦同様にプライド、貴方に全権を任せましょう」

できますか？　と悪戯《いたずら》っぽく笑う母上に、戸惑いながらも頷き了承する。連携といっても我が国で武器を預かるだけだし問題はないだろう。……それにしても、何故突然レオンが。二日前に話した時は防衛戦に加わるなんて一言も言っていなかったのに。

「ステイルとヴェストによって、ハナズオ連合王国の潔白も証明されました。……不要の疑いを抱いてしまったこと、心よりお詫び申し上げます」

「とんでもありません。我が国の為に立ち上がって下さったこと、この御恩一生忘れません……！」

頭を下げ、片膝で跪きながら感謝を示すセドリックに母上が優しく笑みを返した。全ては同盟の為、双方の為ですと語りながら、頭を上げるようにと願ってくれた。

「これから我が国は全力で貴方方を支援致します。……では、ここから先はフリージアとハナズオ、双方に関わる重大な話となります」

母上が今度はジルベール宰相へ合図を送る。頷いたジルベール宰相は一歩前に進み、口を開いた。

「昨日から今朝に掛けて七人の罪人を捕らえました。それぞれ手段は異なりますが、全員が敵国の間者に間違いないでしょう」

落ち着いた口調のジルベール宰相の発言に衝撃が走る。私だけじゃない、ティアラも驚きのあまり両手で口を覆い、セドリックからは「七人もッ……?!」と声が漏れた。私も同感だ。私達の反応に短く相槌《あいづち》を返すジルベール宰相は、つらつらと説明を始めた。

「最初の二人は、騎士団演習場を荷車に積んだ火薬で爆破しようとしたところを捕らえられました。更にその後、もう二人組も同じような方法で城門を潜《くぐ》ろうとしたところを捕らえられました。そして一人は衛兵に成りすまし、一人はあろうことか我が城を出入りする上流貴族になりすまし、……一人は城の侍女を脅迫し手引きさせようと試みていたので、誘き寄せて捕らえました」

……もう、開いた口が塞がらない。まず、そんな人数が既に城に侵入しようとしていたこと自体が驚きだ。特に王都では各所で必ず衛兵のチェックがある。にも関わらず守衛を抜けられた人間が七人はいたことになる。更には成りすましで一時的にも我が城へ侵入を許したことも恐ろしい。

この数年間、年ごとに国全体特に王都から城の警備は厳しくなっている。今や世界でも屈指の防衛体制が敷かれている。そしてその厳重な警備を抜けられた七人をどうやってあっさり捕まえられたのか。

もうどれを取っても驚きでしかない。私達が驚いている間もジルベール宰相は「ちなみに城下や王都内に侵入する前に捕らえられた者も、昨日と一昨日のみ人数の桁《けた》が違います」と続けた。

「恐らく国内に侵入を試みた時点で、捕らえられた者の人数も同様でしょう」

ジルベール宰相の淡々とした言葉に改めて我が国を巻き込んだことを実感したのか、セドリックは静かに拳を振るえるほど強く握りしめた。

「捕らえられた者達は騎士団の協力を受けて全員尋問しましたが、依頼人について口を割る者はいませんでした。金を預かり、ただやらされただけだと。中には強情な者もいましたが、口を割ればやはり殆《ほとん》ど同じでした。……ただし」

一度言葉を切り、ジルベール宰相が爽《さわ》やかな笑みをにっこりと作る。収穫はありました、とその輝かしい真っ黒な笑みが先に語っていた。

「コペランディ王国の人間であることは判明しました」

その国名に、思わず喉を鳴らして息を呑んだ。やはり彼らは知っていた、我がフリージア王国にセドリックが助けを求めに来たことを。恐らくはそれを妨害する為に間者を放った。防衛戦にフリージア王国が加わらないように、もしくは万全の体制で臨ませないように。兵力をできる限り削り、フリージア王国すら制してチャイネンシス王国を手中へ収める為に。

ラジヤ帝国もやはり関わっているのか。母上への和平の書状も偶然ではない可能性が濃厚になってきた。ジルベール宰相の口からも、恐らくフリージアへの妨害工作の為に放たれた間者だろうと同じ意見が紡がれる。最後に「引き続き、我が城……我が国の防衛に騎士団と連携して努《つと》めます」と締め括《くく》るジルベール宰相には、必ず全員逃がさないという強い意志が感じられた。まさか、その侵入した七人を捕らえたのもジルベール宰相が……？　と、じわじわ怖い予感がする。

「つまり、コペランディ王国と我が国は正式に争う理由もできてしまったということです」

ドスン、と母上の言葉が重くはっきりと私達に落とされた。つまり後戻りはもうできないということだ。そのまま優雅な動作で母上は私に視線を向ける。以前より温かみのある眼差しで笑い、そして「プライド」と私の名を再び呼んだ。

「〝女王代理〟として、貴方には全権利を貸与《たいよ》しています。……では、まずどうしますか？」

言ってみなさい、と私が何を言うかを既に理解して母上が笑う。セドリックが意味がわからないと目だけで語り、私の方を小さく振り向いた。

母上へ頷き、セドリックに説明も含めてはっきりと声を張る。こうすることは既に決まっていた。

「騎士団より〝先行部隊〟の編成、明日に届くアネモネ王国からの物資を詰め込み次第、先行部隊の力を借りて出陣し、更にその三日後にはサーシス王国と合流します」

私の言葉にその場にいる全員が静かに頷いた。唯一セドリックだけが未だ理解できないように絶句して私を凝視している。……彼には後で詳しく説明が必要だろう。

母上が「よろしい、では頼みますよ」と笑んでくれ私が一礼を返そうとした、その時だった。

「っ……あ、あのっ……！」

突然控えめに放たれたその声に、誰もが注視する。私もどうしたのかと振り向けば、ティアラが胸元に手を押さえるように当てながら前のめりに背中を丸めて母上へ向き直っていた。母上の目が少し丸く開かれ、無言で続きを促せばティアラは一度コクンッと喉を鳴らしてから再び口を開いた。

「私もっ……お姉様と共にハナズオ連合王国へ同行してもよろしいでしょうか……?!」

えっ?! あまりの驚きに「ティアラ?!」と声を上げてしまう。でもティアラは言葉を取り消す素振りもなかった。唇をぎゅっと結んだ顔を緊張で真っ赤にし、母上を見つめていた。これには誰もが驚き言葉をなくしてしまう。流石のステイルですら目を丸くして開いた口が塞がらないようだった。

「……それは、貴方も戦場に立つということですか、ティアラ」

ゆっくりと、見開かれた目をそのままに母上がティアラに尋ねる。間髪入れずに「はい！」とティアラが声を上げるから、母上の左右にいるヴェスト叔父様や父上、ジルベール宰相まで互いに無言で目配せし合った。戸惑うのも当然だ。第二王女とはいえティアラはまだ未成年。そして今回の行き先は危険な戦場だ。城下へ視察に行くのとはわけが違う。

「ハナズオ連合王国は大事な同盟国となる国です。お姉様、そして兄様も戦場へ赴くのならば私も避けてばかりはいられません。ちゃんとこの目と身体で向き合いたいのですっ！」

その強い眼差しに、ティアラ自身も遊びや視察とは違うと理解していることは聞かなくてもわかる。

母上は軽く額を押さえて考える仕草をすると、フーッ……と小さく息を吐いた。

「……ハナズオ連合王国に関してはプライドに託しました。……その判断に任せましょう」

えええええええぇっ?! 母上!! 待って私に?! 私なんかに可愛《かわい》いティアラを任せちゃって良いの?! というか私がティアラに弱いの母上だって知ってるくせに!!

思わず取り繕うこともできず口をパクパクさせてしまう。あとで絶対物申してやるんだからっ!! と心の中で叫びながら見つめていると、隣から「お姉様……」と訴える声が聞こえた。顔を向けるのが怖い、絶対に勝てる気がしない。恐るおそる向けば、潤んだ瞳が私を真っ直《す》ぐに見つめていた。

今までだって危険な場所に私が行く時は絶対にお留守番をしてくれていたティアラ。表向きは私もティアラも戦場へ出た経験はないけど、実際既に色々やらかしている私と違ってティアラはゼロだ。

でも確かに第二王女のティアラにとっても必要な経験ではある。……いや！　だからそんな社会科見学のような軽いものではないし!!　経験の為に妹連れてきましたなんて先方にガン切れされてもおかしくない。でもそれを言ったら私だって似たような理由で母上に女王代理と戦場に行く権利を貰っちゃっているし……!!　何より今までずっと我慢して私達を何度も待ち続けてくれたティアラからの望みだ。戦場といっても私達が立つのは指揮。騎士が守ってくれるから自ら剣で戦う機会は比較的少ない。いやでも危険なのには違いないし、私も戦場に立った時ちゃんとティアラを守りきれるかっ……

「お姉様、約束します。絶対にお姉様達の邪魔はしません。第二王女として必ずお姉様に従います。ただ、運命を共にすることだけを許して下さい」

考えを巡らせている間もティアラが綺麗《きれい》な瞳を私に真っ直ぐ向けて訴えてくる。うゞ……と思わず唸り、今度は私が喉を鳴らした。そして……

「……わかりました」

折れる。はぁぁ……と息を吐き出し、そのまま「ただし条件があります」と早口に付け加えた。

「ティアラは防衛戦中、サーシス王国で待機してもらいます」

戦場の舞台になるのはチャイネンシス王国。私が兵を率いて行く時はサーシス王国で待ってもらう。サーシス王国も戦場になることは変わらないだろうけれど、戦場のど真ん中を避けられる分きっと安全だろう。ティアラは少し何か言いたげにしたけれど、飲み込んで「わかりました」と頷いてくれた。きっと本当はチャイネンシス王国まで付いていきたいと思ってくれていたのだろう。でも流石にそれは危険過ぎる。「それと」と私は更に言葉を続ける。

「もし、御許しを頂けるのならばジルベール宰相にも同行を願えませんでしょうか」

直後、息を呑む音が複数聞こえた。ステイルは当然ながらジルベール宰相も目をぱちくりさせて
「私……ですか」と珍しく聞き返してきた。ちょっと申し訳ない気分になりながらも私は頷く。

「はい。ラジヤ帝国との会合の為にもヴェスト叔父様や父上は母上と同じくサーシス王国に赴くのは難しいと存じております。ですが私にステイルがいるように、私と共に行くティアラにも護衛とは別にその補佐をして下さる方が必要だと思います」

何かがあった時に私がすぐ指示をできるとも限らない。ジルベール宰相ならその場での判断にも長《た》けているし、何よりすごく強いし頭も良い。きっと彼ならティアラを守ってくれるに違いない。

母上は納得したように「確かに、ジルベールならば申し分はないでしょう」と返すと、尋ねるようにジルベール宰相へ顔を向けた。

「女王陛下とプライド第一王女殿下の御命令とあらば、喜んで」

母上からの視線を受けてジルベール宰相は深々と礼をし、最後には私とティアラに向けて温かな笑みを返してくれた。……本当は、妻子持ちのジルベール宰相を戦場に引き摺《ず》るのはすごくすごく申し訳ないのだけれど仕方ない。ジルベール宰相が嫌な顔せず引き受けてくれたことだけが救いだ。やはりジルベール宰相も可愛いティアラを心配してくれているらしい。本当にティアラがこういう時に人望があってくれて良かったと心から思う。

「では明日の出発は宜《よろ》しくお願いしますね。突然のことではありますが、皆の武運を祈っております」

そのまま「セドリック第二王子殿下には後ほど御説明致します」と告げれば、セドリックは黙って

頷いた。それに優雅に優しく頷いた後、母上はその白く長い腕を横に振る。

「……さて」

周囲の衛兵達に合図したことで扉が再び開かれる。私達を退室させる為ではなく人払いの為に謁見の間内にいた衛兵達が全員素早く部屋から扉の外へと去っていく。

衛兵が全員部屋からいなくなった後、開かれたままの扉から現れたのは騎士団長と副団長、カラム隊長と彼が率いる三番隊だった。扉が外側から閉められ、騎士達が一糸の乱れなく並びながら規律正しく歩き入ってくる。堂々とした姿で現れる騎士団長と副団長の姿を正面から捉《とら》えたからか、私の背後にいたアラン隊長とエリック副隊長がゴクリと喉を鳴らした。

騎士団長達は私達から更に数歩後ろの位置で立ち止まり、その場に騎士達が跪いた。全員が同時に膝を折ったことで絨毯の上にも関わらずザッ、と鎧《よろい》が音を立てる。

「本来ならば私が先行部隊と共にサーシス王国に赴くべきところ。ですが、私は当日にラジヤ帝国を迎えなければなりません。……そしてこれは異例の事態。同盟締結は一刻を争います」

何より女王である私自身がサーシス王国に赴きこの目で確かめなければと。金色の長い髪を滑らかな動作と指先で耳に掛けた母上は、優雅にセドリックに微笑んだ。圧倒する威厳を目の当たりにしてセドリックが半歩下がるようにして少しよろめく。

「ですから、我が息子ステイルに今回は特例としてその力を借りることにしました」

ステイルが一歩前に出る。小さく一礼し、軽く笑むようにしてセドリックを見やった。そのまま母上が許すとゆっくりと口を開く。

「本来、僕の特殊能力は秘匿《ひとく》しております。能力自体を知るのは一部の人間のみ」

勿論《もちろん》僕の希望での秘匿ですが、と笑むステイルがちらりと私に目を向けてくれる。ステイルは自身の特殊能力をなるべく表に出さないようにしている。更には昔から私が必要とする時にのみ使いたいと言って、自分の特殊能力の詳細は父上や母上にも隠していた。私もティアラもアーサーも、ステイルのその意思を尊重して特殊能力を知った人には必ず口止めをしていた。

「なので、これからお教えすることもどうかハナズオ連合王国でも秘匿を願います」

落ち着いた様子で続けるステイルに、セドリックが戸惑いに表情が追いつかないまま頷いた。ステイルはそれに満足したように笑うと更に続ける。

「ですが、我が国の同盟と同盟国の為。そして母上と姉君の為ならば僕も惜しみなくこの力を使いましょう」

ハナズオ連合王国が同盟締結として確定した今だからこそ、やっと我が国は騎士団や王族の特殊能力を明らかにすることができる。一寸の淀《よど》みなく言い放たれたその発言と堂々たる態度はまさにこの国の第一王子だった。にっこりと意識的に微笑むそれは王族としての威厳に満ちていた。

「既にハナズオ連合王国、サーシス王国の〝座標〟は確認済みです」

ステイルの合図と同時に、ステイルの護衛としてカラム隊長と三番隊。そして促されるままにセドリックが連れてきた衛兵や侍女達が荷を抱えて傍まで駆け寄った。

「僕の特殊能力は瞬間移動。その場所の座標さえわかれば一瞬で自身や触れたものを移動させることができます」

〝座標〟での移動。それを人前で使ったのは六年前が最初で最後だった。特殊能力自体、公式の場で使うのも今回が二度目。今のステイルは昔と違い、座標の移動でも難なく自身ごと瞬間移動することができる。更に一度に大人六人《おとな》程度なら難なく瞬間移動させてしまえる。

「まずは僕とセドリック第二王子殿下で護衛と共に城まで参りましょう。そして国王の御体調の確認後、僕が母上を瞬間移動でお迎えに上がります。国王陛下が復帰されていればその場で調印を、もし難しいようでしたらセドリック第二王子殿下が代理で調印をして頂く流れで宜しいでしょうか」

さらさらとこの後の流れを語るステイルに、セドリックが喉を鳴らしてから応えた。この怒涛《どとう》の流れに、もう付いていっているセドリックは正直流石だなと少し感心する。

「では、行って参ります姉君」

「ええ、気をつけてね」

ステイルがくるっと私の方を向いて確認を取る。私と従属の契約を交わしたステイルは、私に許可を得ないと遠方まで離れることはできない。

馬車と入国手続きは省《はぶ》かれますが御容赦を。馬車は僕らが入国する際にお返しします。と、軽く言ってステイルはまず先にカラム隊長を始めとする三番隊の騎士達を順々に目の前で消してみせた。

突然音もなく人が次々と消失する光景にセドリックとその護衛達が目を見開く。ステイルはその反応を気にせず、今度はセドリックの家臣達にも順々に触れて瞬間移動させた。最後、流れるようにステイルは手を差し出す。

「セドリック第二王子殿下。我が国で、……いえ、〝世界〟最速の移動手段をどうぞご体感下さい」

ステイルの言葉に、セドリックが強く息を呑む音が聞こえた。少し躊躇うように手を浮かせてステイルの手を取る直前、私の方を見た。ステイルへ見開いた燃える瞳を、そのまま私に向けて口を結んでいる。私がステイルへの信頼を込めて大きく頷けば、セドリックは覚悟を決めたようにしっかりとステイルの手を取った。そして次の瞬間、セドリックとステイルが同時に姿を消した。

閉ざされた国、ハナズオ連合王国サーシス王国のその……内側へ。


セドリック王子と共に瞬間移動し、視界が切り替わればそこは初めて目にする風景だった。

ハナズオ連合王国、サーシス。煉瓦《れんが》造りの小さな家ばかりが並び、どれも色合いなどは微妙に異なるが全て同じ造りで建ち並んでいた。王都に瞬間移動したはずが、田舎《いなか》町のような長閑《のどか》な風景に思わず拍子抜けしてしまった。金脈の地と聞いていた上、セドリック王子の豪奢《ごうしゃ》な装飾品の数々からどれほど煌《きら》びやかな都《みやこ》かと思ったが、実際は想像の真逆だった。

「セドリック様……!!」

王都から護衛達と進み、城へ到着してから俺達を迎えたのはこの国の摂政と宰相だった。異国の人間である俺達に目を丸くしながらも、セドリック王子に駆け寄り心から安堵した表情で彼を迎えた。

「……すまなかった、よくこんな時にも国を支えてくれた。……それで、兄貴の様子は」

片腕でそれぞれ摂政と宰相を順々に抱きしめたセドリック王子は、最後は彼らの肩へ手を置いた。低く落とした声色に摂政が言葉を濁し、宰相が小さく俯いた。どうやらまだ国王の体調は戻っていならしい。セドリック王子が一言返すと顔を少し上げた摂政が「その者達は……？」と尋ねた。

「フリージア王国の騎士団。そして、第一王子のステイル・ロイヤル・アイビー殿下だ」

セドリック王子の紹介に合わせ、俺が一歩前に出る。フリージア王国という名にその場にいる城の人間誰もが息を呑み、絶句したように口を開けた。

「御紹介に預かりました、ステイル・ロイヤル・アイビーと申します。この度はセドリック第二王子殿下と我が母上……ローザ女王の命により伺いました。我が国はサーシス王国と同盟を結び、チャイネンシス王国を守る為共に戦う所存です」

笑みを作ってそう言えば、宰相と摂政が「まさか本当に……！」「セドリック様が……?!」と声を漏らし呟いていた。……あまり期待はされていなかったらしい。

「もし、可能であれば今すぐにでも同盟の締結をと考えております。誓約書はこちらが用意しておりますので、あとは場と御許可さえ頂ければ」

母上もすぐにこちらに到着します、と言ってみせれば摂政が締結の為の場所を用意させ始めた。そしてセドリック王子に歩み寄ると「ランス国王の元にっ……」と声を潜め誘導する。

もし国王自身が今の時点で同盟締結をすることが難しいようであれば、第一王位継承者であるセドリック王子が母上と同盟を締結させることになる。……母上の口からそれを伝えられた時に酷く狼狽《うろた》えていたあの男が、ここまで来て怖気《おじけ》付かなければの話だが。

「失礼します」と一言の断りを受け、俺達は先に客間へ案内された。一度その場で別れ、セドリック王子は足早に摂政達と共にその場を去った。……まだだ。

ふと過《よぎ》った考えを押し留《とど》め、目だけで彼を見送る。無意識に眼鏡の黒縁を自分で押さえつける。

宰相に案内されるままに俺と騎士達は客間へ向かった。母上を瞬間移動で迎えに行くべきかとも考えたが、万が一にもセドリック王子が病床の国王を前に怖気付いて同盟締結を足踏みする場合も考える。その場合、母上を呼ぶ前に俺が脅してでも納得させせなければならない。

暫く客間で待ってから静かに扉が開かれた。ノックの音に立ち上がればセドリック王子だ。小さく俯けた顔は血の気が引いていた。国王の元に向かった時よりも瞳の色は深く暗く冷え切っていた。

「…………国王は、……未だ病の最中《さなか》でした」

しんと静け切った部屋中だからこそ聞こえる程度の声色で、セドリック王子が呟くように言い放った。「同盟締結の手続きは難しいでしょう」と力なく続ける彼には覇気の欠片《かけら》もなかった。

やはり、怖気付くか。俺が「心中御察し致します」と返しながら、ですがと。それでも同盟は第二王子の手で進めるべきだと諫《いさ》めようとしたその瞬間。

「なので」

突然、はっきりとしたセドリック王子の声が部屋中に響いた。俺の続けようとした言葉を遥《はる》かに上回る声量だ。驚きのあまり二度も瞬きをすれば彼は顔を上げ、しっかりと俺を正面から捉えた。

「国王代理として、第二王子であるこのセドリック・シルバ・ローウェルが望ませて頂く。どうか、ローザ女王陛下をこの場に御招き願います。……ステイル第一王子殿下」

そこには、確かに第二王子が立っていた。はっきりとした物言いは王族そのものだ。背筋を伸ばし、強く握られた拳を己が胸に叩きつけ険しくさせたその顔には、つい先ほどの陰り切った面影は微塵《みじん》もない。この俺に有無を言わせないほどに強い意志の焔を瞳に灯《とも》らせていた。

「……では、これで同盟締結ですね。四日後には必ず我が騎士団が援軍として駆けつけます。どうぞ今後とも宜しくお願い致します」

瞬間移動で母上達をお連れしてから間もなく、無事フリージア王国とサーシス王国は同盟を結んだ。明日には騎士団が我が国を発《た》ち、俺も姉君達と共に再びこの国へ訪れることになるだろう。

「感謝致します……‼」

母上の言葉にセドリック王子は頷き、強く握手を交わした。彼が頭を下げると同時に周囲にいる摂政達も皆、母上へ深々と頭を下げた。……この国の人間の礼儀作法は何もおかしくない。つまり、セドリック王子のこれまでの無礼は全て本人の責任ということになる。

鼻息だけで静かに溜息をつき、セドリック王子を見る。さっきも握手の為に腕を上げれば手首の装飾品がジャラリと鳴り、頭を下げれば首の装飾品が音を立てた。あの長閑な王都の街並みで一人その煌びやかさは一体何なのか。だが代理として決心した時や、母上と調印する時の姿はどう見ても誇り高き王族の姿そのものだった。

「では、我々はこれで失礼致します。貴方方の武運を心より祈っております」

国王陛下の回復も、と続け母上が挨拶を交わす。宰相と摂政にもヴェスト叔父様からの説明が終わり、後は帰るだけだ。騎士団長も宰相達への挨拶を終え、副団長と共に踵《きびす》を返した。来た時と同じように一人二人と順々に手を取り、俺の手で瞬間移動させていく。

最後に三番隊の騎士達に次々と触れて瞬間移動させる中、敢えてカラム隊長を含めた最後の五人のところで一度俺は手を止めた。

「そういえば……申し訳ありません、セドリック第二王子殿下。少しお話を宜しいでしょうか」

時間は取らせませんので。笑みを作ってそう言えば、セドリック王子は少し首を傾《かし》げながらも了承した。騎士の一人に少しセドリック第二王子と話してから戻ると母上への言付けを任せ、護衛の為にカラム隊長のみ残し残りの騎士達を瞬間移動させる。

「申し訳ありません、カラム隊長。少しお付き合い願います」

畏《かしこ》まりました、とカラム隊長から躊躇いなく返ってきた。流石は騎士団随一優秀な騎士。突飛な行動にもすぐ対応してくれる。彼に礼を伝え、真っ直ぐにセドリック王子へ向き直る。

「セドリック第二王子殿下。…………今すぐ、国王の部屋まで我々を御案内下さい」

「なっ⁈」

最後は声を潜めたが、直後にセドリック王子から声が上がった。まぁ当然の反応だろう、病床の国王の元に連れていけなど普通はあり得ない。しかも案内させる相手は第二王子だ。それこそ今度は俺が常識を疑われても仕方がない。……だが。

『ステイル、秘密でお願いがあるのだけれど……サーシス王国の……』

昨日、騎士団へ防衛線の勅命《ちょくめい》を伝えに行く時、プライドに耳打ちされた言葉を思い出す。向かう馬車が用意されるまでの僅《わず》かな一時に、プライド自ら俺の肩を引き寄せ頼ってくれた。彼女の期待に応える為にも、ここで下準備を済ませておく必要がある。

「単なる確認です。案内して頂いたらすぐに失礼しますので」

「確認……？」

怪訝《けげん》な表情をするセドリック王子に、とうとう周りの家臣達も訝《いぶか》しみ始めた。仕方なく手早く済ませる為に俺は顔を近づけ、そっと彼の耳へ囁《ささや》いた。

「プライド第一王女の為、どうしても病床にいる国王の真偽をこの目で確かめたいのです」

無礼とは承知の上ですがと続ける俺の言葉に、セドリック王子は目を見開いた。こちらに身体を向け、一歩引く。驚愕といった言葉が相応《ふさわ》しく、何か言いたげに小さく口を開いて固く閉ざした。そして一瞬俯きかけた眼差しをすぐ上げる。

「……こちらです」

セドリック王子は心配を掛けないように家臣達へ声を掛け、俺達に背中を向けた。ジャラリ、とまた身体を翻《ひるがえ》す拍子に装飾品が音を立てる。……やはり、プライドの名ならば動くか。

プライドの名を勝手に使ったのは気が咎《とが》めたが、結論を言えば嘘でもない。何となくこの男はプライドの名を出せば動く気がした。三日間の無礼の後ろめたさゆえか、それとも無礼を犯したにも関わらず後ろ盾となり母上の元まで通された時の恩ゆえかは俺にもわからない。

衛兵や侍女達の視線を受けながらセドリック王子の後ろを付いて歩く。何度か視線が刺さる気もしたが、敢えていつもの笑みで受け流せば問題もない。調印の部屋から国王の部屋はそう遠くなかった。城自体も我が城と比べて小規模なせいもあるだろう。殆ど使われていない古い南棟、そして中央と北棟の三棟に分かれているとセドリック王子が短く説明をしてくれた。調印の部屋から更に北側に進み、部屋前の衛兵にセドリック王子が口を利き扉を開けさせる。

国王の部屋と言うだけあり、我が国と同様に広々とした空間と多くの宝物そしてやはり特に金の装飾をあしらった調度品で飾り立てられていた。だが、部屋全体のカーテンが締め切られているせいか今はその輝きも鈍って見える。そしてその奥、侍女や衛兵に囲まれたベッドにこの国の国王が眠らされていた。部屋にセドリック王子が入った途端、侍女達や衛兵が頭を下げた。彼が手を振るうと流れるように人払いが済まされた。同時に彼の背中から、先ほどの姿が嘘のように覇気が薄れていった。

この男の変貌《へんぼう》ぶりは一体何なのか。少なくとも俺の目には演じているようにも、取り繕っているようにも見えない。アーサーからもこの男が取り繕っているなどとは一度も聞かなかった。どちらも本当の姿というのなら、何故こうも二分されているのか。

俺達に向けるその背中に引かれるまま、国王のベッドの傍らまで近づく。セドリック王子からは国王は〝急病〟と聞いていた。が、……

「これは……」

思わず声が漏れた。カラム隊長も言葉にならないらしく手で小さく口元を隠す動作をした。あまりの惨状に俺も一歩身を逸らす。

これは、本当に単なる急病なのか？

目が強く見開かれているが、視点は合っていない。息も酷く荒くまるで今まさに首を絞められているかのように喉を反らせて呻き、侍女に先ほどまで拭《ぬぐ》われていたはずの額や首筋からは止めどなく汗が溢れ流れていた。ベッドの中だというのに、ビクビクと身体が酷く痙攣するように震えている。見ているこちらが苦しくなるほどの姿だ。ゼェゼェと息を荒らげながら「やめろ」「だめだ」と他《ほか》にも何かを譫言《うわごと》のように掠《かす》れた声で漏らしているが、息の荒さで殆ど聞き取れない。

何より身体の衰弱も酷い。元が筋肉質な身体だったのか、藻《も》掻《が》くように振り乱された手が歪《いびつ》に窶《やつ》れ、頬がこけ始めている。どう見てもただの病状ではない、発狂だ。

カラム隊長もまた同じ意見だろう。コペランディ王国の侵攻か、弟の不在か、ラジヤ帝国への恐怖か、要因はいくらでもある。いずれにせよ完全に気が触れ、病みきってしまった人間だった。……母上に急病と偽ったにも拘わらずこれを見せてくれたということは、恐らくはプライドも知っているのだろう。だからこそ彼女の名を出した俺達に包み隠さず晒してくれた。

パタン、と部屋にいた最後の一人が出ていき扉を閉めた。俺達三人だけになると、セドリック王子は重々しくその口を開いた。

「十三日ほど前から……この状態らしい」

目を開けていても他は全く変わらないそうだ、と。呟くように語るセドリック王子は、侍女の置いていった布でそっと兄の額を拭った。

「水や食事もなるべく与えてはいるらしいが、やはり……足りんな」

無駄に図体がでかいからこうなる。そう憎まれ口を叩くセドリック王子は、いつのまにか俺への言葉からも敬語が消えていた。力なく笑う瞳の焔が哀しげに揺れていた。

ふと、今の力なき姿が最初に国王の様子を見に行った直後の姿と重なった。兄のこんな姿を目の当たりにすれば動揺を隠せないのは当然だ。むしろ、変わり果てたこの惨状を初めて目の当たりにして、その直後にこの男はあんなも強い目ができたというのか。初めて我が国に来た時は単なる愚者かとも思ったが、……やはりそれだけでもないらしい。

「……申し訳ありませんでした」

気がつけば、謝罪をしていた。本当はこの部屋に入ったらすぐに一言断って帰国するつもりだった。だが国王の調印不在の理由が本当なのか確認したいとも思ってしまった。人の傷口にフォークを突き立てるような真似《まね》をすることになるぐらい考えられたはずなのに。

罪悪感のままに頭を下げる俺に、セドリック王子は静かに首を振った。

「こちらこそお見苦しい姿を見せて申し訳ない。……貴方には感謝をしております、ステイル第一王子殿下」

お陰でこんなに早く兄の元へ駆けつけられました、と告げるその声は全くの抑揚も感じられなかった。当然だ、身内のこんな姿は見せたくなかったに決まっている。……それでも、プライドの名を出したら彼はそれを受けてくれた。ならば、プライドの補佐として俺も誠意に応える義務がある。

「セドリック第二王子殿下。僕はこの場にて失礼致します」

一礼し告げる。するとセドリック王子はそれに応えてから「四日後、……どうか宜しくお願いします」と再び俺達に頭を下げた。

「あと、これも僕の特殊能力同様に極秘でお願いしたいのですが」

カラム隊長にも聞こえないよう再びセドリック王子へ耳打ちする。今度はすぐに耳を傾けてくれた。彼に、囁く。こんな場を晒すことをプライドの名を使って強要してしまった、懺悔《ざんげ》の意思を込めて。

「今晩、姉君とこちらに伺います。国王陛下とすぐにお話されたければどうぞ人払いをして貴方もこちらに」

セドリック王子の息が、動きが一瞬止まった。直後には俺の方へ激しく向き直り、訳がわからないといった様子で表情を強張らせた。俺は取り繕う表情をやめ、そのまま彼の反応を受け取める。

「貴方の誠意に答えます。僕も、……姉君も」

背後手でカラム隊長に手を伸ばす。彼が俺の手に手を重ねてくれたことを確認し、そのまま瞬間移動しようとしたその直前。

「…………！　…………‼　……！　…………‼」

また、国王が呻いた。譫言だ。干上がった喉から発せられた掠れた声は、確かに言葉になっていた。

〝ハナズオを〟〝チャイネンシスを〟〝守る〟〝守る〟〝ヨアン〟

俺も、カラム隊長もそれを聞き取った途端に口を噤む。見れば、セドリック王子が目を伏せながらも「……わかってる」と小さく返事をするかのように国王へと呟いた。……きっと、今の国王の言葉こそが彼自身が代理として調印を決意した理由の全てなのだろう。

「……失礼致します」

一礼し、今度こそ瞬間移動した。その寸前まで俺はセドリック王子から目を離さなかった。未だ何か言いたげに揺れた、その燃える瞳に。

「ヴァル、次はいつフリージアに戻るんですか？」

あー？　と、投げかけられた言葉にヴァルは唸るような低い一音で返した。深夜になり、どこの国にも属さない平原で焚火《たきび》を囲んでいた時だった。肉のこびり付いた骨を咥《くわ》えたまま、残り二本しかない酒瓶を手に取ったところでケメトがそう尋ねた。その隣では、特殊能力で湧《わ》かせた水で食べ終えた手を洗うセフェクも小首を傾げている。

「……ざっと一週間そこらだ」

今日でプライドから任された書状は三枚とも届け終えている。しかしその場で返事を貰《もら》えるわけでもない。今度は届けた各国と、そしてその前の配達で届けた国から返事を回収に行かなければならない。早ければ当日で受け取れる日もあれば、一週間以上待たされる時もある。

最後の書状を届け終えた後いつものように届け先の王都に数日過ごしても良かったヴァルだが、今回はあまり滞在したい国ではなかった。フリージア王国の同盟国でありながら奴隷容認国だったその国は、奴隷は当然のこと人身売買も闊歩《かっぽ》していた。あくまで刑罰として容認しているだけでアネモネ王国と同じく売買まではしていない。しかし奴隷大国であるラジヤ帝国の植民地が隣接している関係上、人身売買業者も多く目に付いた。そんな中で過ごすくらいなら、食料と酒だけ買い込んで国外の無人地帯で野宿する方がマシだった。

まるでフリージアに早めに戻りたいような言葉のケメトに、「それがどうした」とだけヴァルは尋ねる。食べ途中の肉を両手に持ったまま視線を一度落としたケメトは、遠慮がちに口を開いた。

「…………あの、最後に会った時に主《あるじ》が、すごく大変そうだったので……」

心配かな、と。その言葉だけは誰がとは言わずに飲み込んだ。出発前にプライドに会ったのは、セドリックを「大嫌い」発言した彼女がステイルの話を聞いて急ぎ客間を後にしたのが最後だった。

「興味ねぇ。どうせまた頼まれてもいねぇことに首突っ込んでんだろ」

「誰に？　あのハナズオの王子様に⁇　あんなに大嫌いって言ってたのに？」

「そういうクソガキだ」

ケッ、とセフェクの言葉を、咥えていた骨と一緒に吐き捨てた。酒の栓《せん》を片手で抜きながら言い切る彼にセフェクは目を丸くして聞き返した。彼女にとってもプライドのあの大嫌い発言は印象的だった。そしてそれはヴァルも同じだが、同時に彼女が〝大嫌い〟で見捨てられるほど要領が良くないことも身をもって知っている。血相を変えて部屋を飛び出した彼女の横顔が脳裏にチラついていることは事実だが、わざわざその為に顔を見に行く気にもなれない。最近はただでさえ昔よりも顔を見ない時間が長く感じるのに、また無駄に忙しいプライドに会いに行って待たされたくもなかった。

グビリグビリと酒を傾け二度喉を鳴らし、手頃な岩に背中を預けて寄りかかる。最近は暖かくなってきていたが、久々の冷える夜風に今夜はまた三人くっついて寝ることになりそうだと別のことを考える。焚火があろうと大規模な土壁に囲まれようと砂まみれの毛布があろうと厚手の上着があろうとも、寒気を感じる野宿となればセフェクとケメトが自分にひっつきたがるのがいつものことだった。今もセフェクがずるずると砂まみれの毛布を引っ張り出して自分ににじり寄っている。

うんざりと息を吐きながら「食い終わったら火ぃ消すぞ」とまだ食事途中のケメトへ会話を切る。ケメトもそれを理解すると慌てて残りの肉を齧《かじ》り始めた。慌てだすケメトにヴァルが「また詰まらすぞ」と呆《あき》れ、セフェクが「ヴァルが急《せ》かすからでしょ！」と顔面へ放水しようとした、その時。

「……！　……何の用だ」

ギラリ、と鋭い目を更に尖《とが》らせたヴァルは、突如として声を低めた。突然視界に入った影に片眉を上げ、顔を不快に顰《しか》めた。ヴァルの明らかに自分達へ向けたものではない敵意の混じった声に、セフェクとケメトも息を飲んで彼の睨む先へと振り返る。

今から相手をすることが面倒だと、ヴァルは首をゴキリと鳴らした。預けていた背中を起こし、舌を打ってから牙《きば》のような歯を剥く。この時を境に自分達の配達がパタリと途切れることになるとは思いもせず。

その、消息と共に。

サーシス王国にセドリックを帰し、ステイルと共に我が国へ戻ってきた母上達は明日に向けての準備を進め、城内は一日中慌しさが収まることがなかった。……防衛戦に万全の態勢で臨む為に。

就寝時間を迎えた私は、小さな明かりだけを残したままベッドにも入らなかった。寝衣にも着替えずドレスに身を包んだまま、窓から零れる月明かりの下で彼らを待っていた。

「……！　こんな夜中にごめんなさい、アーサー、ステイル」

瞬間移動で現れた二人に、私は最初にお詫びを伝えた。明日は二人も私と一緒に出国するというのにこんな深夜に呼び出してしまって本当に申し訳ない。

「とんでもありません。俺の方こそお待たせしてすみませんでした」

「いえ、遅くなったのは俺の方でっ……。これから行くんすよね……？」

笑顔で返してくれたステイルと、ローブに身を包んだアーサーに私ははっきりと頷いた。

「ええ。……二人とも、あの時はあんなに突然お願いしちゃってごめんなさい」

出発する前にちゃんと謝っておかねばと私は改めて頭を下げる。急いでいたからとはいえ、隙《すき》を見つけて耳を奪うような形で二人にはお願いしてしまっていた。それでも、突然のお願いに二人とも嫌な顔一つせずに頷いてくれた。今も迷惑な顔をするどころか、目の前で笑ってくれている。

「むしろ、今回はすぐ話して下さったので嬉しかったです」

ステイルの言葉にアーサーも頷いた。二人の優しい表情を見て「だって約束したから」と言いながら思わず私も笑みが零れてしまう。

『約束して下さい、次は必ず頼ると。俺達の力が必要でも、………不要でも』

一年前色々心配を掛けた私はステイルにそう言われて約束をした。次は必ず話す、と。

この場にいないティアラにも今晩私達がどうするつもりかは既に話した。防衛戦のように付いてきたがるかと思ったけれど、それについてはセドリックには気をつけるようにと、ステイルとアーサーから離れないようにとの忠告だけだった。

「……では、行きましょうか姉君」

ステイルの言葉と同時に、アーサーがフードを深く被《かぶ》った。ローブ姿なんて初めて見る姿だと思ったらエリック副隊長から借りたらしい。アーサーの特殊能力についてはどうやって隠すか考えていたからこの格好で来てくれたのにはほっとした。ステイルに頷き、アーサーと一緒にその手を握る。

「じゃあまずはサーシスの城まで行って、そこからセドリックを探して国王の部屋まで案内を……」

「いえ、国王の寝室まで案内してもらったので直接そこへ瞬間移動します。セドリック第二王子もそちらにいるでしょう」

えっ?! と、私の言葉を上塗りするステイルの言葉に、思わず間抜けな声を上げてしまう。

「姉君が『サーシス王国の国王を助けたいから明日の晩にアーサーと一緒に協力して』と言って下さったので。きっとこちらの方が手早いと判断しました」

「俺も、プライド様が『明日の晩にサーシス王国国王を助けに行きたい』って言ってくれたんで、このローブを借りてたら遅くなっちまって。すぐステイルと合流しようと思ったんすけど……すんません」

私の反応に満足そうに笑ってくれるステイルに反してアーサーはそのままペコリと頭を下げた。その拍子に束ねた長い銀色の髪がぴょこっとフードからこぼれ出て、思わず笑ってしまう。

「ありがとうステイル。それに、謝ることなんてないわアーサー」

こうしてローブだって用意してくれたんだもの、と言いながら長い髪がこぼれないように、フードを外して結い直そうとするアーサーの手にそっと触れる。私から背後に回って手早く彼の髪を団子状に纏め、結い直す。これでフードから顔を傾けても髪は零れない。

「やっぱり二人にすぐ話して良かった。あの後、すごく安心できたもの」

二人に話して協力してくれるとわかった後は全く悩まなかった。きっと上手くいくと、心からそう思えたから。

次に「流石ステイルね」と言ってステイルの頭を撫でる。まさか国王の寝室まで直接行けるようにしてくれているとは思わなかった。ステイルはまだセドリックの元に直接瞬間移動はできないし、城内からまた潜入活動かもとも覚悟していたのに。しかも二人とも私が打ち明けてからそれ以上の行動もしてくれた。流石だわとこのまま抱きしめたくなる。

「それじゃあ早速国王の部屋まで……、……ステイル？　アーサー⁇」

気を取り直して出発しようと顔を上げたら、何故か二人とも固まっていた。ステイルは今から緊張してきたのか若干頬が染まったまま片手で頭を押さえもう片手で口を覆っているし、アーサーは小さく俯きながらローブを深く被った状態から更に引っ張るように両端の布を掴んでいた。これでは顔どころか首まで見えない。小さい声で「髪っ……」と呟き声が聞こえる。やはりお団子ヘアーは男子には恥ずかしかったのだろうか。

「……いえ、行きましょう姉君」

「〜っ……すんません、大丈夫です」

二人がなんとか返事をしてくれて、今度こそアーサーと一緒にステイルの手を取る。次の瞬間、見慣れた自室から私の視界は切り替わった。


最初に目に付いたのは、大きなベッドだった。

金の装飾が施された調度品が並び、それに囲まれるようにして国王らしき男性が眠らされていた。室内には小さな灯《ひ》がいくつも置かれ、その灯に照らされた男性は髪の色や周囲の調度品の光の反射が相まって金色に輝いているかのようだった。

傍らにはセドリックがいた。まだ私達に気づいていない。椅子にも掛けず、ベッドの傍らで床に直接両膝をついていた。兄の眠るベッドに両肘をついたまま祈るように手を結んでいる。いや、実際に祈っているのかもしれない。指を交互に固く結んだ手を額に当て、俯き動かない。彼がどんな表情をしているのか、想像するだけで胸が痛んだ。

「……セドリック」

そっと、彼の名を呼ぶ。小声で呼んでも彼の耳には届いていないようだった。もう一度少し大きめの声で彼を呼び、今度はその肩に触れてみる。

ビクリッ！　と激しく彼の肩が震え、手に付いていた額が離れてゆっくりと私達の方へと向けられた。……今にも泣きそうな顔だった。涙が出ていないのが不思議なくらいで、端正に整った顔が酷く歪み、歯は食い縛られ、燃える瞳は不安と悲しみに満ちていた。四年前のジルベール宰相を思い出すほどに。

不思議と、私達が現れたことにはそんなに驚いていないようだった。目を少し見開き、息を飲むように私を凝視する。まるで泣くのをずっと堪えていたかのように突然その瞳が潤み出した。

「……プライド」

あの時と一緒だ。最初に、国からの書状が届いて帰ろうとした時と同じ表情だ。

助けてと、その全身から叫ぶような声が聞こえてくるようで。

「……もう、大丈夫だから」

彼の肩にそっと手を置き、アーサーを見る。セドリックがまるで今気がついたかのように「その者は……？」と口を動かした。全身ローブの人間に少し戸惑っているようにも見える。

「極秘の存在です。……このことはどうぞ自国にも我が国……母上や他の者にも内密でお願い致します」

そう言ってからステイルはアーサーの背を軽く叩いた。それを合図に、恐るおそる視界が狭い中アーサーが国王に歩み寄る。

仰向けに眠る国王は、視点が定まらないまま目が見開かれていた。乾き切った眼球がゴロゴロしている様子に思わず私は身を引いた。手や頬も窶れ、衰弱しているようにも見える。そんな国王にアーサーが手を伸ばす。セドリックが警戒するように立ち上がったけれど、私から肩に置いた手に力を込めた。押さえながら「大丈夫だから」と少し強めに言えば、自らの身体を押さえるように拳を握りながら押し留まってくれた。

アーサーは強く見開かれたその目にそっと手の平を添え、優しく国王の瞼《まぶた》を下ろす。まるで、死者に向けて行っているようで私まで少し胸がざわついた。そのまま静かに国王の額に触れていく。

彼の特殊能力は万物の病を癒《いや》す力。乱心……〝発狂〟といっても、前世の医学で言えば精神病とかで見られる一症状でしかない。ならば一時的でもアーサーに癒せないわけがない。

その手で額に触れるだけで次第に国王の荒い呼吸が緩まっていった。反らされた喉が次第にその力が抜けていくようにベッドへ沈む。溢れ続ける汗もみるみる内に潮のように引いていった。激しかった身体の震えが緩やかに止まり、静かに息を吐く音が国王の口から聞こえてきた。

マリアの時ほどの時間も掛からず、アーサーは緩やかにその手を額から離した。国王の表情から力が抜けていくのに反して、私の横にいるセドリックの顔が驚愕に染まっていた。見開かれた目が、そして開いた口が塞がらないようだった。そして「兄貴……?!」と掠れた声で彼が呟いた、その時。

「…………………？　……」

閉じられていた国王の瞼が再びゆっくりと開かれた。夢から覚めるような心地良い開き方だ。

「ッ兄貴！　……俺がっ……わかるか……⁈」

逸る気持ちを抑えるようにセドリックが問いかける。身体を前のめりに直接国王の顔を覗《のぞ》き込むようにして訴えかけた。

国王は暫く茫然《ぼうぜん》とした様子だったけれど、数回瞬きをした後やっと焦点が合ったかのようにセドリックへその視線を向けた。重たそうな片腕を持ち上げ、セドリックの頭に手を乗せ、掴む。

「……帰ったか……セドリック……」

掠れた声でそう言った。仄《ほの》かにその口元を優しく緩めながら。

その瞬間、セドリックの目からとうとう涙がぼろりと零れた。歯を剥き出しに食い縛り、手の平で目を擦《こす》り溢れる涙を拭い続けた。ひたすら拭いながらも指先に力が入ってしまうように前髪を掻き上げ、掴む。息を引くような声が漏れ、強く目を搾《しぼ》り堪えようと必死で抗《あらが》っても堪え切れないようだった。手の平で涙を拭う度に彼の手首の装飾がジャラリと音を立てた。

「……？　……どうした……」

心からの疑問のような国王の言葉が零れる。まだ気がついていないのか。自分が長らく正気を失っていたことや現状までも頭が回っていないのかもしれない。

「……国王陛下」

泣いて言葉が出ないセドリックの代わりに、私が国王へ声を掛ける。国王は私の声にすぐ気づき、首の角度を変えてくれた。目を丸くして「貴殿らは……？」と僅かに肩を強張らせた。その言葉に応えるように今度はステイルが一歩前に出る。

「お初にお目に掛かります、国王陛下。僕の名はステイル・ロイヤル・アイビー、フリージアの第一王子。そしてこちらに御坐《おわ》すのはプライド・ロイヤル・アイビー殿下。フリージア王国の第一王女です」

「なっ……⁉」

国王が驚愕に瞼がなくなるほどに目を見開き、ベッドから身体を起こした。バサッと掛けられていた毛布が翻り、一気に頭が覚醒《かくせい》したように赤い瞳を白黒させた。

「プライド……殿下……?! フリージアっ……‼」

驚くのも当然だろう。彼の記憶では未だフリージア王国とは接点すらないはずだったのだから。……こちらからの同盟打診と、実の弟が国を飛び出したこと以外。

「ッセドリック‼ お前、本当にっ……⁉ ……！ 待て‼ 今はいつだ?! 一体どうなっている?! ヨアンはっ……チャイネンシス王国は……⁉」

「どうか落ち着いて下さい、国王陛下」

他の者に気づかれます、とステイルが国王を宥める。やっと意識も頭も回り出したらしい。現状を理解し、国王は皿のような目のまま周囲を見回した。声を一気に出したせいか枯れた喉に違和感を感じたように喉を押さえると、セドリックが傍に置かれたグラスを国王へ突き出した。乱暴に出したせいでトプっと数滴が国王の膝の布に零れる。

片腕で未だ目を押さえつけ、涙で顔を赤くしながらも兄を気遣い差し出したグラスの水面は危なげに揺れていた。反射的にそれを受け取る国王はグラスの中身を一気に飲み干した。少しそれで落ち着いたのか、ハァッと息を吐き、深く深呼吸をした後に改めて私達へと向き直った。

「ハナズオ連合王国、サーシス王国が国王。ランス・シルバ・ローウェルと申します。挨拶が遅れた上、お見苦しいところをお見せし、重ねがさね申し訳ありません」

その場に深く頭を下げるランス国王は、寝衣姿にも関わらず確かな国王としての威厳を感じた。

「……もし、宜しければ御教え願いたい。一体、いまどうなっているのか」

低く、はっきりとした声色は先ほどの寝込んでいた姿とは完全に別人だった。セドリックと同じ燃える瞳を赤く灯して私達に望んでくれる。

ステイルがそれに応じ、頷きながら「僕から説明しましょう」と進言してくれた。説明を一言一句《いちごんいっく》聞き逃さないようにと集中力を上げたランス国王は、終始驚愕の嵐《あらし》だった。

自分が今まで発狂して何日も意識を取り戻さなかったこと。セドリックが我が国に同盟打診に来て、今日サーシス王国で国王代理として母上と同盟締結を行ったこと。更にはチャイネンシス王国からの同盟破棄。どれをとっても驚かない訳にはいかないだろう。その上、コペランディ王国から侵攻の期限を早められて既に十日以上経過してしまった。動揺するなという方が無理な話だ。一瞬、また乱心してしまうのではないかと心配だったけれど、全くその素振りもなかった。片手で頭を抱えながら、なんとかステイルの話を一度も聞き返すことなく飲み込んでくれた。

最後にステイルから私達がこうして来たことは母上や城の者にもどうか内密にとお願いして話を締め括れば、ランス国王は頷いた後に数十秒沈黙した。

「……まずは」

沈黙が破れたと思った瞬間、ランス国王は隣に佇《たたず》むセドリックの肩部分を引っ掴んだ。ぐいっ、と勢い良く服を引っ張られ、涙が止まったばかりの目が丸くなる。目元に残った分だけの涙が宙に舞い、引っ張られるままランス国王の元へと崩れた。

「ッこの馬鹿者‼」

ガツンッと、ランス国王の手元まで引き寄せられたセドリックの頭に握り拳が振り落とされた。

ぐあっ、と呻いた直後セドリックは「ッ何をする?!」と抗議の声を上げる。それでもランス国王は構うことなく弟の金色の髪を抜かんばかりに鷲掴んだ。

「突如国を飛び出し！　俺の代理として勝手に同盟締結など!!」

ヨアンが止めなければ即刻兵に追わせていたものを!!　とランス国王は一息に潜めた声と共に歯を剥いた。

「兄貴が使い物にならなかったのだから仕方がないだろう?!　俺様以外に誰が締結すると」

「ップライド第一王女殿下！　並びにステイル第一王子殿下!!」

セドリックの言葉を最後まで聞かず私達の方に向き直るランス国王は、引っ掴んだセドリックの頭と一緒に思いっきり頭を下げてきた。セドリックも国王の手に押し潰されるようにして頭を下に押し付けられる。拍子にランス国王の服の中から見覚えのあるペンダントがチラリと覗いた。

「我が愚弟が大変とんでもない御迷惑を……!!　弟はまだ教養も未熟ゆえ、恐らく無礼も多かったのではないかとっ……!!」

どうしよう、国王にものすごく大量に頭を下げさせてしまっている。この上まさか初日の三日間に色々やらかされましたなんて言えない。慌てて両手を振って口を開いても「お……お気になさらないで下さい」と思わず若干肯定したようなフォローしか出てこなかった。

「ツやめろ兄貴！　俺様の髪が乱れるだろう?!」

「髪など初めから乱れていただろうが馬鹿者！　良いからお前は黙っていろ!!」

抵抗も虚《むな》しく、顔を上げた国王に反してセドリックは未だ頭を押さえつけられたままだった。褒れた腕とは思えないほどの力で弟を制圧している。そのまま片腕に力を入れた状態で私の方へ改めて顔を上げると、真剣な眼差しを向けてくれた。

「……この度は、今まで同盟打診を無碍《むげ》にしていたにも拘わらずこちらの窮地《きゅうち》に力を貸して下さり、感謝致します。同盟を結んで頂いた以上、防衛戦後は必ず相応のものをお返し致します」

続けて同盟締結の誓約書もすぐ確認すると言ってくれるランス国王は、そこでふと私達の背後に控えるアーサーへ目をやった。「ところで、その者は……？」と怪しさ満点のシルエットに少し眉を顰《ひそ》めるランス国王に、アーサーは無言でフードを深く被り直した。

「我が国の者です。国王陛下が乱心と聞き、この者の力を借りました。この者の特殊能力は我が母上すら知り得ません。どうかこのことはご内密に願います」

なんと、と驚くランス国王が改めてアーサーに御礼を言ってくれた。特殊能力者とは凄《すさ》まじいものだと呟くと、そこで思い出すように一人首を捻《ひね》った。

「だが、……何故私は乱心など…………？」

聞けば、本人も記憶はないらしい。コペランディ王国に期限の短縮を言い渡された後にどうすべきか悩み、そこから記憶はプッツリと途切れていると。まぁストレスの渦中《かちゅう》にいたのだし、突然発狂っていうのもないことはない。でも、アーサーの能力で正気に戻すことはできてもここまですっきり元通りになっているのは少し不思議だ。一度正気に戻ってセドリックと話ができるくらいにまでなって、フリージア王国の援軍を知ればきっと。……と思っていたのだけれど。

それどころか目を覚ましてから戸惑うことはあっても、再び発狂する素振りすら見せない。むしろ状況の理解も早いしそこから見事にどっしり構えていらっしゃる。

まさかアーサーの特殊能力はそういうストレスや原因の記憶すら一部取り除いて安定させてくれるとか。……いや、それなら四年前、叙任式後の祝会でアーサーと握手を交わしたであろうジルベール宰相があんな暴挙に出ることもなかったはずだ。〝病〟の詳しい定義は前世でも詳しくなかったし、この世界では細かい分類分けすらされていないからよくわからないけれど、一度正気を取り戻してしまえばここまで完璧《かんぺき》に復活できちゃうものなのだろうか。根本的原因が解決しなければまたすぐ同じように取り乱して正気を失ってもおかしくないと思ったのに。

それにゲームでは今の状況＋フリージアに裏切られたことで発狂したはずなのに、何故その前にこんな事態になったのか。フリージアに裏切られる以上の衝撃的な出来事でもあったのか。それとも単にセドリックが帰ったことを確認して安定したとか？　でも今の様子だとそんな感じでもない。それに、ゲームとタイミングが違うのも違和感がある。今までだって騎士団の襲撃やマリアの死ぬ日、レオンが陥れられる日だってずれたことはなかったのに。

「知らん、俺様が聞きたいくらいだ」

ランス国王の手からやっと解放され、セドリックが自分の髪を整えながら兄を睨んだ。腕を組み「ファーガスやダリオや皆にも心配を掛けたんだ、ちゃんと後で詫びろ」とランス国王に言ったら「お前にだけは言われたくないわ、放蕩《ほうとう》王子が」と言い返されていた。

「とにかく、フリージア王国の力を借りられるのならば心強い。明日の早朝にでも私から直接チャイネンシス王国へ話を通す。一方的な同盟破棄などで許すものか。……ハナズオ連合王国を終わらせはしない」

ゆっくりと告げるランス国王の言葉に私も強く頷く。私だってそんなの絶対に許さない。

「ええ、私もそう願っております。四日後には我が騎士団と共に援軍へ向かいます。どうぞ、それまでにお備え下さい」

御体調も含めて。そう私が付け足すと国王は再び深々と頭を下げてくれた。頬や腕が窶れてはいるけれど、身体中から迸《ほとばし》る覇気からしても心配はなさそうだ。それにしても……

国王の状態が〝この程度〟で本当に良かった。

ゲームではランス国王の絵はなく声だけの演出だった。一年後であるゲーム開始時にはセドリックの口から「もはや骨と皮だけの状態」と語られていた。セドリックルートではお決まりのご都合展開でラストにランス国王が目を覚ます演出はあったけれど。

今のランス国王は少し窶れてはいるけれど、身体も健康そのものだし身体つきもガッシリとして、何よりセドリックを片腕で捩《ね》じ伏せるほどには力もあり余っている。これなら充分四日後には全回復してくれていそうだ。

「プライド、ステイル第一王子殿下」

名を呼ばれ、振り返るとセドリックが少し目を萎《しお》らせて私の方を見ていた。なに？　と尋ねると少し言いにくそうに私から目を逸らし、それから真っ直ぐと向き直ってきた。

「……礼を言う。何から何まで頭が上がらない」

静かに潜めた声の後、自分から深々と頭を下げた。ジャラッとまた彼の装飾品が音を立てる。

「…………一つ、良いかしら」

頭を下げたままのセドリックにそっと尋ねる。少し驚いたように顔を上げ、短く了承の言葉を返してきた彼に私は一歩歩み寄る。

「四日後、我が騎士団がサーシス王国に訪れるまでの間。……貴方には課題を与えます」

静かに伝える自分の声が僅かに低くなっているのを感じる。それに応えるようにセドリックは整った顔を引き締め「何でも言ってくれ」と答えた。私達を横で見守っていたステイルも硬い表情でじっと刺すように視線を向けている。

少し溜めを作った後、私はひと思いにセドリックの肩を両手で掴む。ガシッと指先に力を入れ、しっかりと彼の燃える瞳を睨んだ。これから私が言うことが冗談だと思われないように。

セドリックの肩が大きく上下し顔が一気に強張った。今までも同じような風に私に怒鳴られたり倒されりしたから当然だ。

部屋から声が漏れないように細心の注意を払いながら息を吸い、そして言い放つ。

「勉強なさい……!!」

「…………？　……。……なん……だと……??」

私の言葉に意味がわからないといった様子でセドリックは眉を顰めた。強張った表情のまま顔が硬まっていた。理解しない彼に私は更に言葉を重ねる。

「防衛戦に関して、ありとあらゆる知識を今から死にもの狂いで学びなさい。戦術でも武器でも罠《わな》でもとにかく何でも良いから学びなさい。第二王子の貴方の力が必要になる可能性は決してなしではないのだから!!」

息継ぎの時間が惜しいほどに捲《まく》し立てれば、顔の力が抜けて訝しむような表情を私に向けてきた。

「それは……予知か??」と尋ねられたから「それ以前の常識よ!!」と強めに叱《しか》り付けた。今の彼では戦場でどんな暴挙に出るかわからない。本来ならたかだか三、四日の勉強でどうにかなる訳がないし

「何もするな」と怒鳴りつけられても仕方ないレベルだ。ただ、彼ならと。確信をもって言えるから。

私が「あとちゃんとお兄様のっ……国王陛下の言うことを聞いて！　良いわね?!」と言い聞かせると未だ訳がわからない様子ではあったけれど「わかった……」と頷いてくれた。目の前で第二王子を叱り付けてしまいランス国王が気を悪くしていないかと目を向けると、すごく驚いたように目をぱちくりさせていた。怒ってはいないようだけど、若干引かれたかもしれない。第一王女がこんな乱暴だったら引くに決まっている。急いで国王に謝ったけれど「いえ、こちらこそ……」と言ったままそれでもまだ目が丸い。……段々恥ずかしくなってきた。

「それでは、そろそろ僕達は失礼致します。どうぞ、重ねがさね今夜のことは御内密に」

ステイルが私の危機に気づいてか気を利かせて話を切ってくれた。そのまま私とそして私達から一歩離れたところで待ってくれていたアーサーに手を差し出した、その時だった。

「！　待ってくれ」

セドリックが少し慌て気味に足を踏み出し、アーサーの方へ駆け寄った。視界が狭い上セドリックに突然飛び出されアーサーが半歩ほど後退った。それでもセドリックは構わずアーサーの目前まで近づくと、慌てるアーサーの両手を自分の両手で握った。

「この度は本当に感謝する。何者かは知らんが……ん、この手はやはり男のものか？　背丈も随分高いと思ったがまぁ何でも良い。貴方のお陰で兄貴が助かった。今後何かあれば遠慮なく俺を訪ねると良い。望むならば俺の直属の臣下にしてやる」

早口でつらつらとローブ越しのアーサーに語るセドリックに途中から頭が痛くなる。いやその人は私の近衛騎士なんだけれど。正体を知らないとはいえ、どうして第一王女の前であっさりとスカウトしちゃっているのか。アーサーの特殊能力を知ればどの国だって欲しがるに決まっている。それを防止する為に正体を隠しているというのにこの人は。

私の横でステイルが少しおかしそうに苦笑いしている。更には背後を振り返って「大丈夫です、これはまだ良い方ですので」と言うから何かと思えば、ランス国王が頭を抱えて肩を震わせていた。完全に怒っている。噛みしめた歯の隙間から「本当にっ……申し訳ない……‼」と謝罪が溢れてきた。多分、声を出しても良い状況だったら完全に怒鳴っていただろう。その間もセドリックの猛攻が続く。

「貴方が女性でないのが残念だ。もし女性であれば俺の妻にしてもっと良い思いをさせてやれたものを。だが、本当に感謝している。直接目を見て名を呼べないのが心残りだが……！　そうだ」

ローブ越しでもわかるほどにドン引いたアーサーの手を強く握ったままだったセドリックが、突然思いついたようにその手を緩めた。やっと解放されたアーサーが更に一歩後退りする間にも、彼は全く気にしない様子で自分の右手中指に嵌《は》められていた金色の指輪を二つ一気に引き抜いた。そのまま狼狽えるアーサーの手を無理矢理掴み、強引に指輪を握らせた。

「礼としては少ないが貰って欲しい。必要ならばこの戦が終わった後にいくらでも用意させよう。この恩を返す為ならば貴方の望みを何でも叶える。是非また我が国に」

ボスッ！　と。突然セドリックの後頭部に枕《まくら》が衝突した。振り返ればランス国王が自分の背もたれになっていた枕を放った直後だった。

「いい加減にしろ、セドリック。これ以上余計な恥を晒すな」

怒鳴りたい気持ちを必死に抑えながら国王が顔を真っ赤にして眉間《みけん》に皺《しわ》を寄せる。更には私とステイルに改めて謝った。こんなに重ねがさね謝らせてしまい国王が少し不憫《ふびん》だ。

「何を言う?! 誠心誠意《せいしんせいい》これ以上なく礼を尽くしているだろう!?」

セドリックは頭を押さえながら「心配せずとも背丈からしてフリージアの王族の者ではない！」と言い放った。どうしよう、色々ツッコミたい。

それでもランス国王に言われるままアーサーに御礼を言って引こうとすると、今度は逆にアーサーが腕を掴んだ。指輪を手にセドリックへ必死に返そうとしている。身振り手振りと何より全身から「こんなもん貰えません！」と意思表示している。でも、それで引いてくれるセドリックでもない。

「いや、貰ってくれ。本当はこれでも……俺の両指を捧《ささ》げても足りんくらいだ。もしこれが無礼だったのならば謝ろう。だが、…………今の俺にはこれくらいしかできん」

指輪を返そうとするアーサーの手に片手を添え、静かに下ろさせた。少し複雑そうな笑みはローブ越しのアーサーには見えていないだろうけど、その静まった声で充分に伝わったようだった。

「……セドリック・シルバ・ローウェルの名において心より感謝致します。名もなき救世主殿」

小さく、今日一番の潜める声でセドリックは確かにそう囁いた。茫然とするアーサーに今度こそ背を向けると、今度は私とステイルに向かって頭を下げた。

「プライド、ステイル第一王子殿下。貴方方にも心から感謝を。……全てが終わった時に必ず正式に御礼をさせて頂きたい」

心から感謝を示してくれるセドリックに少し喉の奥がつかえた。本当は、彼に書状が届いた昨日の時点で国王の部屋まで駆けつけられたかもしれない。そうでなくても瞬間移動や病を癒す特殊能力、そして騎士団の先行部隊の話をしてあげていればもう少し心落ち着くことができたかもしれない。

……でも、私は言わなかった。同盟が決まるまでは我が国の特殊能力者について無暗《むやみ》に話せない。万が一にも罠やスパイの可能性を鑑《かんが》みての決まりだ。……私は彼の国の無実をちゃんと知っていたのに。だから昨晩は彼といた。何も知らされずこの後の見通しもわからずただ時間が過ぎていく彼は、きっと生きた心地がしなかっただろう。

〝ごめんなさい〟の言葉を飲み込んで目の前のセドリックからの感謝に黙って頷いた。今この場で私がそれを言うのは卑怯《ひきょう》だ。どう見ても彼が許さなきゃいけない場面でそれを言っても本当の意味での謝罪にはならない。だから私は代わりに行動で示す。

「……四日後、必ず来ます。我が同盟国を……〝ハナズオ連合王国〟を守り通す為に」

私の言葉に、今度はランス国王も眼差しを強くして頭を下げてくれた。

私達からも一礼すると、ステイルが私とアーサーの手を取った。視界が切り替わる直前、セドリックが燃える瞳を真っ直ぐに私達へ向けてくれていた。

「ありがとう、二人とも」

自分の部屋へと視界が変わり、御礼を伝えるとそっとステイルが手を放した。

「いえ、無事国王も健在になられて何よりです。これで四日後の防衛戦は間違いないでしょう」

にっこりと笑みを返してくれ、私もそれに頷く。ランス国王もすごく元気そうだったし、本当に明日にもチャイネンシス王国に行ってくれるだろう。ふと、返事がないアーサーを見るとフードを深く被ったまま固まっていた。どうしたのだろう、流石に疲れたのだろうか。

ステイルも気づき「おい、どうした」と少し乱暴にアーサーのフードを取り去った。無抵抗に外され、やっとアーサーの顔が露《あら》わになる。……見事に顔面蒼白《そうはく》だった。

額からすごい量の汗が溢れ唇があわあわと震えている。まさか体調でも崩したのかと思えば、アーサーは「これ……」とガクガク震える手で私達にセドリックから受け取った指輪を見せた。

「こんな上等な物……どうすりゃァ良いんすか……⁉」

そう言っている間にも動揺を隠し切れず目の焦点が合っていないようだった。アーサーの動揺する姿が面白くて、思わず笑ってしまう。ステイルもおかしそうに口元を引き上げながら、彼の震える手の平で踊る二つの指輪を見やった。

「確かにかなりの品だな。流石は金脈の地で名高いサーシス王国の第二王子だ」

ステイルの言葉に余計アーサーの手が固まったまま震える。高級な装飾品を見慣れている私とステイルでも息を飲むほどの一品だ。一見シンプルな金色の指輪だけれど、よく見ればローウェル王家の紋章を始めとした職人技の細工や彫り物が至るところにあしらわれている。流石ナルシスト王子のセドリック。身体中に身につけている装飾品全てが宝物レベルなのだろう。そして、その内の二つ。黄金細工に限定すれば私やティアラの品より高価かもしれない。……今のアーサーにはとても言えないけれど。

「貰っておけば良い。セドリック第二王子も感謝の気持ちと言っていただろう」

「ッ重ぇよ‼」

ステイルの言葉に対し、前のめりにアーサーが声を荒らげる。振動で落とさないようにぎゅっと指輪を握ったけれどその間も手がビクビク震えていた。

「嫌なら売るか？　かなりの値がつくぞ。あのサーシス王国の品だ。出どころは速攻でバレるだろうが」

「人から貰ったモンを売れる訳ねぇだろォが‼」

流石アーサー、至極もっともだ。本気でどうすれば良いかわからないらしい。男性は特にこういうアクセサリーの使い道は大変だろう。しかもアーサーは騎士だ。普段指輪など絶対嵌めない。

「そんなに気が引けるならセドリック王子の要望通りにサーシス王国の騎士になるか？　言っておくがお前の価値はその比では……」

「えっ。駄目よ、アーサーは私の騎士だもの」

そんな簡単にサーシス王国へ転職されたら困る。特殊能力がなくてもアーサーがいたから切り抜けられた危機や助けられたことは沢山ある。何より私やティアラ、そしてステイルにとっても大事な人だ。ステイルの特殊能力があれば頻繁に会えるかもしれないけれど、それでも馬車で十日以上の地は遠過ぎる。給料に不満があるならちゃんと私からもジルベール宰相や父上に相談するのにと。そう思って口に出してから、ステイルの冗談にうっかり本気で口を挟んでしまったことに気づいた。

アーサーもいきなり話に入ってこられたのに驚いたのか、ピタッと震えごと動きが止まっていた。ステイルが私とアーサーを見比べて笑っている。……しまった、談笑の空気を完全に壊してしまった。

「あっ……いや、ごめんなさい、つい」

二人の会話に入ってしまったことを急いで謝る。でもアーサーから返事はなく、何故か無言で一度外したフードをまた被ってしまった。そんなに怒らせてしまったのだろうか。

ステイルだけが楽しそうにフードの中のアーサーを覗き込みながら「……だ、そうだ。どうだ感想は？」と悪い笑みを浮かべている。どうしよう、冗談の通じない王女だと思われてしまったら。

アーサーが被ったフードを押さえながら未だに沈黙を貫く。まさかそこまで怒らせると思わなかった。どうしようかとアワアワしながら恐るおそるアーサーの肩に手を伸ばす。ちょん、と指先でその肩に触れた途端、アーサーは崩れるようその場で座り込んでしまった。
「えっ?!　あっ……アーサー?!」
そんな触られたくもないくらい怒ったの?!
思わず一歩引いてからアーサーに声を掛ける。ステイルが堪え切れないように口を押さえて笑い出したけれど、アーサーは俯いたままフードを限界まで引っ張って固まっている。
「ごっ、ごめんなさい、そんなに気を悪くさせるとは思わなくてっ……」
「～っ……いや、違います!!　これはっ……」
今度はアーサーが私の言葉を打ち消すように声を上げた。珍しく遮られ、途中から消え入りそうな
声を聞くべく口を結んで待つ。
「……～っ…………う……嬉しかった……だけなんで……」
ぼそっと零したアーサーに私は首を捻る。何が嬉しかったのだろう、もしかしてステイルがアー
サーに「お前の価値はその比ではない」と言おうとしてくれたことだろうか。確かにあんな高級品の
指輪よりもと言われたら嬉しいし照れるのもわかる。でも実際アーサーの価値は能力を抜いても騎士
としても人としても私達にとって遥かに上だ。相変わらず謙虚だなと思う。
アーサーが怒ってないことにほっとして、話題を戻す為に「それでアーサー、その指輪は取り敢え
ず貰っておいたらどうかしら」と言ってみると、フードを引っ張ったまま何度も強く頷いてくれた。
「いやっ……もう、指輪より遥かに良いもん貰ったんで……大丈夫です、……はい。…………すげぇ、
大事にしますっ……」
これ見る度に思い出します……！　そう指輪を握ったままの手を軽く上げて答えてくれる。そんな

にセドリックに御礼を言われたのが嬉しかったのだろうか。まぁ一応サーシス王国の第二王子だし気持ちはわかる。とにかく大丈夫と言うからには指輪を受け取る気にはなれたらしいし良かった。

そろそろ明日に備えましょうか、と未だに笑いで肩を震わせているステイルが切り出した。私もそれに頷き二人に今日の御礼を重ねた。

ステイルに言われ、ふらふらと立ち上がったアーサーが最後私に挨拶する為にフードを外す。見れば顔が茹《ゆ》で蛸《だこ》のように真っ赤だった。あんなに深くフードを被っていたから暑かったのだろう。そのまま挨拶を交わした後、ステイルの瞬間移動でアーサーが目の前から消えた。

次に「では、俺も失礼します」とステイルに挨拶され、……私はそれを引き止める。

「あっ……ちょっと待ってステイル」

私が声を掛けるとステイルは目をぱちりとして動きを止めた。どうしましたかと尋ねられ、そう言われると何だか逆に恥ずかしくなる。それでももう引き止めてしまったのだしと、そのままステイルに駆け寄り思い切って抱きついた。

「……っ?! ぷ……プライド?!」

「ごめんなさい、ちょっとだけこうさせて」

色々なことがあり過ぎてしかもこれから戦争が待っている。自分でも頭がぐるぐるして仕方なかった。この数日間があまりにも瞬く間に過ぎて、二人が来てくれるまでもずっと頭に色々なことが巡ってしまった。でもアーサーとステイルが来てくれた途端……すごく、ほっとした。

言い争ったばかりだったセドリックへ会いに行った時もランス国王の病を目の当たりにする時にも、二人がいればきっと王女として毅然《きぜん》としていられると思えた。

明日には国を出ないといけない、戦に身を投じるその為に。だから……

「今だけ少し、……甘えさせて」

明日から、また第一王女として立っていられるように。

私よりも背が高いステイルの肩に額を埋めると、そっと背中に手を回してくれた。それが嬉しくて、抱きしめる腕に力を込める。強過ぎたのかステイルの肩が僅かに震えた。……でも、その後に私の背中に添える手も強めてくれた。まるで弟というより兄のようなステイルの強くて優しい温かさが、すごく安心させてくれた。

暫く経ってから、私はゆっくりと腕の力を緩める。ステイルも合わせるように私の背中に回す手を離していった。肩からも顔を離し間近にいるステイルの顔を覗き込むと、やっぱり私の腕の力が苦しかったのか顔を真っ赤にしながらも見つめ返してくれた。

「ありがとうステイル、元気が出たわ」

流石に男の子に対して女子の腕で圧迫されて息苦しいのを我慢していたのね、なんて指摘できない。代わりに感謝を込めて笑顔で返すと、ステイルは一歩引いて口元を手の甲で隠してしまった。私から目を逸らし、「聞いても……良いでしょうか……？」と眼鏡の黒縁を反対の手で押さえつけた。勿論よと一言答えてやっと目を向けてくれる。

「何故っ……俺に、…………突然」

アーサーやティアラではなく。そう小さく続けられ、少し照れ臭くなって無意識に指先で頬を掻いてしまう。確かにティアラだって妹だし、アーサーだって傍にいてくれると言ってくれた。ただ……

「ステイルは、……私の一番最低に格好悪くて情けないところを知ってくれているから」

一年前レオンの弟達を憎んで泣いてしまった私を受け止めてくれたステイルだから。こんな弱い今の私も受け止めてくれると思えた。

言いながら思わず笑ってしまうと、気のせいかステイルの顔が更に赤くなった。もしかして、そんなことで突然断りなく甘えてきた姉に怒っているのだろうか。でも「一回ぎゅっとさせて！」なんてそっちの方が恥ずかしくてとても言えなかった。

「本当に突然ごめんなさい、もう次からは控えるから。今日はちょっと元気が貰いたくて」

「良いです、……控えなくて」

慌てて謝る私に突然ステイルが言葉を重ねてくれる。驚いて言葉を止めると、ステイルが真っ赤な顔と逸らした視線をそのままに、自分でも言ったことに驚いたように両眉が上がっていた。それでも私が言葉の続きを待つと、頭の中を整理しながらなのか辿々《たどたど》しく繋げてくれる。

「俺っ……は、……プライドに頼って貰えるのは嬉しく思います。だから、その、…………プライドさえ良ければ、いつでも……」

最後は小さく消え入りそうな声だった。ギリギリ聞こえたけれどステイルも聞こえた自信がなかったのか、チラリと一瞬私を見てすぐまた逸らしてしまった。でも、その優しさがすごく嬉しい。

「ありがとう、ステイル。…………！　あ。ステイルも、いつでも甘えてくれて良いからね？」

聞こえたことと、そして姉としてもしっかりと頼って欲しいと意思を込めて伝えてみせる。また小さく「いえ俺はっ……」と零したけれどすぐ止まり、最後は口元を隠したまま無言で頷いてくれた。

「……やっぱり、ずるいな……」

何やら小さく聞こえた気がする声に、え？　と尋ねる。だけど「なんでもありません」と今度は早口で切られてしまった。未だ若干火照《ほて》った顔のまま「では、俺もこれで失礼します」と気を取り直したように向き直ってくれたステイルは、礼儀正しく挨拶をして今度こそ瞬間移動で消えてしまった。

最後に私も灯を消し、服もそのままにベッドへ潜り込む。なんだか今日は色々あって疲れてしまった。気が抜けた途端に身体も重く感じる。服については明日ロッテとマリーに怒られよう。

明日になれば騎士団やアーサー、ジルベール宰相、ステイルそしてティアラと一緒にハナズオ連合王国に向かう。我が国の誇る先行部隊と共に。移動に特化した彼らなら、絶対間に合わせてくれる。

ごろりと寝返りを打ちながらふとさっき目にしたセドリックの姿を思い出す。兄である国王が目覚めて誰に縋るでもなく一人涙していた姿。アーサーに心からの感謝を伝え、今自分ができる知る限りの誠心誠意を尽くした姿。……そして俺様な態度や無礼な振る舞いも、全てが彼の嘘偽りない姿だ。

「…………辛かったわね」

ゲームのセドリックを思い出せば思わず言葉が漏れた。目の前にいない、遠い国にいる彼へ投げかけてしまう。ゲームで自国を人質に取られ、女王プライドに都合良く利用されて人を信じられなくなった彼が唯一素直に語りかけられた相手は、発狂しベッドで眠り続ける兄だけだった。

ゲーム開始時、彼はあくまでサーシス王国の〝第二王子〟だった。ずっと国王である兄の乱心を民や他国に隠し、〝代理〟として振る舞い続けてきた。……いつか、兄が目を覚ますその日を信じて。

兄想いの優しい王子様。大丈夫、兄弟揃って笑い合える日はきっと来る。

ゲームのようにヨアン国王が欠けることなど、許さない。

「やれやれ……ここまで遅くなってしまうとは」

夜道を一人歩きながら溜息をつく。今日もまた侵入者を捕らえたジルベールだが、宰相自ら王都を中心に城下中を歩き回った結果いつもより遥かに帰宅が遅れてしまった。

気がつけば右肩をぐるぐると回しながら「年ですかねぇ」と呟いてしまう。己の特殊能力を使えば若い身体の維持も容易いが、できる限りは友であるアルバートや妻のマリアンヌ、そして愛娘《まなむすめ》のステラと共に老いていきたい彼は未だ自身に特殊能力は使わない。

今日捕らえた男達もまたジルベールの予想通りコペランディ王国の人間だった。厳しめに騎士団へ尋問を頼んだところ、フリージア王国に侵入した者の内残りもあと二人と判明した。鼠《ねずみ》の処理まで見通しが立ってきただけ収穫と思うべきだ。できれば自分が出国する前に根絶やしにしたいものだがと、丘を上がりながら静かに思う。

慣れた足並みで家路を歩み、あと数メートルも歩けば愛《いと》しい我が家にと思ったその時。

「ジルベール・バトラーだな」

突然の声に、近所の者だろうかと顔を軽く向ける。しかしそこには見るからに怪しげな風貌《ふうぼう》の男が立っていた。帽子を深く被り、寒くもないのに丈の長いコートを羽織った男だ。

「……どなたでしょうか」

酷く冷《さ》めきった声でジルベールは男に返す。自分の脳内記憶の誰とも照合されない男に、切れ長な眼《め》が薄く細まった。大体の見当は付いている。

「一人でよくここまで追いやってくれたものだ」

投げられた問いに答えないまま、男は構わず続ける。それに対してジルベールは「あぁ……」と特に驚いた様子もなく返した。むしろ鼠の残り一匹が駆除できて丁度良い。適当にそんなことを思いながら右手の指をゴキゴキと鳴らす。それにも気づかず、男は笑いながらジルベールへ手を差し出した。

「命令だ。お前も俺の駒《こま》になれ」

ピタリ、とジルベールの動きが止まる。決して魅力的な誘いだった訳ではない。ただ〝命令〟というからにはそれなりの交渉材料があるはずだと理解していた。

黙って続きを待てば、動揺していると勘違いした男はそこで口角を引き上げた。

「コペランディ王国の為、騎士団をハナズオ連合王国に派遣させるな。もしくは妨害でも良い。そうすれば望み通りの褒賞をくれてやる。それに……」

言葉を切り、ジルベールの顔を注視し笑う。ニタァと歯を見せてこれから自分達の邪魔をした宰相の顔が痙攣するのを待ちわびるように舌を動かした。

「言う通りにすれば、家も妻と子も無事で済む」

ジルベールの屋敷を指さしながら、男は嘲笑う。ずっと遠くでジルベールを監視していた彼は屋敷も突き止めていた。そして愛する妻と子がいることも。宰相とはいえ王族ではない彼の家は城と比べれば警備も厳しくない。既にもう一人いた仲間にもこのことは報告済みだった。二対一ならば少なくとも屋敷に乗り込み子ども一人程度なら捻り殺すことはできる。ジルベールは未だもう一人の仲間がどこにいるかも知らないのだから防ぐ術《すべ》もない。

ジルベールは俯き、肩を酷く震わした。その様子を眺め、男は怯《おび》えか怒りかどちらにしてもこちらの言う通りにするしか選択肢がないのだと、目の前の宰相を嘲笑おうとしたその時。

「……フッ……ハハッ‼」

肩を震わしたジルベールが堪らないように声に出して笑い出した。気でも触れたのかと男が訝しめば、ジルベールは笑い声を零しながら「いえ、失礼致しました」と手を振り、おかしそうに眉を寄せ男に向き直った。そして……

絶対零度の笑みを広げて見せた。

ぞくり、と。どう考えても自分達が優勢のはずなのに、男は反射的に逃げ出したくなった。拳を握り「ッ何がおかしい⁈」と声を荒らげればジルベールは躊躇う素振りもなく男の前に歩み寄り、流れるようにその首を片手で掴んだ。ぐえっとあまりにも自然な流れで絞められ、やっと男は暴れ出す。だが暴れれば暴れるほど首の絞め付けは強まった。

「既に貴方達の残りは二人。今まで私の動向を知っていたのならば、恐らくは今も残りの一人が私と貴方をどこかで監視しているのでしょう。……ならば、見せつけてやった方が良さそうだ」

細めていたジルベールの目がゆっくりと開かれる。同時に男が声にならないようにグッ……アッ……⁈　と声を漏らし出す。

「愛する妻と娘を引き換えにすれば私が言うことを聞くと？　……ハハッ。よくも恥ずかしげもなくそのような安易な考えを」

息が続かず、酸素を欲する男の首を掴んだままゆっくりと持ち上げる。宙に足が浮きジタバタさせるがジルベールには全く影響がなかった。

「わかっていますよ。焦っているのでしょう？　人が減り、武器を失い、ラジヤからの恐怖と更にはコペランディ王国からの圧力。だというのに遠く離れた地では連絡手段も失い、現状も把握できぬまま成果も何も叶わずただただ日が過ぎていくことに」

決して声を荒らげず話すジルベールからは叫び出す以上の怒りが溢れた。次第に男は暴れることも忘れ、死なないようにすることで必死だった。ジルベールの言葉すら今は頭に入らない。

「嗚呼……なんと他愛《たわい》ない」

どこかうっとりとした口調が気味悪く鼓膜に突き刺さる。男が必死の形相で睨めば、ジルベールは口元だけが笑み、切れ長な眼は悍《おぞ》ましいほどに強く光っていた。

「もう一人のお仲間がどこで見ているかわかりませんが、これだけは貴方にも教えておきましょう。

とうとう死ぬかと思った途端手を緩められた。首と手の間に空間ができ、全身で必死に酸素を取り込んだ。ぜぇっ、がはっと男が手の中で悶《もだ》えながらもジルベールは変わらず言葉を続けた。

「私の今の幸福は全て、とある御方から頂いたもの。たとえコペランディ王国全土……いえ、この世界全てを与えられても足りぬほどの大恩」

男の反応を味わい、楽しむようにまた首を絞めていく。男が暴れる振りをして懐の銃に手を伸ばした直後、空いてるもう片方の手で銃ごとその手を握り潰した。ぎゃあああ?! と更に悲鳴が轟く。

「御祭しの通り、我が愛は愛しき妻と子のもの。……ですが、この命と人生はそれぞれ別のものに捧げております」

男の悲鳴が激しく、声が響いては困ると軽く一度首を絞める手に力を込めた。栓を絞めるように男から悲鳴が消える。

「あの日の救いと引き換えに私はここに在る」

とうとう男の意識が消え、ガクンと力なく手足を垂らしたところでやっとジルベールは小さく息を

吐いた。ドサッと軽い調子で男を地面に放り捨て、藻掻いた男の涎《よだれ》で汚れた手を拭う。

「……ハァ。こんなのを我が家の敷地内に上げたくはないのですが」

仕方がありませんね、と溜息交じりに男を担ぎ出す。そのままゆらゆらと歩き、屋敷の前で最初に衛兵と会った。担がれた男に目を丸くされるが、構わず「今日もお疲れ様です」と挨拶する。

「すみませんが、通信兵に連絡をお願いします。コペランディからの侵入者を捕らえましたので」

優雅に笑めば、衛兵は急ぎ足で屋敷内へ飛び込んでいく。

コペランディ王国から侵入者の可能性を鑑みてから、既に自分の屋敷には通信兵……通信特殊能力を持つ〝衛兵〟を一人控えさせていた。摂政のヴェストからは衛兵ではなく騎士を派遣しようと言われたが断った。宰相とはいえ、王族でもない自分を特別待遇するくらいならばその分を城下の防衛警備に派遣すべきだと考えた。城や騎士団と通信できる通信兵を一人派遣してくれただけでも充分過ぎる。自分の屋敷には信頼できる衛兵も以前から常駐しているのだから。

それから一時間もしない内に、城から馬で駆けつけた騎士団によって男は連行された。尋問すれば最後の一人が捕らえられるのも時間の問題だろうとジルベールは考える。たかが一人ではできることなど程度が知れている。騎士団も明日には出国する。そうすればたとえフリージア王国で何をしようとも戦況には無意味。目的の騎士団の足止めが叶わなければあとは自滅か逃走くらいだろうと。

——そう簡単に奪わせはしない、絶対に。そして揺らぎもしない、今度こそ。

「ただいま、マリア。……騒がしくしてすまなかったね」

宰相は心からの笑みで屋敷へ入った。心配したわ、と心優しい妻が笑顔で出迎え、通信兵による連絡で目を覚ましてしまった娘がベッドから抜け出し目を擦りながら父親の帰宅に顔を綻《ほころ》ばせた。

「……とーさま！」

我が娘を抱きしめ、母親似の柔らかい眼差しを受けて無意識に口元が緩む。自分を包む幸福を肌で感じながら妻と娘に明日からの〝遠征〟について伝えた。

心配そうに眉を落とす妻の髪を撫で、数日会えないことを寂しそうに肩を狭める娘に「戻ったら美《お》味《い》しいものでも食べに行こう」と約束を交わした。

第三章　非道王女とハナズオ連合王国

ハナズオ連合王国、サーシス王国。我が国の騎士団の先行部隊による特殊能力の移動手段の活躍により、王族の馬車で十日掛かる道程を予定通り三日で攻略した。

閉ざされた門の前で衛兵に声を掛ければ、既に話は通っていたらしくすぐに国内へと通された。城下を歩く度に、サーシス王国の民が目を丸くして馬に乗る我が軍を見上げていた。ところどころ小さな声で「あれがフリージア……⁉」「確か王女の」「セドリック様が仰《おっしゃ》っていた」と話が聞こえてきたから、どうやら私達が来る前にセドリックやランス国王が民にも伝え広めておいてくれたらしい。若干怯《おび》えられているけれど、特殊能力者の国であるフリージアには慣れたものだ。

サーシス王国に到着する数キロ前までは特殊能力による移動手段で進んでいた私達だけれど、今は通常の馬や馬車での移動だ。私も今は国の代表らしく馬に跨《また》って騎士団を率いている。ティアラやジルベール宰相は馬車の中だけれど、補佐であるステイルは私に付く形で同じく馬に乗っての移動だ。

「……以前来た時とも民の様子はそんなに変わっていませんね」

背後からステイルが声を潜めて教えてくれる。今彼は王族の格好をしていない。いつもの整った格好ではなく、鎧《よろい》を着込み漆黒の団服を羽織った姿は伊達眼鏡《だてめがね》にもよく似合ってすごく男前だった。遠征と防衛戦に合わせた正式な戦闘服だ。とはいっても、実をいうと私とステイルの団服だけは、私の専属侍女であるロッテとマリーのお手製だけど。毎回作っては改良を重ねてくれる内にクオリティが殆《ほとん》ど騎士団と変わらないくらいのものになっていたから、急遽《きゅうきょ》正式に使わせてもらうことになった。

私も鎧は女性用のものだから少し造りは違うけど、殆どは皆と同じだ。深紅《しんく》の団服が数少ない女性らしさを演出してくれている、と思いたい。ウェーブがかった長い赤髪も邪魔だから頭の上で一本に括《くく》ってしまったから余計女性らしさが薄れているもの。

城から用意してくれた正式な団服もあったけれど、私にはこっちの方がしっくりくるし母上も許可をしてくれた。……何故《なぜ》そんな服があるのかについて誤魔化すのは大変だったけれど。

馬車に控えるティアラだけが王族として正式な白の団服を身に纏《まと》っている。金髪のティアラにすごく似合って可愛《かわい》らしかった。私と同じように長い髪を一括りにして凛々《りり》しさも増していた。同じ髪型でも女子力の違いが悲しい。

「フリージア王国、プライド・ロイヤル・アイビーです！　同盟国としてハナズオ連合王国の援軍に参りました‼」

サーシス王国の最南にある城の前に辿《たど》り着く。はっきりと衛兵だけでなく城内にいるだろうランス国王やセドリックにも聞こえるように言い放つ。サーシス王国の城自体、フリージア王国の城みたいな過度の大きさはなく、むしろこじんまりとした造りだった。棟自体も古い南棟と北棟と中央の三棟にだけ分かれていると、既に一度同盟締結の為に訪れたことのあるステイルが教えてくれた。ゲーム製作者の設定を盛り過ぎた大要塞《だいようさい》もどきのフリージア王国の城とは違い、絵本に出てきそうな可愛らしいお城だった。城前を守っていた衛兵が慌てた様子で城内に飛び込んでいく。少し待ちながら城を見上げていれば「プライドッ⁈」と城内の方から声が聞こえた。セドリックだ。

「約束通り来たわよ、セドリック」

城の窓からこちらを見下ろすセドリックへ視線を上げる。遠目で表情まではわからないけれど、その視線は確かに私へ向けられていた。何故か私達への返事はなく、固まっているセドリックはゆっくり窓から身を引いた。私達のところまで降りてきてくれるつもりなのだろうか、セドリックが背後へと振り返った途端彼の金髪が窓からサラリと一瞬はみ出した。

城前を守っていた衛兵が私達を城内へ通し案内する。「国王陛下がお待ちです」と少し慣れない様子で私達とそして大軍の騎士達を迎えた。

「ップライド……‼」

馬を降り、城の内部から謁見の間まで案内される途中だった。少し息を切らせたセドリックが険しい表情で私達の方に駆け寄ってきた。彼が駆ける度に装飾品がまたジャラジャラと音を立てる。アーサーにあげた指輪のあった場所にもまた新たな指輪が嵌《は》められていた。折角援軍を連れてきたのにも拘《かか》わらず全く安心していないその表情に何かあったのだと理解する。

「セドリック、何かあったの？」

セドリックが眼前まで来ると、私の背後に近衛《このえ》騎士のアーサーとカラム隊長。そして左右にティアラとステイルが控えてくれていた。……何故か一部からは未《いま》だにセドリックへの敵意を感じる。

セドリックは私からの質問に一度口を強く結び、眉間《みけん》に皺《しわ》を寄せたまま顔を逸《そ》らした。これからランス国王にも会うし、今話してしまうべきか悩んでいるのかもしれない。それでも数秒溜《た》めた後に、重々しくその口を開いてくれた。

「兄さ、……チャイネンシス王国、ヨアン国王が……我が国からの援助どころか国境を完全に封鎖してしまった……‼」

セドリックの整った顔の表情が更に険しく荒れた。苦しそうに放つその言葉に、私は思わず言葉をなくす。覚えのある展開に、まるでゲームがすごい勢いでスキップされていくような感覚に襲われた。

「サーシス王国が国王。ランス・シルバ・ローウェルと申します。……お初にお目に掛かります、プライド・ロイヤル・アイビー第一王女殿下」

謁見の間でランス国王が玉座に腰かけながら私達を迎えてくれた。「お初に」と言いながらも、その眼差《まなざ》しはしっかりと意味を含めて私とステイルに向けられている。

「お初にお目にかかります国王陛下。プライド・ロイヤル・アイビーと申します。お目に掛かれて光栄です。……急病と伺っておりましたが、ご体調の方はいかがですか」

私からもそれに応《こた》えるように敢《あ》えて知らない振りをして言葉を返す。大事ありません、その節は大変失礼しましたと返してくれるランス国王は少し柔らかい目をしてくれた。王族の衣で身体《からだ》は隠れているけれど、頬《ほお》ももう窶《やつ》れていないし本当に大丈夫そうだ。もともとすごくガタイの良い人だったし、身体は丈夫な方なのだろう。あの時の姿が嘘《うそ》のように国王らしく金の装飾品やマントを身に纏い、頭の先から足先まで王としての品格に満ち溢《あふ》れていた。

お互いに紹介をし終えた後やっと本題に入る。チャイネンシス王国の国境封鎖についての詳細だ。

「……私が病から目覚めて、翌朝のことです」

重々しく自らの口から語り出したランス国王の話によると、彼らは早朝すぐチャイネンシス王国へ向かおうとしてくれた。元々サーシス王国とチャイネンシス王国は隣接し合っていた国で規模も小さく、王都同士も隣町くらいの感覚の距離らしい。文化の違いの激しさやその近接距離のせいで国土の取り合いや諍《いさか》いも多かったそうだけど、連合王国になってからは二大都市としてその名を誇っていた。

ランス国王がセドリック達と共にチャイネンシス王国へ向かった時には、国境に繋《つな》がる道に高い壁を築かれていたらしい。……チャイネンシス王国からの完全なる断絶だ。

近隣に住んでいる住民の話では、同盟破棄直後から既にチャイネンシス王国側から突貫工事が始まっていたらしい。ランス国王も驚き、すぐに壁を越えようとしたけれど近隣住民に止められた。工事が始まった直後、サーシス王国の住人が何人か壁を越えようとした途端に壁向こうにいる衛兵に威《い》嚇《かく》射撃までされたとのことだ。

『同盟破棄した今、我が国とサーシス王国も敵同士‼　誰《だれ》一人通すなという国王からの御命令だ！国境を越える者はたとえ王族であろうと容赦はしない！』

そう、どの衛兵からも言い放たれたらしい。万が一無理にでも国境を越えて本当に怪《け》我《が》人や抗争を起こしてしまえば同盟修復どころか緊張状態に火がついてしまう。その為《ため》ランス国王やセドリックも無理に国境を越えられなかった。書状を投げ込んだりランス国王が完治したことを壁越しに訴えても反応はなく、そのまま膠着《こうちゃく》状態が続いている。……私も、そしてハナズオ連合王国内の事情を詳しく知らないステイル達も誰もが理解した。チャイネンシス王国は自分達だけが犠牲《ぎせい》になるつもりなのだと。

コペランディ王国に全面降伏し、その上で国内を攻め込まれても隣接したサーシス王国にだけは被害を出さないよう徹底的に断絶を決意した。全てはサーシス王国を守る為だ。

私は一度視線をランス国王から床に落とした。ゲーム開始時も確かにチャイネンシス王国は国境に壁を築き上げていた。でもそれと今回は理由が全く違う。しかも壁を築くのは侵略を受けた後だった。

「……それで、国王陛下はどのような御考えでしょうか」

暫《しばら》く続いた沈黙を私から破る。返答によっては完全に私達はどうすることもできなくなる。我がフリージア王国が同盟を結んでいるのは現時点ではサーシス王国のみなのだから。「もう断念するおつもりなのでしょうか」と慎重に声を抑えれば、ランス国王は激しく首を振ったまま額を押さえた。

「国境は押さえられようとも、コペランディ王国が侵攻してくる方向は粗方予測もついている。国外から回り込み、その接触する地帯に兵を敷けばと考えている。ただし、その場合はチャイネンシス王国からの援助は期待できない。ヨアン国王も、……チャイネンシス王国国民も降伏の意思を固めている」

つまり援助に来た私達とサーシス王国だけでコペランディ王国や他《ほか》二国とぶつかるということだ。確かにこの状況で助けたいならばそれしかないだろう。ただ、本人達が覚悟をしたのに私達だけで間に入って騒ぎ立てれば、それは完全にこちらの自己満足。……エゴともいえる。最悪の場合、私達が騒ぎ立てたせいでチャイネンシス王国が抵抗したと見なされて属州にされる場合もあるのだから。

「陛下は、……それがチャイネンシス王国の意に沿わないことを承知の上での御決断でしょうか」

少し無礼な物言いになるとわかりながらも問いを重ねる。でも、これはちゃんと聞かないといけない。あくまで私達はサーシス王国の為にここまで来たのだから。

ランス国王は静かに、そして深く頷いた。

「我が国……ハナズオ連合王国は長らく閉ざされ、広き世界の中の小さな囲いの内側で共に生きてきた。チャイネンシス王国が我らを庇《かば》うように、……我が民にも、チャイネンシス王国には大事な者が何人もいる」

城にも毎日のようにチャイネンシス王国を救いたいと詰め寄る民が絶えないと、ランス国王は続けてくれた。その言葉にセドリックに摂政や宰相、周囲の衛兵達も頷《うなず》いている。……きっと彼らの大事な人、……家族や恋人、友人も中にはいるのだろう。一つの国として生きてきた二国は、それほど密接していたのだから。

「切り捨てるなど、……できる訳がない」

目を伏せ、重々しい言葉が広い部屋の中に小さく響いた。思い詰めたその目線が行き場もなく伏せられ床へと投げられる。セドリックにも視線を少し向ければ、やはり言葉が出てこないように歯を食い縛り、指輪がめり込むほど強く握られた拳《こぶし》は震えていた。家臣や衛兵も誰もが深刻な表情で、今もチャイネンシス王国の民を想うように唇を絞っている。私はそれを見て、……心の底からほっとした。

「……わかりました。陛下の御意思がお聞きできて良かったです」

何度も失礼な物言いをしてしまい申し訳ありませんでした、とお詫《わ》びしながらも私は次の言葉の為に思い切り胸を張り、吸い込んだ。ならば、私も迷わない。

時間はない。明日にはチャイネンシス王国は戦場となるのだから。

「では、今すぐ私がチャイネンシス王国に赴き、国王と直談判《じかだんぱん》を試みましょう」

なっ……?! と、私の言葉が響くと同時にランス国王が目を剥《む》いた。悩むように丸めていた肩を反らし、前のめりに視線を私に向けた。ランス国王だけじゃない、セドリックもそして摂政や宰相、衛兵達すら耳を疑うように全員の視線が集中してきた。

「チャイネンシス王国の国王がたとえ我々の援助を拒むとしても、せめて我が軍やランス国王の快復についてはお伝えすべきです。私達が国境を越え、ヨアン国王へ直談判して参ります」

「気持ちはありがたいがっ……だが、フリージア王国の第一王女であるプライド殿下、貴方《あなた》に何かあればっ……！」

初めてランス国王の声が動揺に震えた。私は彼らを安心させるよう、敢えて笑顔で応えてみせる。

「御心配ありがとうございます。ですが、問題ありません」

ラスボスプライドの戦闘能力さえあれば、仮に威嚇射撃ではなく狙い撃ちされたとしても避《よ》けることも捌《さば》くことも可能だろう。ステイルの瞬間移動さえあれば、座標を確認し次第壁を越えてチャイネンシス国内に侵入することも可能だろう。でも、その必要すらない。

「今、この場には我が国の誇る優秀な騎士団がいますから」

笑みをそのままに私は背後に控える騎士達、そして騎士団長を手で示してみせる。意味がわからない、といった表情のセドリック達を後に騎士団長へ視線を向けてみる。いかがでしょうか、と笑いかけると騎士団長から真剣な眼差しと同時に惑いのない言葉が返ってきた。

「任務は国境を塞ぐ壁の攻略、チャイネンシス王国の民は当然のこと〝双方に一人の被害もなく〟プライド第一王女殿下を城までお連れすること。……それで、宜《よろ》しいでしょうか」

全く問題ない、と言わんばかりの騎士団長の反応にランス国王がとうとう目を丸くした。私が「可能ですか」と確認を取れば躊躇《ためら》いなく「今からでも」と騎士団長は即答してくれる。ステイルとジルベール宰相、そしてティアラも大して驚く様子もなく私と騎士団長のやり取りを見守っていた。

「国王陛下、どうぞ我々にお任せ下さい。必ずや、サーシス王国の想いを届けてみせます」

団服を翻《ひるがえ》しながら大きく礼をしてみせる。第一王女として、そして何より彼らを援護する為にこの地に訪れた者の一人として。

私は知っている。チャイネンシス王国は植民地など望んでいないことを。国王ヨアンにまだ言葉は届くことを。我が騎士団ならばそれも可能なことを。そして……

言葉さえ届けば、チャイネンシス王国は必ず立ち上がってくれることを。


「……ここが一番チャイネンシス王国の城に近い道、ですか」

紹介されたそこを見上げながら、私はランス国王達へ確認を取る。

「ええ、今やこうして築かれた壁で完全に封鎖されておりますが」

最初に摂政が頷いて答えてくれた。見上げれば大人《おとな》が肩車しても届かないほどに高く、何より途方もなく横に広い壁がそこにはあった。普通によじ登ればそれだけでもかなりの労力を必要とするだろう。

「ヨアンめ、相変わらず仕事が早い」

腕を組みながら少し忌々しそうに呟《つぶや》くランス国王は、その言葉に反して思い詰めたように表情が揺らいでいた。摂政の話によるとヨアン国王が同盟破棄を告げたのはランス国王が倒れて僅《わず》か二日後のことらしい。最後に彼らが聞いたヨアン国王の言葉は「サーシス王国に、神の祝福があらんことを」という優し過ぎる言葉だったらしい。恐らくランス国王は、自分のせいで壁を築かせるほどヨアン国王を追い詰めてしまったと考えているのだろう。

改めて壁を見上げながら、私はゲームの設定を思い出す。

チャイネンシス王国、その国王ヨアン。攻略対象者セドリックにとっては、ランスと同じくらい大事な兄のような存在だった。彼と彼の国を助ける為にセドリックはフリージア王国に単身で援軍を望んだ。しかしプライドの裏切りにより、チャイネンシス王国はその歴史に幕を閉じてしまう。

「それではプライド様。我ら騎士団と同行されるのはプライド様のみということで宜しいでしょうか」

騎士団長が騎士達に指示を出しながら私に確認してくれる。すると私が答えるよりも先にステイルが一歩前に出てくれた。

「姉君が行くというのならば、補佐である僕も当然行きます」

ジルベール宰相殿には留守をお任せしても宜しいでしょうか、と続けて丁寧な口調でステイルが声を掛け、ジルベール宰相も優雅に笑んで了承してくれる。ならば行くのは私とステイル、……そして。

「セドリック。……貴方はどうする？」

振り向きざまに声を掛ける。私に話を振られるとは思わなかったのだろう。目を丸くした彼は、一度声が出ないように口を開けたまま固まりそして今度こそ言葉にした。

「ッ俺《おれ》も、……行かせて欲しい」

まるで痛むかのように自分の手首をブレスレットごと押さえつけ、一度口の中を飲み込んだ。ただ、その瞳《ひとみ》だけが確かな意志を燃やして私に向けられている。

セドリックの発言にランス国王は制止しようと一瞬大きく口を開き、……そこから先は何も出てこなかった。代わりに私の方を見て、委《ゆだ》ねるように返答を待ってくれた。

「……どうですか、騎士団長」

全体の指揮を担う騎士団長に、私も確認を取る。騎士団長が「問題はありませんが」と短く返答をしてくれてから、私は改めてセドリックに視線を向ける。

「……フリージア王国ばかりに任せる訳にはいかん。プライド第一王女殿下、ステイル第一王子殿下が行くならば俺にも、行かせて欲しい。城までの道案内も俺がしよう。……俺の口から兄さん……ヨアン国王とも、話がしたい」

覚悟するような言葉だった。〝行きたい〟ではなく〝行かなければならない〟という意志が確かに感じられた。私が頷き「わかりました」と言うと、小さく息を吐き肩の力を緩めた。強張《こわば》った表情から「感謝する」と礼が紡がれた。

「ッなら、わ……私も行きます!!」

まさかの今度はティアラが名乗り出た。一体どうしたのだろう、ステイルが行くと言った時は完全に見送る態勢だったのに少し慌てたように前に出て、私と騎士団長の方に向き直りながら視線はばっちりセドリックの方に向かっていた。まさかセドリックルートが⁈　と一瞬考えてしまったけれど、その眼差しは完全に敵意だった。……追いかけたくなるほど警戒しているらしい。

騎士団長もこれには少し驚いた表情をしていた。セドリックよりもティアラの方が予想外だったのだろう。唇を結んだままに私の隣まで歩み寄ったティアラがお願いします！　と再び私と騎士団長に声を上げた。ステイルが口だけ動かして「ティアラ、そこまで心配する必要は……」と囁《ささや》いたけれど、それでもティアラは首を横に振る。

私が無言で騎士団長にティアラも大丈夫か伺ってみると、同じように「可能ではあります」と頭を下げてくれた。……むしろ私が頭を下げたい。人数をどんどん増やしてしまった。

「……では、我々四人をチャイネンシス王国国王の元まで届けて下さい。その間、私達は騎士達に従います」

良いですね？　とステイル、セドリック、そしてティアラに確認を取る。三人ともはっきりと頷いてくれた。それを見て騎士団長も了承の意思を示して頷く。「承知致しました」と礼をした後、とうとう騎士達に指令が下された。最初に前に出たのは各隊の、ある特殊能力を持つ騎士達だった。

それぞれが長いロープの端を抱えて壁の前に立つ。そして次の瞬間には騎士団長の号令で一気に壁を駆け上がっていった。壁の微妙な凹凸《おうとつ》を難なく捉《とら》え、武器を突き立てることなく鎧を着込んだ身体で簡単に駆け上がっていく。身軽な格好をしていた民ならまだしも、重い格好をしていた騎士が簡単に登っていくその姿にセドリックが「壁登りが彼らの特殊能力か……？」と開いた口で呟いた。それに騎士団長が「いえ、これは我が騎士団全員の能力です」と真面目《まじめ》に即答するから思わず笑ってしまう。まぁ壁登りの特殊能力者も確かいた気はするけども。

そうして騎士達が全員壁の上まで登り終えた時だった。壁の向こうから「何者だ?!」「壁を登るな！」「サーシス王国に戻れ!!」「戻らねば撃つぞ!!」と慌てた様子の声が聞こえてくる。同時に威嚇でパンッパンッ!!　と銃声が鳴り響いた。

ランス国王やセドリック、摂政達もこれには息を飲み「あれではいつか当たってしまう」と心配そうに声を上げた。でもその心配はない。彼らは皆、銃撃無効化の特殊能力者なのだから。銃関連の攻撃はたとえ鎧がなくても彼らの身体を傷つけることはできない。

壁を登った騎士達はロープの端をサーシス側の騎士達が掴んでいることを確認し、チャイネンシス側へと降下した。壁を守るチャイネンシスの衛兵もまさか発砲にも関わらず飛び降りてくるとは思わなかったのだろう。逆に壁の向こうから驚きの悲鳴が上がった。何度も銃声が響き、間もなくして止《や》んだ。どうやら壁の向こうの衛兵を全員無力化してくれたらしい。

壁の向こうからロープが数回引っ張られて合図が来る。ロープの端を掴んでいた騎士達が殆ど同時に「安全確認が取れました」と騎士団長に報告した。それを聞いてから「九番隊、前へ」と騎士団長が指示を送る。前に出たのは隠密関連に特化した隊である九番隊だ。最初に数人の騎士達が前に出ると壁のロープを掴み、そして消えた。

彼らだけではない、彼らが掴んでいたロープもそしてロープの端を押さえていた騎士も丸ごと消えた。まるでステイルの瞬間移動みたいに一瞬で消え、セドリック達がまた驚きの声を上げた。

「透明化の特殊能力です。ちゃんと彼らも、そしてロープもここにあるので御安心下さい」

ジルベール宰相が優雅な笑みで解説してくれる。もうコメントが追いつかないかのように口を開けたままのランス国王が、隠すように口元を手で覆ってから一度だけ頷いた。

透明化の特殊能力は自分も、そして自分が触れた物やそれに接している物も全て透明化することができる。今は彼らが能力を使ってロープを掴むことでロープに触れている騎士も壁の向こうの騎士も全員姿が見えなくなっている。

彼らが消えてからわりとすぐ、ロープの端を掴んでいる騎士達がいた場所から「壁上まで全員到達完了しました！」と声が聞こえてきた。透明化の特殊能力者全員が壁上に上がったらしい。

何もいない場所から突然の声にセドリックが肩を揺らした。目を凝らすように騎士達がいるであろう場所を見つめていたけれど、当然見える訳がない。

「ではプライド様、ステイル様、ティアラ様、セドリック第二王子殿下。御準備は宜しいでしょうか」

騎士団長が私達に確認を取る中、九番隊の騎士隊長が各騎士達に指示を送っていた。そのまま騎士達が各自ロープの端があった場所に立ち、待機する。

私やステイル達は一人ひとり順番に、騎士にロープで運んでもらうことになった。まず最初にステイルがロープの端を掴み、騎士と一緒に消える。一瞬瞬間移動かなと思ったけれど、見えない場所から「お先に失礼します、姉君、ティアラ、セドリック第二王子殿下」と声が聞こえた。姿は見えないけれどギギッ……とロープが撓《しな》る音が聞こえて、今丁度登っている頃《ころ》なのだなとわかった。騎士一人ではなく、ステイルの補助をしながらだからか時間は少し掛かったけれど、それでも割とすぐ次の合図が返ってきた。

次にティアラだ。私に挨拶をしてくれた後、騎士と一緒に姿を消した。その直後「失礼致します」という騎士の声と同時にロープの撓る音がした。多分騎士がティアラを抱えて登っているのだろう。難なく登りきったらしく、一人で登るのとそう変わらない時間で合図が返ってきた。

「では、プライド様」

次に私だ。付いてくれた九番隊の騎士が緊張からか少し顔が強張って顔の筋肉がピクピクしていた。確か、ケネス隊長……だっただろうか。抱えるとしたらティアラより私の方が確実に重いし、少しプレッシャーなのかもしれない。宜しくお願いしますと声を掛けたら、おっかなびっくりな様子で「お任せ下さい……！」と返ってきた。

ロープを掴む前にランス国王とジルベール宰相に挨拶をし、セドリックへ目を向ける。私をずっと注視していた彼とはすぐに視線が合った。睨《にら》まれたと勘違いしたのか一瞬彼の肩が震えた。

「セドリック。……待ってるから」

一言そう告げると、小さく二度頷いてくれた。視線をロープのある方向へ戻し、私は手を伸ばす。

硬い感触が指先に触れ、掴むとその瞬間にさっきまで見えなかったロープがはっきりと視界に映った。壁の上を見上げれば、ロープを掴んだ騎士がこちらに向かって手を振ってくれているのも見える。二番目に登った、透明化の特殊能力者の騎士だ。一緒に透明化している者同士はお互いの姿も見れるらしい。他の透明化している別の特殊能力者の姿は見えないままだけれど。

ケネス隊長が早速私を抱えようとしてくれたけれど、その前に自分でも少し登らせてみてもらう。ステイルは最初から登る気満々だったし、私も試してみたい。ロープを掴み、壁に足を掛ける。背後に付くケネス隊長が登り方を説明しながら心配そうに私の背を支えてくれた。そのまま腕に力を込め、壁に向かって足を踏み出し一気に！　………………登れなかった。鎧越しの手からズルっとロープが滑り、足を掛けるというよりもただ壁に足を付いたまままそれ以上登れず腕がプルプルする。

ラスボスプライドの弱点、非力。そういえばプライドが高いところから飛び降りるシーンはあっても、ロープで登るシーンなんて全くなかった。女王であるプライドがそんなことする必要もないし、当然といえば当然だけど。でも鋼鉄だって斬《き》れるプライドがロープ一つ登れないなんて。

「……ごめんなさい、お願いします」

恥ずかしさのあまり誰にも聞こえないように声を潜めてお願いする。ケネス隊長は「はい」と呆《あき》れる様子もなく答えてくれて、片腕でひょいっと私を持ち上げてくれた。落ちないように私からその首に両腕で掴まると、軽々と器用に私を抱えた左腕と自由な右腕を駆使して壁を登ってくれる。女性とはいえ、鎧付きの人間を軽々と抱える騎士に思わず「流石ですね」と感嘆の声が漏れてしまった。……途端、ケネス隊長の顔色がまた赤くなった。話しかけたせいで抱えているものの重量を思い出してしまったのかもしれない。何だかちょっと申し訳ない。

それでもケネス隊長は順調に壁を越え、降りる時にもそのままピョンピョンと壁面を数ステップで踏んで地面まで着地してくれた。飛び降りるだけなら多分私にもできたのだろうけれど、ロープを掴んでいないと姿が他の人にも見えてしまうし、途中で降りるのも悪い気がしたのでそのまま甘えさせてもらうことにした。

ロープの端を掴んだままのステイルとティアラが笑顔で迎えてくれ、降ろしてもらった私はロープから手を放さないように注意しながら二人に合流した。続いてセドリックや他の騎士達も合流し、無事私達はチャイネンシス王国への密入国を成功させた。

チャイネンシス王国。白を基調とした建物が多く並び、至るところに小さな教会や噴水広場など美しい建造物がひしめき合う国だ。王都ともなれば、地面も土より煉瓦《れんが》造りの場所が多い。日常であれば大勢が行き交う大通りに今は殆ど人影がない。代わりに各教会や広場のクロスを象《かたど》った像へ多くの民がひしめき合い祈っていた。そしてその最たる場所こそチャイネンシス王国の王城だ。

サーシス王国と同じく国の最南に位置された城、そこに併設された大教会は国でも最大最古の鐘が備え付けられていた。今も大勢の国民が集まり、明日の来たる時に向け祈りを捧《ささ》げていた。

「……国王陛下。今夜、そのお身体でまた民の前にお立ちになられるのでしょうか」

衛兵によって部屋の扉が開かれ、そっと入ってきた摂政が国王へと声を掛けた。部屋の窓から民の様子を眺め続ける国王を気遣い、声色を抑える。ここ何日も国王がまともに眠れない夜を過ごしていることは摂政だけでなく城中の人間が知っていた。目の下のクマだけでなく、持ち前の白髪が余計に線の細い身体の儚《はかな》さを際立たせていた。

「ああ、……今の僕にはそれしかできないから。すまないけど宜しく頼むよ」

どこか物悲しげに笑む国王に、摂政は辛《つら》く顔を歪《ゆが》めた。彼が今どのような心中なのか、その断片を知るだけでも城の人間は誰もが心を痛めた。

無言で再び窓の外を眺め出す国王は、静かに首に下げたクロスのペンダントを握りしめた。眼差しの先を城下から更に向こうの国境へと向ける。ハナズオ連合王国の歴史が始まってから一度撤去されたはずの国同士を隔てる壁が、いま再び築かれてしまった。……何者でもない、自分の手で。

信心深い民の為に、多くの教会やクロスの象徴と祈りの場所が置かれたこの国が明日のコペランディ王国侵攻後には奴隷置き場を建設することになるだろうと思いを馳《は》せる。

植民地となれば文化は残る。変わらず民は神へ祈り続けることはできる。ただし〝神の下に人は平等である〟〝我らは等しく家族であり友人〟〝友を信じ、愛せ。家族を信じ、愛せ。弱きを信じ、愛せ。隣人を信じ、愛せ。〟を信条とする自国が奴隷を産出するなど矛盾以外の何者でもない。きっとすぐにこの信仰も終わりが来るだろうと考える。その時、民の怒りはどこへ矛先を向けるのかも。

コペランディ王国か、ラジヤ帝国か、無力な自国や己自身にか、この結果を生み出した国王に対してか。いっそ自分に全ての矛先が向けられ、自分のこの首をもって民の心が少しでも保たれるというのならばそれも良いとヨアンは思う。たとえ、本当の意味で彼らが救われる訳ではないとしても。

「……僕が最後に見る光景は、断頭台の上からかな」

歴史ある自国を台無しにした愚王として。そうヨアンが自分自身へと向けるように小さく言葉を漏らした、その時だった。

「そんなことは絶対にさせません」

突然凛《りん》とした女性の声が部屋に響いた。この場には女性など誰もいないにも拘わらず。とうとう幻聴が聞こえたか、それとも神の声か。ヨアンや摂政達が考え、周囲を見回せば再び声は放たれた。

「無礼を承知の上とはいえ、突然の勝手な訪問大変申し訳ありません。国王陛下」

同時に鎧姿の女性が突然現れた。揺らめく深紅の髪を流した、鋭い眼差しの女性だ。更には女性の背後にも複数の人間が姿を現す。「貴方はっ……⁉」とヨアンは驚きのあまり声を詰まらせたが、その直後、すぐに女性の背後に佇《たたず》む青年の姿に目が止まる。

「セドリック⁉　何故っここに……⁉」

壁は、衛兵は、どうやってここまで、と言葉が纏《まと》まらない。目の前の存在自体、夢か現実か判断できず指先を震わせる。声を上げた摂政により駆けつけてきた衛兵が銃を構えたが、セドリックの姿を確認した途端に惑いが生じた。

「兄さん、どうか話を聞いてくれ」

静かに語りかける彼の声に、ヨアンは口を噤む。細縁の眼鏡を押さえ、もう片手で周囲の衛兵達に武器を下ろすよう指示を送った。

「……援軍だ。フリージア王国が我がサーシス王国の、……ハナズオ連合王国と同盟を結んでくれた。今サーシス王国には大勢のフリージア王国騎士団がいる。ここまで来られたのも彼らのお陰だ」

少し惑うように言うセドリックの言葉を、ヨアンや家臣達も一言一句《いちごんいっく》聞き逃《のが》さず耳を傾けた。

〝援軍〟〝フリージア〟という言葉に家臣達はざわつき、信じられないと言わんばかりに互いの顔を見合わせる。その中国王のヨアンだけが腕を組み、唇を強く結び続けたまま射るような視線をセドリックに向けていた。セドリックの言いたいことを理解しながらその上で、まだ享受《きょうじゅ》を躊躇う。

「……あと」

ヨアンから反応がないことにセドリックは気まずそうに目線を泳がせ、一度言葉を切った。数秒の沈黙後、燃える瞳を真っ直《す》ぐにヨアンへ向ける。

「兄貴は、もう大丈夫だ」

今までで一番強くその言葉が放たれた瞬間。先ほどまで硬直していたヨアンの瞳《め》が見開かれ、酷《ひど》く揺れ出した。

「ランスが……？」

小さくこもるような声でヨアンが聞き返す。まだ信じられないという疑いと、ほんの僅かな希望が見え隠れした声だった。プライド達もヨアンの答えを待つように息を潜め、二人のやり取りを見守る。

「ああ、兄貴は目を覚ました。今はいつも通りだ。疑うなら……いや、そうでなくてもどうか我が城に来てくれ、兄貴も目を覚ましてからはずっと兄さんのことを心配している」

セドリックの言葉にヨアンの金色の瞳が再び揺れた。ランス、とその唇が小さく動く。最後に見た、発狂しまともに会話も不可能だったランスを思い出せば、それだけで胸が揺れた。薄く、長く息が抜ければ、自然と内側の蟠《わだかま》りが晴れていくのを感じた。最後まで吐き切れば、そこで初めて柔らかく笑みが溢れた。

「………………良かった」

心からの、安堵《あんど》だった。口元が解《ほぐ》れ、目元が緩む。セドリックも見慣れたその表情に息を吐き、

「兄さん」と更に一歩歩み寄ろうとしたその時。

「今すぐサーシス王国に帰るんだ、セドリック」

はっきりと切り捨てるかのような冷たさでヨアンは言い放った。低い声色も交えたそれは、セドリックの〝兄〟としてではなく〝国王〟としての威厳に満ちていた。予想外の兄からの切り替えしに、セドリックの口が開いたまま動きを止める。「何故」とその赤い瞳だけがヨアンに訴える。

「この国は明日、戦場になる。……いや、もしかしたら今日にでも日を早め攻め込んでくるかもしれない。そうなる前に逃げるんだ」

「兄さん‼　聞いてくれ！　俺はっ……サーシス王国には戦う意思がある‼　たとえチャイネンシス王国がこのまま拒もうと俺達は立ち上がるぞ‼　絶対にチャイネンシス王国を奴隷生産国などには……」

「ッ負ければサーシス王国までもが全てを失う‼」

国王ヨアンの張り裂けるような声が響いた。

セドリックから目を逸らし、己が足元に向けて強く放たれた。突然の大声にセドリックも身を反らし、家臣達も口元を覆う。そしてその驚愕《きょうがく》は、プライドもまた一緒だった。

――……まさか、セドリックの言葉が跳ね返されるなんて。

ゲームでは、セドリックはフリージア王国の援軍と共にサーシス王国へ帰り二人を説得し、すぐに二国はコペランディ王国に対し共に立ち向かう決意を固めたと語られていた。予想外の展開に驚きを隠せず、プライドはセドリックとヨアンをただただ見比べた。

突然声を張り上げたせいで酸素を欲し、肩で必死に息を整えるヨアンからギリッと歯を食い縛る音が漏れた。「兄さん……？」とセドリックが見開いた目のままヨアンに声を掛ける。それに応じるべく、再びヨアンの口が開いた。

「ッ……、……ランスが、倒れた時。ファーガス摂政とダリオ宰相は本当によくやってくれていたよ」

第二王子であるセドリックも国を出ていた上、更にはランスの乱心はハナズオ連合王国のどの医者にすら手の付けどころがなかったと。当時の状況を語ったヨアンは、思い出すように声を潜ませた。

「でも、気づいたんだ。我がチャイネンシス王国は、完全に君達を巻き添えにしようとしていると」

はっきりと放った自分の言葉に、ヨアンは悲しく笑った。セドリックも驚愕の焔《ほのお》を大きく揺らす。

「ランスを、……城から消えた君を。城の人達は皆とても心配していたよ。そして、………自国の行く先に誰もが怯え、憂いていた」

国王が倒れて我が国はどうすれば、セドリック様はどこに、もし御身に何かあれば、国王なくしてどうやってチャイネンシス王国を救えばと。ヨアンの続ける言葉に、そう語り合う城の人間達の姿は誰の頭にも容易に浮かんだ。王族が一人も民の前に立てない状態など不安に思わない訳がない。

「………怖くなったよ」

ぽつん、と一言で語られたその言葉にセドリックは息を飲む。ヨアンを兄と慕い頼り続けたセドリックにとって彼の弱音が信じられない。そしてそれほどに現実が彼を苛《さいな》んだことも理解する。

表情を硬直させるセドリックへヨアンは顔を向けて静かに笑った。無理をして作ったその笑みは、眼差しも口元も至るところが歪《いびつ》だった。

「………サーシス王国の民にまで、全てを失わせるかもしれないことに。……きっと、その時の民の絶望はランスが倒れた時の比ではないだろう」

そこまで聞いてやっとプライドは理解する。ゲームではランスが発狂するのはコペランディ王国との戦が始まった直後。しかし現実ではその前に発狂した。ランスが倒れ、揺らぎ、絶望と焦燥に染まるサーシス王国の民をヨアンは目の当たりにしてしまった。敗戦後の行く末を彷彿《ほうふつ》とさせられ、そして思い知った。自分達チャイネンシス王国は、彼らをもっと恐ろしいものに巻き込もうとしていると。

ハナズオ連合王国だけでは戦に勝てないことは誰の目にも明らか。そして国王であるランスの乱心に恐れ、怯え、苦しむ城の人々と発狂した親友の姿はヨアンの心を挫《くじ》くには充分過ぎた。

コペランディ王国に刃《やいば》を向ければ、今度はチャイネンシス王国だけでなくサーシス王国さえもが文化も国の名も歴史も全てを奪われることになるのだから。

「狙《ねら》われたのはチャイネンシス王国だ。ならばそれを負うべきもチャイネンシス王国。……君達は関係ない」

金色の瞳が光り、強い視線がセドリックを正面から突き刺した。もう自分は覚悟を決めている、とその意思を込めて境界線を引く。ランスが目覚めてくれたのならば尚《なお》のこと、弟のセドリックもサーシスの民も誰一人巻き込みたくはない。

その決意を胸に、敢えての厳しい言葉で今すぐ帰るようにヨアンが再び続けようとした時。

「〝関係ない〟だと……?! ふざけるな」

震えたセドリックの声が、今度はヨアンの言葉を遮り放たれた。肩が、拳が震え、チャラチャラと小さく装飾品が音を立てた。突然言葉を遮られ、ヨアンの目が丸く開かれる。パチリ、パチリと大きく瞬きをしながらもセドリックから目を離さない。次の瞬間には怒号が誰もの鼓膜を振動させた。

「俺達はッ一つの国だろう?！！！！」

ビリビリと響き、肌の表面が震わされた。激情とも呼べるセドリックの感情が振動となって直接ぶつかってくるかのようだった。感情を剥き出しのままにヨアンへ足を動かす。

「ッいくら文化やその名が違おうとそれは変わらん。どちらも兄貴と兄さんが守ると約束し合った自国だろう？　もしサーシスが標的にされていれば兄さんは今の俺達と同じことを望んだのではないのか」

タンタンタンと早足で靴がぶつかりそうなほどにヨアンへ詰め寄る。一度に熱を放ったお陰で幾分声色は落ち着いたがそれでも内側からまたふつふつと再び熱を帯び、燃え出した。

怒りを抑えるように息継ぎの間もなくセドリックは続ける。

「巻き添えだと？　それは侮辱だ。我らがハナズオ連合王国は一つ。紙の上での同盟破棄など意味を成すものか。〝自国〟の民を守ることに何の隔たりがある」

覇気に圧《お》され、ヨアンは瞬きもできないまま二歩後退《あとずさ》った。最後にセドリックは強い眼差しをそのままに一度深く息を吸い上げ、言い放つ。

「兄さん。……俺も兄貴も、そしてサーシス王国の民も怒っている。〝自国〟の民を脅《おびや》かし、追い詰め、傷つけようとする侵略者共に」

断言したその口をセドリックは一度強く引き結ぶ。今にも揺らぎそうな瞳を細め、ゆっくりとその手でヨアンの手を掴《つか》み、握りしめた。

「……放すものか。兄さん達を犠牲にした安息など意味がない」

俺も、兄貴もと。そう続けるセドリックの言葉に見開かれきったヨアンの瞳がまた酷く揺れた。歪みそうな口元を必死に強め、逃げるように顔ごとセドリックから目を逸らす。自身の白い髪の色に被《かぶ》さるように、その肌の色までもが次第に蒼白《そうはく》へと染まっていく。セドリックに握られたその手が指の先まで微弱に震え出した。

覚悟を決めた、はずだった。民と共に気持ちを整理し尽くし、神と共に己が運命を受け入れるのだと。なのに今、セドリックの言葉は確かに彼の覚悟を揺るがせた。

他でもない、無二の親友の代弁と大事な弟の訴えだ。

周囲の家臣達も皆その惑いが伝染し、息を飲む。「国王陛下……」と小さく呟き、国王の判断を待つ。国民達にも方針を伝え、明日に迫ったこの時に降伏から宣戦布告になど簡単に決断できる訳がない。

国王である己の決断に、民の全てが掛かっているのだから。

再び訪れた長い沈黙の後ヨアンは震える身体を抑えるように拳を握る。そしてセドリックに握られ続けた手を今度は握り返した。ヨアンからの強い力に、セドリックの肩が大きく揺れる。

瞼《まぶた》を一度強く閉じたヨアンは顔を俯《うつむ》かせ、次の瞬間には強い眼差しと共に顔を上げた。

「っ、…………エスモンド摂政。急ぎ司祭と、〝血の誓い〟の準備を」

覇気の篭《こも》ったその声に摂政が肩を大きく揺らし、「ただちに」と慌てた様子で声を上げた。

「兄さん……？」

ヨアンの言葉にセドリックは微弱に顔を歪めながら問いかける。握ったその手をそのままに、願うようにヨアンを見つめた。摂政が衛兵達に指示しながら駆けていくのを確認してからヨアンは静かに向き直った。

「……セドリック、他ならない君だ。その判断を信じよう」

ヨアンのその言葉にセドリックの赤い瞳が強い光を放った。息を飲み、僅かな喜びと信頼を含みながら「兄さん」と再び彼を呼ぶ。

「ただし、……僕の意思が変わろうとも、国民の意思が許さなければどうにもならない。……それだけは覚悟しておいてくれ」

眉《まゆ》を寄せ、険しい表情で唇を結ぶヨアンの言葉にセドリックの顔が強張った。もう事態は国王の命令だけではどうにもならないところまで来ているのだと理解する。しかし。

「大丈夫です」

はっきりと、彼女は宣言する。

惑い、再び暗い影を落とそうとする彼らに間違っていないと示す為に。

ゲームでは、セドリックが連れてきた女王プライドが傍若無人《ぼうじゃくぶじん》に振る舞い脅し、命令し、戸惑う彼らを無理矢理動かした。そして現実ではその方法は使えない。しかし国民全員の承諾と協力を得なければ守れる命も守れなくなる。

「万が一の時は、この私が身をもって貴方と共に在《あ》りましょう」

この時既にプライド・ロイヤル・アイビーの覚悟は決まっていた。


チャイネンシス王国城内にある大聖堂は、城に併設される教会と並ぶもう一つの聖域だ。国王即位や生誕祭に誕生祭、王族の婚姻、婚約などの儀式、王から民への宣言や国を挙げて行う行事など多くが行われてきた。

この日も、数度目の王からの演説を聞こうと変わらず大聖堂には大勢の民がひしめき合い集っていた。今回の演説には重大事項が含まれているという宣布により城の衛兵や兵士達もまた集い、民を囲うようにして立ち並んでいた。よりにもよってこんな時に何の話なのかと民達が様々な憶測を投げ合い来たる日への不安を零《こぼ》す中、その騒めきを切るようにして国王が姿を現した。

チャイネンシス王国の歴代でも優秀な国王と名高き、ヨアン・リンネ・ドワイト。

民からの支持も強き王の姿が見えた途端、衛兵の声掛けよりも先に民の誰もが口を閉ざした。信仰の象徴であるクロスの下、彼らの頭上の階から佇む王を見上げ手を組み、その多くが祈りを始めた。沈黙が無音という名の音となり、彼らの耳を強張らせた。国王の一挙一動に目を凝らして耳を澄ませ、口から放たれる御言を待ち続ける。

長らくの沈黙の後、国王は強い意志と覚悟を纏ってその口を開いた。

コペランディ王国への降伏取り下げを。

サーシス王国とフリージア王国と共に兵を挙げ、防衛戦を開始するという国王の言葉に誰もが耳を疑った。声を漏らし、祈っていた民も結んだ手を緩めて顔を上げ力なく口が開いたままになる。

「皆の戸惑いも当然だ。だが、我が国がサーシス王国を想うように彼らも我が国を救う為に動いてくれた。彼らは、……たとえ我々が降伏しようともコペランディ王国との間に入り、その侵攻を拒む為に兵を整えている」

「そんな」「サーシス王国を巻き込むなんて」「何故そのような」「それでは彼らを」「サーシス王国を守れない」「折角の我々の覚悟は」「神よ」と、口々に戸惑いが彼らの顔色を奪っていった。群衆の一人が「どうかランス国王を御説得下さい陛下！」と堪《たま》らない様子で声を上げる。その声に周囲の民がそうだどうかと互いに頷き、考えの改めを求めた。

彼らが心配しているのは己の身ではない。サーシス王国の安否だ。

それを理解した上でヨアンは首を強く振る。「駄目だ、彼らの意思は固い」と告げるその言葉に騒めきが更に渦《うず》を巻いた。

「彼らだけを戦わせ、我々のみが守られる訳にはいかない。彼らと、そしてフリージア王国と共に兵を挙げ、立ち向かうことを皆に許して欲しい」

〝フリージア〟その言葉にヨアンへと向けられていた民の視線がお互いに向けられた。永《なが》らく国を閉ざし外部を遮断していた彼らにとって〝フリージア王国〟など別世界の話だ。ヨアンがその名をラジヤ帝国に匹敵する強国と語ったが、信用に足るかどうかすら彼らには疑問だった。しかも特殊能力という謎《なぞ》の存在に、神へ背く異端な存在ではないかと考える民も少なからずいた。

民の不安を打ち消す為にと、ヨアンは決死の思いで家臣達に合図を送る。司祭とその手に抱えられてきた小さな陶磁器の器と短剣に、何人もの民が声を上げ「あれは」「まさか」と驚きを露《あら》わにした。

〝血の誓い〟

チャイネンシス王国の信仰の下で行われる絶対的な誓いの儀式だ。誓いを交わす者同士が契約と共に互いの血を交わし合い、その誓いを言葉や紙に残す。彼らにとっては命よりも重く、信仰や婚姻そして決意に使われる。正式な儀式に則《のっと》り行ったそれを神の元に一度でも誓えば、破ることは絶対に許されない。たとえ王族や司祭であろうとも重罰をもって断罪される。

「皆の不安も、戸惑いも当然だ。だから私はここで誓おう。植民地になどさせずそして必ずやチャイネンシス王国の文化もその名も全て守り通して見せると。……この命をもって」

両手を壇上につき、はっきりと言い放つヨアンに誰もが注目する。その横では司祭が正式なる儀式に則り神へと祈り、誓いの言葉を唱え、器に葡萄《ぶどう》酒を並々注いだ。司祭の注ぐその葡萄酒は〝神〟と〝民〟の血の代用だ。誓約者の血と交わせば、確固たる神と民へ誓いを交わすことと同義になる。

司祭が数種の宝石を遇《あし》らった短剣を恭しくヨアンに捧げた。後は器に己の血を一滴足らすだけだ。

ヨアンが覚悟をもってその短剣を民の前で指先へと向かい握り直した、その時。

「ッお、お待ち下さい‼」

群衆の中から一人の民が悲鳴のような声を上げた。静まり返っていた中その叫びは酷く響き、国王の耳にもはっきり届いてしまった。ヨアンが手を止めその民へと目を向ければ、祈るように手を組んだ男は必死に訴えるようにヨアンへ畏《おそ》れ多く思いながらも声を上げた。

「国王陛下の御覚悟は我々も充分理解致しました！　ですが陛下の御覚悟がどれほど気高く、本物であろうとも‼　……ッ敵《かな》わぬと思える敵に、そしてフリージア王国が本当に信用に足ると‼　我々が潰《つい》えさせられはしないと言えましょうか⁈」

ガクガクと震え涙をその目に滲《にじ》ませながら、己が発言を無礼と知りながら必死に声を上げるその民を誰も咎《とが》められなかった。そして彼自身が誰よりも己が身のほどを理解して発していた。

口を噤《つぐ》み、自分一人へ視線を向けるヨアンへ瞬きも忘れて民は更に訴えた。

「わ……我々はっ‼　……もし、我が国がその結果コペランディ王国に敗れようとも！　国王陛下の罰を望みません‼　それに、……それにっ……！」

涙が溢れ、次の言葉を自分でも発することを恐れるように歯を鳴らす。それでも、感情が先走るように男はこれが自分の最期の叫びになっても構わないと覚悟をもって声を張り上げた。

「もしコペランディ王国に抗《あらが》い！　敗れ‼　その中で陛下の御身に、命に万が一のことがあれば‼　その誓いは何の意味も成しません‼」

だからどうか今一度御考え直しを……‼　と訴える男にとうとう周囲の民が口を押さえ、やめろと彼を囲った。不敬を責める為ではなく、彼が罰せられるのを庇う為に。だが同時にそれを聞いた大勢の民が同意し「どうか御考え直しを」とその言葉を繰り返し始めた。彼らとって大事な国王が自らその身を放《ほう》るような真似《まね》を止めようと、必死に声を上げる。

民の思いやりとその優しさを全身に浴びながら、ヨアンは壇上につくその手を震わせた。己が身をもっての覚悟すら民の安堵に繋げることも叶《かな》わないのかと、自身の無力感に苛まれ……

「覚悟が足りませんか。ならば私が枷《かせ》を強めましょう」

高く、それでいて凛とした女性の声が響いた。

突然の声が民の中からではなく壇上から聞こえたことに、民は再び騒めいた。ヨアンが一点の方向に振り返り、戸惑いを隠せずたじろいだ。その視線の先からは一人の鎧姿の女性が現れる。「あれは」「国王陛下に不敬な」「一体っ……」と民衆が口々に声を漏らした。

鎧姿の女性は躊躇いなく歩みを進め、国王の隣まで並ぶと民の方へと視線を投げた。

「我が名はフリージア王国第一王女、プライド・ロイヤル・アイビー。サーシス王国並びにチャイネンシス王国への同盟と援助を結んだ、この騒動の根源です」

堂々と放たれた言葉に、騒めきが一層強まった。「フリージア」「あの者が」「なんと余計なっ……」「折角の陛下の御覚悟を」と所々敵意にも似た色が騒めきに混じり始めた。

ヨアンが見開いた目をそのままに、「何故そのような言い方を」と声を潜めて彼女に問いた。まるで、自分が国王二人を惑わせた悪人かのような物言いだった。これではフリージア王国との共闘すら民は拒むかもしれない。

それでも彼女は構う様子もなく民へとその声を張り上げた。

「国王陛下の〝覚悟〟が、それでも貴方方に届かぬというのであれば、その死すらも賭《と》しましょう。もし、ヨアン国王陛下が誓いを果たせぬ時は……」

言葉を切り、誰もが再び静寂に身を沈めた時。プライドは改めて民へとその声を強めた。

「国王陛下は生きたまま火炙《あぶ》りの刑で、その罪を贖《あがな》うのはどうでしょう」

！？！！！？！！！！！！　と。

言葉にならない、悲鳴にも似た騒めきが大聖堂に木霊《こだま》した。ヨアンすらも驚きのあまり言葉にならず口を開けたまま、その顔も身体も硬直させた。

なんとも不敬な、無礼者、フリージアの悪魔めと段々敵意の色が濃くなっていく。緊張と焦燥から王女に向けての感情が刃となって向けられる。あの者を壇上から降ろせと声が合わさり、今にも一つの塊になろうとした直後。

「そして私もその隣に並び、共に炙られましょう」

惑いなく発せられた言葉に、再び大聖堂内が静寂に塗り潰《つぶ》された。聞き間違いかと疑い、確認するように誰もが黙し王女の次の言葉を待ち続けた。

その静寂を己が手にし、再び王女はその口を開く。

「もし、我がフリージア王国の力をもってしても及ばず貴方方がコペランディ王国の植民地や属州に成り果てたその時は、ヨアン国王陛下と共に私もこの身を火へと投じましょう。衣も、皮も、肉も、その全てを民衆の元に曝《さら》け出し、我が心臓を貴方方に捧げましょう」

国王陛下の御身に大事があっても同様に、と。何のこともないように言い放つ王女に、民はもう騒めくことすら許されなかった。互いに目線だけで会話し、本気なのかと王女の正気を疑うようにその身を硬くした。

「私はフリージア王国の第一王女。貴方方の〝神〟へ無責任に誓うことはできません。ですから、その次に尊き者へ私は誓いましょう」

誰もが身体も口も、表情すら硬まり王女へと注視する。その中で本人だけが悠然と動き、唖然《あぜん》とするヨアンへと首を向け、その次に民へ再び向けた。

「貴方方が愛し敬うヨアン国王陛下と、そして国王陛下が愛し望む貴方方、民へ。〝血の誓い〟もってチャイネンシス王国の〝神〟の前で誓います」

そう言うと王女は無造作に短剣を取り、薄く自分の指先を切った。ぷつん、と血溜まりが指先に生まれ、溢れ出す。それを確認すると短剣をヨアンへ差し出した。

「我がフリージア王国は、同盟国となったハナズオ連合王国を必ずや明日守り抜きます。叶わなかったその時は、国王陛下と共に炭へとこの身を変えましょう」

ヨアンが口の中を飲み込み、今度こそその指先を裂いた。王女と同じように指先の血溜まりが膨らみ溢れる。そして、互いに示し合わせるように葡萄酒で満たされた器へ指先の血溜まりを傾けた。

ピチョン、と水滴が落ち、水面を揺らした。

おおおおお……と脳の情報処理が追いつかないように騒めきが広く波立った。血の誓いが今確かに交わされた。

フリージア王国の隷属や従属の誓いと違い、絶対的拘束力はない。だが、その儀式を民の前で行った今、それは確固たる誓いを意味することになる。

王女は止血もしないその手で腰の剣を抜く。ヨアンも驚き思わず一歩慄《おのの》いた。民も口を開いたままに声を上げ、剣を見上げる。

彼女は宣《のたま》う、その血と誓いをもって己が決意を。

「我が国は広大な土地と強大な軍事力を誇る大国フリージア！　そして貴方方を守るのは、我が誇り高き王国騎士団‼　たかだか〝三国程度〟に負ける道理もなし！」

プライドの堂々たる発言を、今度は誰も咎めようとはしなかった。神の象徴であるクロスの下に声を放った彼女の姿は神々しくも映った。

「我らが誇りは己が国とそして同盟を誓いし国を守ること！　ならば貴方方の誇りは何です⁉　愛する国王陛下も、サーシス王国の民の覚悟も信じず何が信仰と言えましょう⁉」

今一度彼女は問いかける。敗北を覚悟し、折れし彼らの心に訴えかける。

〝立ち上がれ〟と。

「国王陛下が愛するサーシス王国の第二王子殿下が、我がフリージア王国を信じてくれました。そして陛下もその第二王子殿下を信じ、我々を信じてくれました。ッならば次は貴方方が信じる番です‼」

ダンッ‼　と、壇上を壊そうとしているのではないかと思うほど、激しくその場を一度踏み鳴らす。

その熱い音に肩を震わした民は、それが彼女の足踏みか己が心臓の音かもわからなくなった。

そして彼女は最後に高々と宣言する。己が血の契約をもって。

「フリージア王国は必ず守り抜きます!!　この国の未来を望むヨアン国王陛下と共に!!　サーシスもフリージアも国王陛下も立ち上がった今！　残るは誇り高きチャイネンシス王国の民である貴方だけです!!　チャイネンシス王国は陛下を一人で戦わせるおつもりですか?!」

挑発とも取れる叫びに民は誰もが言葉を失った。唯一、この国の未来を諦《あきら》めているのが他ならぬ自分達だけだと今初めて気づいてしまった。

王女はそこまで言い放つと肩で息を切らせながら数歩下がり、ヨアンのみを残して背後に控えた。彼女の意図を汲《く》み、言葉も不要のままヨアンは頷き壇上から民を改めて見定めた。遠目から見ても彼らのその目の意思は先ほどまでと全く異なっていた。口を噤む沈黙も焦燥や不安を微塵《みじん》も感じさせない強い意思を宿らせている。

だからこそ、国王である彼は再び呼びかける。誓いと決意が今の彼らと共にあることを信じて。

「……我らが神の愛するこの国を隣人と共に護《まも》り抜く。私は行く、汝《なんじ》らが子らの未来の為に。ッ民よ!!　私と共に今一度立ち上がってくれ!!　この国の、ハナズオ連合王国の未来の為にっ！！！！」

おおおおおおおおぉおおぉぉおおおおおおおおおおおあああああああああ
あっっ！！！！！！！

群衆の雄叫《おたけ》びが竜巻のように廻《まわ》り、回り、螺旋《らせん》を描き大聖堂の窓を割らんばかりの覇気を巻き上げた。国王陛下と共に、ハナズオ連合王国と共に、神と共に、フリージアと共にと叫び、荒らげ、拳を振り上げた。

〝神は我らと共に在り〟と誰かが叫び、更に応えるように民同士の声が強まった。

「……プライド第一王女殿下」

民の叫びに飲み込まれかけ僅かに打ち消されながらも、斜め背後にいるプライドへヨアンは振り返った。プライドも掠れる程度に聞こえたそれに首を傾げながら向き直る。

「何故、貴方は……」

「ヨアン国王陛下万歳!!」

国王陛下万歳!!　陛下！　陛下!!　と、群衆の声に今度は完全に彼の言葉は飲み込まれた。

民の言葉に応えるように手を挙げ、示せば更に声は高まった。プライドも彼が何か言おうとしたことには気づいたが、今はそれよりもとヨアンの方へ笑みを向けた。

民の叫びが、兵の雄叫びが鎮まるのを待たずして彼はその手をプライドへと差し出した。言葉より先に、まずは民の前で感謝を彼女へ示す為に。

ヨアンに差し出された手をプライドは躊躇いなく笑顔で受け取る。掴み、握りしめ、最後に自らもチャイネンシスの民に手を振った。


「姉君！」

「お姉様っ!!」

「プライド様!!」

ヨアン国王を残して一足先に壇上から去った後、何やら血相変えてステイル、ティアラ、アーサーそしてカラム隊長や騎士の皆が駆け寄ってきてくれた。更には彼らの背後にセドリック達も続いている。皆、私がヨアン国王と共に壇上へ上がってからもずっと端から見守ってくれていた。

「待たせてごめんなさい。でも、チャイネンシスの民は一緒に戦ってくれると……」

「何故あのような無茶をされたのですか?!」

……一番最初に怒鳴られてしまった。ステイルに怒鳴られるなんてなかなかない経験だから思わず茫然《ぼうぜん》としてしまう。

城の人から借りてきたのか、ティアラが包帯を急いで私の指先を巻きつけてくれた。そうか、血の誓いをした時に指先を短剣で切ったんだった。正直傷口も小さいし大して痛くもないから忘れていた。

「大丈夫よ、大した傷じゃないから。明日には血も止まっているわ」

「ッそういう問題じゃありませんっ！」

今度はティアラに怒られてしまう。包帯を器用に巻いて縛りながらも目を若干潤ませていた。どうしよう、そんなに刃物《はもの》を使ったことで心配を掛けてしまったのだろうか。

「わかっておられるのですか姉君?!　〝血の誓い〟は信仰の元の儀式!!　貴方はハナズオ連合王国を守れなかったら……」

「ええ、陛下と共に火炙りの刑にされると誓ったわ」

なんだそのことか、と。短剣を持たせるのすら危ないと思われた訳でなくて良かったと思いながら、私は笑みでステイル達に返した。

私の反応が意外だったのか、ステイルが言葉にならないように口を開けたまま固まった。ティアラと一緒に顔から若干血の気が引いているようで、むしろ私の方が心配になる。

「だって、あれくらいしないときっと民にフリージア王国を信じてはもらえないと思ったから」

苦笑いしながら二人にそう伝えてもその血色が戻る気配は一向にない。二人が心配してくれる通り、確かに血の誓いを破ることはできないだろう。大勢の民の前で行ったし、他国の儀式とはいえそれをフリージアが破れば近隣諸国にも示しが付かない。最後には血判やサインも書いたし「知りませんでした」で逃げられるものではない。けれど……

「俺らがちゃんと勝てば、プライド様はそんな目に絶対遭わねぇんですよね……？」

私が言おうとした途端、先にアーサーが口を開いた。恐ろしく低くなった声色に、さっきまで血の気が引いていたステイルやティアラにカラム隊長まで驚いたように振り返った。声色だけじゃない、何故か肌がピリつくほどの凄《すさ》まじい覇気がアーサーの全身から放たれていた。狼《おおかみ》のように鋭く見開かれた蒼《あお》い眼がピッタリと私へ向けられている。

怒っているのだろうか、流石《さすが》に返す笑みが私も思い切りヒクついてしまう。

「え……ええ、勿論《もちろん》よ。ハナズオ連合王国やヨアン国王を守りきれば何の問題もないわ。その為の誓いだもの」

アーサーが全身から放つ覇気の凄まじさに、他の九番隊の騎士までもが少し慄いた。ステイルが「おい、アーサー」と小さく声を掛け、カラム隊長がその肩に手を置く。

「……なら良いです。絶ッ対に、護り通すんで……!!」

なァ？　と、呟くよりも小声でアーサーが傍《そば》にいるステイルを見やった。完全に戦闘覇者のような眼《め》のアーサーに、珍しくステイルが少し押されるように言葉を詰まらせた。それでもすぐに「当然だ」とやはり周囲に聞こえないような小声で答え、アーサーの腹を鎧越しに叩《たた》いた。

カラム隊長もそれを見て、少し安堵したように息を吐きアーサーの肩をもう一度叩いた。

「……お姉様」

目を潤ませたティアラが、心配そうに私を覗《のぞ》き込んできた。心配させてごめんなさいねと言って頭を撫《な》でると、静かに首を横に振ってくれた。

「大丈夫よ、だって信じているもの。皆が絶対勝ってくれるって。私は何も怖くないわ」

そう言って笑って見せると、今度はステイルからもやっと肩の力が抜けるように息が吐かれた。

「……この件は、俺の口から騎士団長にも報告させて頂きますから」

ひぃッ?!

思わず「えっ、いえそれはっ!!」と慌てて声を上げてしまう。それでも容赦なくステイルがカラム隊長に「アラン隊長とエリック副隊長に情報共有をお願いします」と話を進めてしまう。待って待って!! 騎士団長にバレたら絶対怒られる!!

私が縋《すが》るようにステイルの裾《すそ》を掴むと「士気を上げるのに手段は選べませんから」と笑顔で断言されてしまった。なんかまたステイルがジルベール宰相に似てきてる!! 今度は私の顔から血の気が引く番となってしまった。

「億が一にも。……負けられなくなりましたので」

ジルベールには〝まだ〟黙っておきますので御安心を。と言われたけれど全く安心できない。ていうか負けられないのは最初からでしょう?!

眼鏡の縁を押さえつけて告げるステイルから今度は真っ黒なオーラが放たれる。どうしよう、ステイルもアーサーも絶対怒ってる。

「プライド第一王女殿下！」

突然呼ばれ、振り返ればヨアン国王だった。ちょうど民への話も終わったところらしい。大した距離でもないのに息を切らしたヨアン国王が私の前に立つ。細縁眼鏡の位置を直してから、じっとその金色の瞳を向けてくれた。次第に息が整い始めると「何故……」と最初に一言だけ漏らし、続けた。

「……何故。……貴方は、同盟はおろか今まで関わったことすらない小国を守る為ここまでなさるのですか。大国フリージア王国の第一王女である貴方と、小国チャイネンシス王国の国王である私の命とでは釣り合いも取れません」

両眉を寄せて表情を険しくさせる彼の言葉は謙遜《けんそん》でも卑下でもない、心からの言葉だった。納得できる答えを望むような、どこか無鉄砲な私を責めるような言葉に思わず一度口を閉ざしてしまう。……でも、答えは簡単だ。

「約束しましたから。同盟国であるサーシス王国のランス国王、そしてセドリックと」

「ッですが!! このような小国のっ……我が国の為に貴方までもが命を賭すなどっ……!!」

「民がいる。それ以上の国の価値などありはしません」

「っ……!!」

はっきりと言い切った私の言葉に、ヨアン国王が目を見開いたまま言葉を詰まらせた。反射的に胸元を掴んだ手が、首から下げたクロスのペンダントをそのまま握りしめた。息が上手《うま》くできないように喉《のど》を震わし、中世的に整った顔を痙攣《けいれん》させた。

……彼にとって、大国フリージアがここまで関与することが疑問なのもわからなくはない。でも正直、ラスボスプライドの命一つでチャイネンシス王国の民全員が立ち上がってくれるなら十分それで釣り合いが取れているとも思う。チャイネンシス王国にも民がいる。そしてフリージアやサーシス国王の手を取ってさえくれれば、私達が彼らを守ることができる。折角助かる方法があるのだから、どんな手を使ってでも彼らにその手を取らせるべきだと思う。私の命など安いものだ。それに……

「私はあくまで誓っただけです。民の心を動かしたのは国王陛下自身の存在。そして、我々を動かしたのは他でもないセドリックです」

ヨアン国王から視線をずらし、目で示すように私達の後方に控えていたセドリックへと振り返る。突然話題を振られて驚いたらしく一瞬だけ肩を揺らした。丸くした赤い瞳でじっと私とヨアン国王を見つめている。

「最初に彼が話した通り、私達を呼んだのはセドリックです。……そして、貴方が彼の言葉を信じて動いて下さったから、私もまた国王陛下に協力することができました」

……正直、セドリックの信頼あっての部分が大きい。

私が思っていた以上に、親友であるランス国王の乱心やそれに惑う城の人達を目にした彼の心の傷は深かった。セドリックといいヨアン国王といい、彼らにとってそれほどまでにランス国王は大きな存在だったのだろう。私達だけがヨアン国王の元に訪れたところで動いてくれたかわからない。ヨアン国王と親しく、更にランス国王の弟でもあるセドリックだから彼を動かせたのだろう。……こんなに信頼し合っている二人なのに、ゲームでは憎み憎まれるなんて。

ゲームスタート時にはランスは発狂したままの日々を送り、セドリックは他国へ兄の乱心を隠しながら国を支え続けていた。そしてヨアンは、チャイネンシス王国を裏切り属州へと陥れた……

セドリックを、酷く憎むようになる。

セドリックが〝嘘の〟援軍の話をしてチャイネンシス王国の全面降伏を止めなければ、属州になることはなかった。そのせいで親友であるランスは心を病んでしまった。更にはフリージア王国が反旗を翻すと同時に、セドリックはプライドに脅迫されるがままに自国の金脈の全てをフリージア王国に譲渡すると誓約書を交わしていた。

その結果、誰の目から見てもセドリックがフリージア王国と繋がりチャイネンシス王国を売ったかのようにしか見えなかった。

信じていたのに、裏切られたと。国や親友を想う心、信用していた存在に裏切られてしまった怒りと悲しみが憎悪となってセドリック一人に向けられてしまった。

ゲームのセドリックルートでは、フリージア王国に訪れたヨアンとセドリックが偶然会う場面はかなりの険悪だった。「……っ、……兄さん……」と暗く沈んだ声を掛けるセドリックはヨアンに対して酷く怯えた様子だった。しかもそれに対しヨアンも「ッその名で呼ぶな……!! 穢《けが》らわしいっ……! 呪《のろ》われし忌子《いみご》が」と憎々しげに返していた。

自国の国王である兄が発狂し、兄と慕った人やその民にも憎まれた。自身がフリージア王国に助けを求めたせいで、余計なことをしたせいで皆を不幸にしてしまった。特に兄と慕ったヨアンに憎まれた傷は深く、セドリックは人を信じられなくなってしまう。絶対的な信頼と絆《きずな》を確信していたヨアンに憎まれたことで、彼の中の全てが崩れ落ちてしまった。

セドリックルートで唯一彼に残された信頼できる相手はランスだけだった。発狂したランスに彼が一人語りかけている場面は、いつもの俺様ナルシストからは想像できないほど悲愴《ひそう》感に満ちていた。

ゲームでは、プライドのせいで完全にその絆を断たれてしまったセドリックとヨアン。ただ、最終局面を前にヨアンはプライドの命令でセドリックに立ちはだかり、……最後は道を譲っていた。「君の為ではない、ランスの為だ」と言い張ってはいたけれど、やっぱりそれだけの絆があったのだろう。裏切られた反動で心の底からセドリックを憎むほど、そして憎まれた反動で酷く人間不信になってしまうほどの強い絆が。

「セドリック……」

ぽつり、とヨアン国王が零すように彼の名を呼んだ。セドリックが堪《こら》えるように下唇を小さく噛《か》んだ。その場から動けないかのように固まり、目だけがしっかりとヨアン国王へ向けられた。そして先にヨアン国王が動く。

ゆっくりとセドリックの前まで歩み寄る。長身なセドリックより僅かに低い背で、彼を目だけで見上げた。そして手をそっと彼の頭へ伸ばす。

「……大きくなったんだね」

わしゃ、と。毛先までセットされた金色の髪がヨアン国王の手に撫でられ、揺らされた。感慨深そうに呟くヨアン国王の言葉にセドリックが目を見開き、そして逸らすようにして俯いた。

「…………よしてくれ兄さん、俺はもう十七だ」

俯き、その表情が見えないまま微弱に震えた彼の声が返された。けれど慣れたようにヨアン国王は柔らかく笑んで、その手を止めようとしない。

「〝俺様の髪が乱れる〟じゃないのかい？　……僕は、君より四つも年上だよ」

最後に彼の髪を整え直すように一方向に頭を撫でるヨアン国王は、そのまま流れるようにセドリックの肩に手を置いた。

「ありがとう、セドリック。……辛い思いを沢山させたね」

その言葉を掛けられた途端。俯かせたセドリックの目からポロッと雫が零れ落ちた。最初は気のせいかと思うほどの小さな雫が次第にどんどんと大粒となって溢れてきた。涙の量に呼応するかのように彼の肩が酷く震え出した。

ゲームの世界の彼がずっと届かせたかったその手が、確かにこの日届いた。

「…そうか。ヨアンが」

チャイネンシス王国への説得を終え、私達は再びサーシス王国の城へと戻った。無事に報告へ戻ってきた私達の報告に、ランス国王はほっとひと息ついてくれた。最初よりも少し表情が和《やわ》らいだランス国王に私は頷き、話を続ける。

「ええ、ヨアン国王はセドリック第二王子殿下の説得のお陰でチャイネンシス王国と共に戦う覚悟を決めて下さりました」

女王代理である私とヨアン国王で、チャイネンシス王国も正式にハナズオ連合王国としてフリージア国王との同盟締結と合意の手続きを行えた。本当はこの場にヨアン国王を連れてきたかったけれど、あの一回の演説だけでは国民全域には国の戦う意思は伝わりきらない。すぐ国民同士の口で広まるだろうけれど、戦準備も含めて城を離れることはまだ難しそうだった。

「国境の壁については全撤廃は難しそうですが、私達が越えてきた壁の一部のみ急ぎ撤去と、全衛兵には壁警備解除の命令が出されました。恐らくもう暫くすれば軍も問題なく行き来できるでしょう」

順立てて説明する私に、ランス国王は何度も頷きながら「何から何までっ…感謝致します!!」と心からの感謝を示してくれた。……正直、私は何もしていないのだけれど。でも私達を送ってくれた騎士達への賛辞だと思い、ここはありがたく受け取った。

「残す問題は、防衛戦に向けて各国の布陣と防衛形態ですが……」

フリージア、サーシス、チャイネンシス。この三国でチャイネンシス王国を守らなければならない。小国とはいえ一つの国だ。ある程度敵国が攻めてくる方向や戦力の予想はつくけれど、戦においてはこの配置こそが要《かなめ》となる。私の問いかけにランス国王は「それならば、我が国でもある程度は準備をしています」と答えた。でもそのまま腕を組み、少し難しそうに唸《うな》ってしまう。

「だが、フリージア王国の援軍やチャイネンシス王国の協力も得られるというのならば、各配置などは考え直す必要があるでしょう」

「ええ。それで、なのですが……」

大変重ねがさねおそれ多いのですが……、と思わず言葉を濁してしまう私にランス国王が首を捻《ひね》る。……言わないと、続きを。でもここまでズカズカ踏み込んできちゃったのにここまでやると本当にゲームの傍若《ぼうじゃく》プライドみたいな行動で嫌なのだけれど。

そこまで考えてすぐ、背後に控えている怖い気配を背中で感じ私はとうとう観念する。

「……我が国の優秀な宰相と騎士団長、そして次期摂政のステイルから提案があります。是非、この場をお借りして〝三国〟で急遽作戦会議をしたいとのことなのですが……いかがでしょうか」

私の紹介と同時に、ジルベール宰相、騎士団長、そしてステイルが前に出る。……約二名から、もの凄《すご》く怖い覇気が放出されている。

ランス国王もそれを感じたのか、尋常でない覇気に肩を上下させた後「〝三国〟……？」と聞き返してきた。そう、三国だ。

ランス国王の疑問に「ここは、私が」とジルベール宰相が優雅に肩まで手を上げて笑った。

「申し遅れました。フリージア王国、宰相を任されております、ジルベール・バトラーと申します」

お会いできて光栄です、と挨拶《あいさつ》しながらジルベール宰相が手中の紙束を軽々と握り直した。

「先ほど、チャイネンシス王国にてこちらに戻る前に。我が国の通信兵一名と数人の騎士を、ヨアン国王の元預かって頂きました」

〝通信兵〟という、聞き慣れない言葉に再びランス国王が疑問を顔に表した。ジルベール宰相がそれを理解した上で背後の騎士の一人に合図を送る。説明したのとはまた別の通信兵だ。

通信兵は玉座から近い柱に手を置くと「こちらサーシス王国、〝視点〟の固定完了。ただちに通信を繋げよ」と数回繰り返し唱え続けた。暫く待つと、今度は玉座の真ん前から『こちらチャイネンシス王国、映像を確認。ただ今通信中、返答を求む』という声と同時に通信兵の映像が表出した。

流石にこれにはランス国王もかなり驚いて「なっ?!」と大声を上げて目を白黒させた。

「我が国の特殊能力者による連絡手段です。チャイネンシス王国の映像が今こちらに送られております。逆にあの柱から見える映像がチャイネンシス王国にも送られております」

ジルベール宰相がランス国王の反応を気にする様子もなく簡単に説明してくれる。向こうでも騎士が同じような説明をしてくれている。……チャイネンシス王国にいる、ヨアン国王に。

『良かった……。本当に、本当に元気そうだ……』

「！　ヨアン?!」

聞き慣れた声にランス国王が、そして傍らに並んでいたセドリックも大きく反応する。映像いっぱいに映っていた通信兵が退《ど》き、その背後から玉座に座ったヨアン国王の姿が見えた。映像ではヨアン国王は斜め向こうを見ている。きっとそちらに映像があるのだろう。

『ランス。……本当に、良かった。……君の元気な姿をまた見れて嬉《うれ》しいよ』

「ああ、いらぬ心配を掛けてすまなかった。この通り今は何の心配もない」

ヨアン国王の心から嬉しそうな声が映像から聞こえてくる。それに答えるランス国王も力強い笑みで答えていた。そのまま「むしろお前の方が顔色が悪いぞ、そんな姿で戦えるのか」とランス国王が叱責《しっせき》すると、ヨアン国王はおかしそうな苦笑いでそれに返していた。

肩の力が抜けたように笑う二人の姿に、どれだけお互いが心を砕く存在なのかがすごく伝わってきた。何も言わないセドリックのことが気になって目を向けてみると、ランス国王の傍らで柱に寄りかかりながら一人小さな笑みを広げていた。

「……では、ご歓談中申し訳ありませんが本題に入らせて頂いて宜しいでしょうか」

タイミングを見計らったように静かな声色でジルベール宰相が伺った。画面の向こうのヨアン国王、そしてこの場にいる全員が返事と共に意識を向けた。

流れるようにジルベール宰相達が明日の作戦や配置を提案する。ステイルと騎士団長からの異様な覇気に、確実に気づいているにも関わらず全く物怖《ものお》じしないジルベール宰相を私は改めて尊敬した。

作戦会議中はヨアン国王から「それが目的の陣形ならば、ここの戦力を強化して」やランス国王から「ならば、本陣とするのにこの塔は」と提言があったり、ステイルからも「僕ならばここを攻めます。念の為に城の警備に我が騎士団を数名だけ置かせて頂きたい」「念の為、今夜中に両国の城内を全て案内して頂きたい」と進言があったり、緊急時の終戦合図方法など様々な意見が錯綜《さくそう》した。騎士団長からもそれが騎士の配備として可能か有効か判断してもらい、私からも意見を出したり話を聞きながら、……同時に頭の中ではついさっきのことを思い出した。

セドリック達と国境を再び越えてサーシス王国側へ戻ってすぐに、ステイルはヨアン国王を説得できたことを手短にジルベール宰相と騎士団長に報告した。そして後から騎士団長だけを呼び、私が血の契約をしたことも報告してしまった。

私は、民に信用してもらう為には仕方なかったことと騎士団が勝てると思ったからこそだと必死に弁明した。それでも、すっっっっごく怒られた。……そりゃあもう予想通りにすっっっごく。

私がヨアン国王の演説に乱入したと聞いた時はまだ、騎士団長も片手で頭を抱えるくらいだった。でもその後に私が守れなかったら火炙りドンと来い発言をしたと聞いた瞬間ステイルと私を見比べ、目を限界まで見開いた。更に血の誓いを交わしたと聞いた時にはとうとう両手で頭を抱えて「またっ……!!」と噛みしめるように声を漏らした。そしてステイルから「どうぞ、遠慮なく仰って下さい。第一王子の僕が責任持って許可します」と騎士団長に許可を出した途端、離れてこちらを窺《うかが》っている騎士達やジルベール宰相に聞こえないように抑えた声で「何故、そうも御自分の命を簡単に秤《はかり》にかけられるのですか?!」「戦争は遊びではありません、絶対などあり得ないのです！」「これは女王陛下と王配殿下に報告できる域を超えています！」「我が軍にとってのこの防衛戦の意味合いが全く変わります!!」と連打且《か》つすごい剣幕で怒られてしまった。

思わず私も頭を下げて俯いたまま肩ごと小さくなってしまい、騎士団長のお説教が終わる頃には完全に亀のようになってしまった。視界の隅でステイルはずっと同調するように頷くし、セドリックは気まずそうに自分の喉元を押さえながら眉間に皺を寄せていた。……完全に化けの皮が剥《は》がれて残念王女が丸出しになってしまった。近衛騎士の任で一緒にいたアーサーとカラム隊長も騎士団長のすごい剣幕に背筋を伸ばしながら、私を止められなかったことを反省するかのように口を引き結んでいた。

最後に私自身も重ねがさね謝った後「それでも、私はそれくらいの覚悟で望みたかったのです」と伝えると若干諦めにも似た溜息《ためいき》を騎士団長はついた。

『元々、今回の防衛戦……我々は負けるつもりは微塵もありません。……ただし』

騎士団長が重々しく口を開いたと思えば、最後には今までとは比べ物にならないほど重厚感のある声と凄まじい覇気が爆風のように噴き上がった。あまりの凄まじさに私だけでなく傍にいたティアラやセドリックまでアーサー達と同じように一気に背筋が伸びていた。

『つまり、この防衛戦。ハナズオ連合王国の存続だけではなく……』

そこまで言うと、唯一平然としていたステイルへ騎士団長はゆっくり引くようにして下がった。そのままステイルがにっこりと全く笑っていない目で笑いながらバトンを受け取った。

そして宣言するように私へ言い放ったその言葉に。……私も、口元をヒクつかせて「はい」としか答えられなかった。ステイルの言い回しがまたジルベール宰相に似てきたと同時に、以前よりも更に研ぎ澄まされた容赦のなさはヴェスト叔父《おじ》様にも重なった。騎士団長だけでもこんなに怖いのだから、ジルベール宰相達にだけでも黙っておいてもらえて良かった。現段階では九番隊にも箝口令《かんこうれい》を出しセドリックにも口止めをして、これ以上混乱を招かないようにジルベール宰相やランス国王へは秘密にしてもらうことになった。……騎士団長が「明日の配置直前に騎士達の士気を高める際、私からも彼らに報告させて頂きます」と言っていたけれど。取り敢《あ》えず我が国の騎士達には知られるらしい。ジルベール宰相達にも知られたら大変なことになるのだろうな、と今更怖くなりながらも私は静かにステイルに告げられた言葉を思い出す。この防衛戦は、ハナズオ連合王国の存続だけでなく……

『我が国フリージア王国の未来も懸かっているということになりますね。我が姉君、そして……次期女王プライド第一王女殿下』

……生まれて初めて、死ぬ気で私自身が生き残らなければと肝に銘じた瞬間だった。

明日、無数の運命が決まる。

野営の夜更かし

「火は決して絶やすな。敵の襲撃に備え、異常の際はすぐに報告しろ」

はっ‼　と直後には一斉に声が騎士団長であるロデリックの号令へ揃《そろ》い放たれた。

ハナズオ連合王国へ向かいフリージア王国を出発した最初の夜、国外の経路を辿っていた彼らも今は歩みを止めていた。最短距離で進むべく周辺国を必要以上経由せずに進んだ彼らは今日、野営で夜を過ごすことになった。順調に主要道を進み、想定より少し早めに野営予定地に到着した彼らは、無理に押し進むことなく野営の準備へ取りかかった。本来ならば王族の馬車で十日掛かる距離を三日以内で目指す今、少しでも長く距離を進めても良かったが今回は騎士団だけでなく王族も同行している。更には当初の計画通り進めているとなれば、無理に先へ進むことの方が愚策だった。

騎士達により円滑に張られたテントは、王族の宿泊用から作戦会議本部。そして騎士団と、優先順位を守られて設営された。

夜も更けり、全員分のテントが張り終えた後も騎士団内は気を緩める暇はなかった。食事を終えた後も各隊による持ち場や馬の世話や整備に役割確認、見張り等の報告業務で大勢の騎士達が野営地周辺を行き交っていた。ただでさえ今は城内の演習場でもなければ新兵が同行もしていない為、殆どを本隊騎士で賄《まかな》わなければならない。夜の見張り以外が交代もしくは明朝まで就寝を命じられる時間になってやっと全体も静まった。

「……お姉様。夜分にごめんなさい、もうお休みになられていましたか……？」

そんな時、一人の王女が自身のテントから抜け出し枕《まくら》を抱いて訪れた。護衛である騎士達に守られながら、ティアラが足を運んだのは隣のテントだった。警護する騎士がテントの主《あるじ》に許可を得た後、入り口を進んだティアラは細い眉を不安げに垂らした。数十分前には「おやすみなさい」と挨拶を交わした相手へ訪問することは躊躇《ちゅうちょ》もした。しかし慣れない寝床と初めての野営はティアラの小さな心臓を揺さぶり、睡眠を妨害するには充分だった。枕を抱きしめ、寝衣で姉の元を訪ねた。

「いいえ、大丈夫よ。私もまだ眠れなかったところだもの」

いらっしゃい、と柔らかく笑いながらプライドは自分のテントへ妹を招き入れた。その言葉にパッと表情を明るくさせるティアラは、ぱたぱたと足音まで弾ませながらテントへと潜り込む。もともと警備を多く割《さ》かれていたテントが、王族二人が一か所に集った為に二倍近い数で周囲を囲む。

「今夜は一緒に寝ましょうか。少しベッドが狭いけれど大丈夫？」

騎士に移動してもらいましょうか？　と尋ねるプライドにティアラは「大丈夫ですっ！」と声を弾ませた。王族の為に運ばれた簡易ベッドは普段使っているものほど広くもないが、細身の女性二人が眠るには問題もなかった。

プライド自身、就寝の為一人ベッドに潜った時から眠れないというほどではなかったが、野営に妹が心細い気持ちになっていないかの方が心配だった。本当にテントへ訪れたことには小さく笑ってしまったが、無理をせずに自分の元へ来てくれたことは嬉しかった。必要ならステイルにも相談して夜の間だけでもティアラを城の自室に帰してあげた方が良いかもと考えたが、取り敢えずは一緒に寝て安心してもらえたらと思う。

「兄様は眠れているでしょうか？　今からでも三人で寝れたら良いのに……」

枕を抱きしめたままベッドへうつ伏せになるティアラへ、プライドは「ステイルは男の子だから」と苦笑した。姉妹である自分達がテントごと個室を与えられているように、義理の弟であるステイルも当然ながら別のテントでの就寝だ。本音を言えば、ティアラの言う通りステイルがここにいてくれれば心強いとは思うが、騎士達が大勢囲っている中では難しい。個室とはいえ、布の壁で作られたテントでは影で気づかれかねない。

「外はどうだった？　星はまだ良く見えた？」

「はいっ。何度見てもすっごく綺麗《きれい》な星空でした。あと、ちょうど先行部隊の方々が整備の為に乗り物を移動させているのを見ました」

「先行部隊」に「乗り物」と言われ、プライドは日中の移動を思い出す。先行部隊は、基本的に各隊の隊員として所属しているが、必要な事態に応じて編成される特別部隊だ。六年前の騎士団奇襲事件でも編成されたそれを彼女はよく覚えていた。

通常、長距離移動では馬に乗るか荷車等を引かせて進むことが一般的になる。馬での移動では生き物に引かせている以上、体力や足にも限界がある。一般的な馬より力や体力も速さもある王族馬車や騎士団の馬でも、数日掛かりの移動では一日に進める距離は途中で休憩を挟んでも限界がある。だが、先行部隊の移動だけは違った。

フリージア王国特製の強固な荷車。小回りの利く大きさからプライドの前世で言う小型から大型トラック、大型バス級まである。積み荷だけでなく馬も人も全て乗せた特製の荷車と、プライド達が乗っていた馬車の客車部分を引いたのは馬ではない。先行部隊先導による特殊能力製の二輪車だ。

先行部隊は状況によって足の速さや跳躍力、馬を疲労させず走行させる特殊能力等を持つ者も含まれることはあるが、基本的には特殊能力者製の二輪車を運転する者達で編成されている。あくまで原動力は科学ではなく特殊能力であり、機械とは言えない。燃料で動かない為、それを作った特殊能力者本人でなければ走らせることもできないという欠点もある。しかし同時に普通の機械ではありえないことを可能にするのが、特殊能力製の利点だった。

一見は単なる大型バイクのような印象の乗り物だが、荷車や客車を連結させれば重量は関係なく引くことができる。自動車ほどの速度はなく単騎で駆ける馬と同程度の速さだが、運ぶ荷の重量関係なく速度を維持して進むことができる。その為、運転手が可能な限り一定の速度で常時移動が可能だった。大き過ぎる荷車は小回りが利かず先行には適さない為通常は使われないが、今回のような長期間移動で大量の積み荷を運ぶには大きな武器だった。

王族の乗る客車は特殊能力製二輪車に一つずつ繋がれ、他の荷車は同じ大きさごとに繋がれてから二輪車に連結され屋根のない電車や汽車状態だった。常識では引っ張れない重量の荷車を難なく引き、騎士団本隊の馬が一日に可能な移動距離を疲れ知らずの二輪車はたった一時間半で走り抜いた。

『先行部隊の力を借りて出陣し、更にその三日後にはサーシス王国と合流します』

プライドやローザが、セドリックに提示された残り期間にも揺らがず問題なしと判断できたのも、彼らの存在があったからだった。他国で同じ真似はできない。

「明日も同じ方法で進むのですよねっ。またどきどきしちゃいそうです」

「そうね。ハナズオ連合王国付近になれば他国の目もあるし、普通に馬での移動になるけれど……」

フリージア王国本隊騎士特有の移動形態は、他国には警戒されてしまう。その時は荷車に積まれた馬と二輪車を交換しての通常移動になる。出国前に騎士団から説明された内容を頭の中で反芻《はんすう》しながらプライドは腰を下ろしたベッドに寝そべった。ティアラの真似をして自分も枕を抱いてうつ伏せる。

「寝心地はどう？　眠れそう？」

「まだちょっと……、お姉様は眠れそうですか？」

はにかむティアラは、そのままぽふっと枕に顎《あご》を埋めた。一人のテントではただただ不安でいっぱいだったが、プライドと一緒に寝れると思うと今度は嬉しくなって眠れない。今まで自分が寝るまで姉兄が傍にいてくれたことはあっても、今のように同じベッドで眠ることなどなかった。

小さなランプの明かりでお互いの顔は見える状況に、プライドも心の中で前世の修学旅行やお泊まり会を思い出した。眠れないと言いながら、無邪気な笑顔を向けてくるティアラに自分まで顔が緩んでしまう。明日の移動に備え、眠った方が良いとは思いつつこんな機会はなかなかないと思えば夜更かし気分になってくる。クスッとティアラと顔を見合わせれば、一度で終わらずクスクスと互いに笑い声を零し合った。

「…………そうだわティアラ。お話をしてあげましょうか？」

「！　良いのですか？」

是非っ！　と思わずテント内に響く声がティアラから上がった。読書家でもあるティアラにとって、姉から聞けるお話はご褒美のようなものだった。一体どのお話をしてくれるのだろうと、頭の中では今まで読んできた本の題目を思い浮かべる。一度だけ読んだ本でも、お気に入りで何度も読み返した本でも、プライドの口から語られること自体が楽しみで仕方ない。ぱたぱたとベッドの中で小さく足を交互に動かし、枕を抱きしめる両腕に力を込めた。あまりにも期待いっぱいの妹の眼差しに、プライドは照れ笑いを浮かべてから思考を回した。折角ならティアラが読んだことのない話が良いわよね、と思い浮かべたのは前世では有名だった童話の数々だ。ティアラの好みから兄妹が魔女を倒す話かお姫様と王子様かしらと考えたところで、彼女は代表的なものを口に出す。

「シンデレラ……なんてどうかしら？」

なんですか⁈　と前のめりに顔を近づけたティアラは、勢い余って鼻先同士がぶつかった。聞いたことのない題目に金色の目を宝石のようにする妹へゆっくりと口を開いた。

「……むかしむかしあるところに、とても心の綺麗な女の人が住んでいました」

まるで貴方みたいな、と。そう思いながらプライドは語り出す。

前世では、女性が一度は憧《あこが》れたであろう王子様との幸福な物語を。


「…………そうして、シンデレラは王子様と一緒に幸せに暮らしました」

物語の終幕を知らせるように、最後はゆっくりとした口調でプライドは締め括った。

直後にはぱちぱちとティアラから拍手が弾《はじ》けた。話を聞きながら数度寝返りを打ち、今はプライドへと身体を向けて横になっている。自分を寝かせる為に語ってくれたことはわかっていたが、それでもプライドの話に眠気は逆に醒《さ》めてしまった。シンデレラが義母と義姉に虐《いじ》められるのは悲しかったが、優しい魔女もカボチャの馬車もガラスの靴も、どれを取っても胸がわくわくした。最後は「幸せに暮らしました」と自分の大好きなフレーズが含まれていた物語は本だったら何度も読み返したくなるほどだった。

「とっても素敵でした！　お姉様、一体どこでそんなお話を読まれたのですか？」

「どこ……だったかしら？　随分昔に読んだ気がするわ」

まさか昔どころか前世で読んだなどとは言えない。ティアラの熱がこもった視線を苦笑で誤魔化し、ベッドの中で足を交差した。「読んでみたいです！」と力いっぱい両手を握って熱望するティアラを宥《なだ》めるようにそのウェーブがかった髪を撫でた。童話ではなく乙女《おとめ》ゲームだが、目の前の愛《いと》しい妹もまた実は主人公なのだと少しだけ呆《ほう》けた頭で感慨深くなる。姉のどこか遠い眼差しをティアラは少しだけ見つめ続けた後、ふと思い浮かんだことを口から零した。

「……やっぱり王子様は、優しくて大事にしてくれる人がいいですよね」

そうね、と。ティアラのあまりに可愛らしい言葉にプライドは擽《くすぐ》ったくなって笑ってしまう。しかしティアラはベッドの中に口元まで潜らせたまま、さっきまでの上機嫌が嘘のように今は細い眉を寄せていた。なにかまずい返しだったろうか、と小首を傾《かし》げて見返すが、その途端姉の眼差しに気づいたティアラは気を取り直すように眉間を伸ばした。話を変えるべく、代わりに目の前の姉へ話題を投げかける。

「もし、お姉様の周りの方々だったら、どんな王子様になると思いますか？」

周りの？　とプライドは大きく瞬きで返してしまう。自分の身近な男性陣と言われ、何人かが思い浮かんだがステイルやレオンは既に王族だ。更に社交界で会う男性もその多くが王侯貴族と王族かそれに近しい身分の人間になる。ならそれ以外の人のことだろうかと考えれば、ティアラから「たとえば」と続きのヒントが発せられた。

「たとえば兄様やアーサー……ジルベール宰相やヴァル、レオン王子や近衛騎士の方々なら……シンデレラを。どうやって幸せにしてくれると思いますか？」

ぽつぽつと内緒話のような声で語るティアラに、何だか本格的にお泊まり会の夜のようだなとプライドは考える。〝王族〟だったらではなく、〝シンデレラに出てくる王子様〟だったらと語る美少女ティアラに、あくまで自分に重ねないところが慎ましやかだなと思う。そうね……と言葉を零した後、ぼんやりと夢見心地で微笑《ほほえ》んだ。

「まずステイルは、……きっと探してくれるわ。自分の手で国中を調べ上げてすぐに。たとえ世界の果てにいても探して見つけ出してくれるの。……そういう子よ」

前世のゲームでもそうだった。攻略対象者と城下に身を隠していたティアラを見つけ出すのはステイルの場合が多かった。瞬間移動を使えるという特性もあるが、彼は自分と恋に落ちなくても掛け替えのない存在だったティアラの身を必ず案じていた。そして現実のステイルもまた、必ず駆けつけてくれる存在だと思う。一度手放したくないと思えばきっと諦めない。どこまでも追い求め、たとえ世界中の誰が諦めても探し続けると思う。今も次期女王である自分の王政下の為、摂政であるヴェストの元で懸命に学んでいる彼ならと。

そしてシンデレラを見つけ出したら最後、彼女を虐めていた継母《まま》義姉《はは》もただでは済まされないとも思う。大事な人を苦しめた存在をきっと許さない。それを言葉にして言えば、ティアラも「絶対そうなります……！」と目を大きくさせながら強く頷いた。あまりにも正直な妹の反応に、プライドは笑い声を零すと「でもシンデレラを絶対大事にしてくれるわ」と付け足した。今だって家族や親友を大事にしているのだからと、自信を持って言い切った。

「アーサーは……ガラスの靴を拾うよりも先に追いかけてくれそうね。馬車で逃げられても、きっと自分の足が動かなくなるまで追いかけてくれるの。それで、……シンデレラはその追い続けてくれた姿がずっと忘れられなくなるんだわ」

前世のゲームでは、騎士団長という確固たる地位を捨ててまでティアラと一緒に城下へ逃げていた。

そして攻略後は騎士団長を辞しティアラの伴侶《はんりょ》として王配にもなっている。

　現実のアーサーもまた騎士になるという誓いを守り、今では副隊長まで上り詰めている。一心不乱《いっしんふらん》に大事な人や誓いを守る為に奔走してくれる彼なら、馬車程度では諦めない。たとえ追い付かないとわかっていても、自分の限界が来るまで突き進み続ける人だろうとプライドは思う。たとえ一目惚れであろうとも、それが自分の運命の人だと思えば絶対に。……そして、そんな姿を目にしたら追われた方も馬車を降りたくなるんじゃないかと考える。今まで苛まれ続けた自分を、たった一人の恋した相手がいつまでも追ってきてくれるのだから。アーサーならガラスの靴で見つけ出す前から、シンデレラに本当の自分を見せる勇気を与えることもできてしまう気がする。

　ティアラが「きっと追い付きます！」と頭で思い浮かべた王子アーサーへエールを送れば、プライドもそうねと微笑んだ。

「ジルベール宰相はもうマリアとステラの王子様だけれど……、マリアがシンデレラだったらきっとわき目も振らず見つけ出すわね」

　最短最速で、と。確信を持ってプライドは前世のゲームで知ったジルベールとマリアンヌの過去を思い出す。あくまで自分が知ったのは大まかな内容だけだが、愛した女性の為に下級層から宰相まで上り詰めた彼の情熱と愛は本物だと思う。その愛情が純粋過ぎるからこそ、彼は過去に道を踏み違えてしまったのだから。……王子という権力を持っていれば、それこそ手段は選ばないと良くも悪くも現実的にそう思う。

　妻と娘をこの上なく愛し大事にしている彼なら、間違いなくシンデレラのマリアも幸せに暮らせるだろうとも。そう考えれば、あの夫婦はある程度の障害ならどんな世界でも乗り越えて結ばれそうな気までする。ゲームのようなどうしようもない死別でなければ、文字通り何百回と人生をやり直しても全て出会って結ばれるような気がしてならない。ティアラもこれには「間違いありません」と自分のことのように自慢げに同意した。プライドから「それで最期まで絶対幸せにしてくれるの」と重ねれば、今度は間髪すら入れずにティアラも返した。

「ヴァルは、……。探してはくれなさそうね」

フフッ、と自分で言って笑ってしまえばティアラもすぐに釣られた。たとえ恋をしても彼が特定の女性を追いかける姿はあまり想像がつかない。一度出会っただけでは「縁がなかった」とすんなり諦めてしまいそうな気がしてしまった。

むしろ周りの部下達の方が懸命に探し始めそうね。と冗談交じりに続ける。自分の知るシンデレラの物語の都合上、王子の恋人を探さなければならない部下達はきっとヴァル相手では大変だろうと思う。何度も疚《やま》しい言葉でからかってくる彼を思い出せば、むしろ王子になったら女癖は大丈夫かしら、と失礼と思いつつも考える。どちらにせよ本気の伴侶を探させる為に大臣が舞踏会を開くだろうと結論付けた。そしてそんな王子が本気になった相手なら、城の人間は血眼《ちまなこ》になって探すだろうとも。

「それでシンデレラが見つかって正体がわかったら、……一緒に逃げてくれるの」

城に招き入れるでもなくむしろ彼が城を降りて彼女と生きるだろうと、不思議と確信に近くそう思った。柔らかな口元で語るプライドに、ティアラもきっと姉の想像通りになるのだろうと頷く。

「レオンは、……それから毎晩舞踏会を開くの。彼女がもう一度現れてくれるまで、何度も。きっと彼なら千の夜だって待ち続けてくれるわ」

前世のゲームでは、自室に引きこもり続けていたレオンはティアラに心惹《ひ》かれてから彼女が訪れてくれるのを毎日待ち続けた。彼女が運んでくれる料理や着替えを待ち続けたように、きっとシンデレラのことも城で待ち続けるのだろうと考える。現実でも、盟友である自分を定期訪問の度にアネモネ王国で温かく迎えてくれる彼だ。きっと何年後になったとしても「待っていたよ」と滑らかな笑みと共にシンデレラを両手を広げて待ってくれるだろうとプライドは思う。そしてその間、どれだけ魅力的な女性が別に現れても見向きもしないだろうとも。甚大《じんだい》な愛情を注ぐ彼なら、シンデレラ一人を愛すると決めればきっと代わりは考えない。彼女との再会を果たすまで夢にまで見て恋し続けるだろうと想像できた。プライドの言葉に、ティアラも「素敵ですね」と僅かにうっとりと言葉を返した。そんな恋物語もまたロマンチックで素敵だと心から思った。

ティアラの乙女な反応に、プライドはきっとレオンならシンデレラが逃げる前に想いも伝えるのだろうなと思う。そして、……急激に頬が熱くなった。まるでそこだけ蝋燭《ろうそく》の火で擽られた感触に、頬を片手で押さえながらプライドは数秒だけ唇を絞る。そのままふと、今度は出国前早朝にアネモネ王国から騎士団宛《あて》に届けられた荷物と添えられた自分宛の手紙を思い出した。

大量の物資や武器弾薬。フリージア王国でも手に入らないような最新鋭の武器も多く積み込まれ、キミヒカシリーズ一作目では見たことのない手榴弾《しゆりゆうだん》やプライドの目にもわかるほど物騒な形状をした銃に大筒まで揃っていた。使い方を把握していない武器は即戦力としては危険という真っ当なロデリック達の判断のもと、最新鋭の武器の殆どがフリージア王国に置いていくことになったがそれでもあまりあるほど膨大な応援物資だった。添えられていた手紙にはプライドへの健闘と労《ねぎら》いの言葉などが綴《つづ》られ、最後は「あの時の約束を」と短い言葉で締め括られていた。それを思うと、もしかしたら今のレオンなら舞踏会で待つだけじゃないかもしれないとも思い直す。こうして今回自分から物資の提供を名乗り出てくれたのが良い証拠《しょうこ》だ。ゲームとは違い、今の完璧《かんぺき》王子のレオンは自国の発展と貿易の為ならば自ら海をも切り進む行動力まで備わっている。考えた結果、「やっぱり探しに行くかも……」と独《ひと》り言のようにティアラへ呟き訂正した。今朝の騒ぎを見ていたティアラも、プライドの言葉にすぐ何を思い出したのか想像がつき、ふふっと肩を揺らして笑った。察してくれたらしい彼女の笑い声にプライドも同じ音で返した後、今度は「他の近衛騎士だと……」と再び口を開く。

「アラン隊長は、……そもそも最初から逃がさないわね。シンデレラが駆け出した途端に追いかけて手を掴んじゃうの」

アーサー以外の近衛騎士達とも、護衛を通じて当初より親しくなったプライドは彼らの性格もそれなりに把握していた。アランが身体能力の飛び抜けた騎士であることも知っている。アーサーやエリックから評判を聞いたこともあるが、何度か騎士団の視察に行った時も注視して明らかだった。騎士隊長として隊員達への監督以外にも手合わせで稽古《けいこ》をつける姿は特に。ゲームの騎士団長でもあるアーサーが、現時点で未だに素手での勝負では敵わないことが多いと語っていた理由がよくわかった。そしてそんな彼ならシンデレラを絶対に逃がさない。それこそガラスの靴を脱ぎ落とす間もないだろうとプライドは思う。

「それで時間切れになってシンデレラの魔法が解けてしまっても、……きっと受け止めてくれるわ」

そっちの格好も良い、とか言ってくれそう。くすりと笑いながらそう続ければ、ティアラも目を閉じて容易に想像できた。

近衛騎士に任命されたばかりの頃は、プライドに対し誰よりもガチガチに緊張を露わにしていたアランだが、慣れてきた最近ではむしろ近衛騎士で一番気さくにしてくれる騎士でもある。話しかければ「すっげー良いと思いますよ！」「休息日は酒場ですかね」と雑談にも応じてくれる。今回やりそびれたアーサーの昇進お祝いでも、プライドの手料理を提案し、更には味見係や監視役にも立候補した男だ。部下の騎士達にも絶対的尊敬と憧れを抱かれているとエリックから評判を聞いた時も納得だった。そんなアランなら、シンデレラが隠したかった正体でもボロ布の服を着た姿でも全く揺らがず満面の笑顔を向けてくれそうだとプライドは思う。

二年前の殲滅《せんめつ》戦では、ミニスカ丈になってしまった自分にさらっと上着を貸してくれた時のことを思い出せば、シンデレラにもそうしてくれるだろうと想像できる。王女である自分のあんな姿にも引かず嗤《わら》わず平然と振る舞ってくれた彼なら、シンデレラの魔法が解けても全く驚かないだろうとも。

「カラム隊長は、……公には探さない気がするわ。きっとシンデレラが隠し事をしていることも察してくれて、変装をしてでも人知れず見つけてくれるの」

近衛騎士に任命する前から、アーサーの話で特に多く出てきた人物でもあるカラムは最優秀騎士隊長にも選ばれるエリート騎士だ。以前からアーサーがべた褒めしていた為、能力、人格共に素晴らしい人なのだろうとわかっていたプライド達だが、実際近衛騎士として付けばアーサーが力説した通りの騎士だった。自分達の身の回りの専属侍女や近衛兵のジャックの名前も早々に覚え、その場の空気も読めれば察しも良い。騎士団へ視察に行った時には、演習中だけでなく休息時間や演習の合間にも隙《すき》あらば騎士達に話しかけられていた。更には自分の担当する三番隊以外の騎士や本隊騎士でもない新兵の相談にすら乗り、自分の休息も削って的確に指示や指導にも努《つと》めている。体調不良者や悩んでいる騎士にすぐ気付き、声を掛ける場面も目にしたことがあった。そんな彼なら、シンデレラが逃げた時点で彼女の気持ちを考えた上で最善に動いてくれるとプライドは思う。シンデレラが正体を隠しているのなら城下中にも彼女の騒ぎがバレないように、そして彼女の立場も危ぶめないようにと動いてくれるとまで考えられた。

例えばシンデレラの買い物中にばったり出会ったりして。寝返りを打ち、横向きからテントの頂点を仰ぎながら言葉を続ける。

「もしかすると再会してもシンデレラが気づかなければ正体も明かさないかもね。彼女の事情を確認して、彼女の願いを知って、……それから求婚するの」

一人の男性として。と、いつも紳士で騎士の鑑《かがみ》のようなカラムを思い出しながらそう唱える。頭の中では着古したボロ服を着ているシンデレラに、王子の身分を隠したカラムが優しく手を差し出す姿が思い浮かんだ。身分も立場も一度はお互い偽ってからの恋というのも素敵だとプライドは思う。殲滅戦でも、ヴァルがセフェクとケメトと合流できた後に当時子どもの姿に正体を偽っていた自分達を知らずにカラムが気遣ってくれたことがある。怖かっただろう、もう大丈夫だと弱い立場の相手にもあんな風に心を砕いてくれた紳士なカラムなら、きっとどんな立場の姿をしていてもシンデレラは恋をするだろうと思う。ティアラも、プライドの横でこく、こく、と頷いた。

「エリック副隊長は、……シンデレラを想うだけじゃなくてきっと彼女のことを案じてくれるわ」

急いで去ったのなら用事があったのか。間に合ったのか。自分を嫌ったのか。女性が夜に馬車を飛ばして大丈夫か、ガラスの靴でダンスをして、片方脱げたまま走って足は痛くなかったか、このガラスの靴は落としてしまって大丈夫だったのかと。きっとエリックならそのどれも心配してくれるのだろうと思いながらプライドは指折り言葉を続ける。

殲滅戦で捕らえられていた人身売買被害者の救出に殿《しんがり》を務めて守り抜いてくれたとアーサーに聞

いた時から、彼が人を思って行動してくれることもわかっていた。

「シンデレラを見つけたら、……きっと彼女の分も泣いてくれるのでしょうね。それで最後は「見つけられて良かった」って抱きしめてくれるの」

辛い目に遭いましたね、ご両親を失って、召使のように扱われて、たった一人でと。そう言って純粋に泣いてくれる人だとプライドは思う。自分が恋した女性に出会えた喜びよりも、彼女が無事だったことの安堵と彼女の苦難を想って泣いてくれる優しい人だと心からそう思う。

アーサーの昇進を知った時も自分のことのように喜んでいたエリックを思い出せば、確信にも近かった。後から着任した近衛騎士三人の中では一番王族である自分達に緊張が解けなかった彼だが、馴染《なじ》んできてからは本当に何気ない自分達のやりとりにも嬉しそうに笑ってくれたり心配するように顔色を変えて栗《くり》色の目を白黒させてくれる。また、セドリックに無礼を受けた後に謝罪した彼を許すべきではないと念を押された時も、自分の代わりに怒ってくれた人の一人でもある。物腰も柔らかく温厚なエリックが怒っていたことは当時意外だったが、それだけ人の気持ちに立ってくれる人なのだろうとプライドは考える。共感という意味では、カラムやアランよりも対人能力が高いのではないかと思うが、本人にはその自覚はきっとないとも。一番隊の優秀な副隊長で、尚且《なおか》つアランも胸を張って自慢するほどの騎士にも拘わらず、彼自身は常に「いえ自分はそんな」「まだまだです」と返す謙虚さだった。新兵の時に能力を飛躍的に向上させた、努力家でもあるとアーサーから聞いた覚えはあるプライドだが、彼の素質が開花したのは一体どういうきっかけや理由だろうと密《ひそ》かに興味深かった。

思わず耽《ふけ》り過ぎて口を止めてしまったプライドにティアラは目を閉じたままコクン、と……

「だってあんなに優しい人だもの。……、……ティアラ？」

ふと、そこでティアラの口数が少なくなっていることに気づく。首ごと顔を向ければ、ティアラの両目が閉じたままだった。耳を傾ければ、すー……と寝息も聞こえてくる。自分は想像を膨らますのに楽しくなってしまっただけだが、優しい近衛騎士達の話で眠れたなら良い夢を見てくれるだろうと彼女の頭をそっと撫でた。ベッドに入った時の落ち着きのなさが嘘のように身じろぎ一つせずに眠りにつくティアラの寝顔を眺めながら、そこでプライドはもう一人の〝王子〟を思い出した。ゲームであれば主人公ティアラの王道攻略対象者であり、現実では嫌われ警戒されてしまった王子のことを。

――セドリックは、……どうかしら。

口には出さず、胸の中だけで己に問う。少なくとも逃げるシンデレラを追いかけ、ガラスの靴を拾い、探させることはするだろう。そして今まで語ってきた他の王子様達と同じように彼女を見つけ出すこともできると思う。たとえ億人の中にいようと、見落とすことも見間違うこともなく一直線に。

と、……そこまで考えた時。

「？　おーい！　どうしたんだよエリック、アーサー！　警護中に姿勢悪いぞ」

不意にテントの外から聞こえた声に、プライドは反射的に身を固くした。すぐに聞き覚えのある声だと思ったが、目の前で「ん～……」と小さく声を漏らして眠っているティアラを見つめながら口を閉ざしてしまう。アラン隊長、と心の中で唱えながら耳を立てた。

「アラン、お前も声を抑えろ。王族のテントであることを忘れるな」

アランの無遠慮な声に、カラムが指摘する。「そうだった」と声を抑えたアランを横目にプライド達のいるテントと、そして目の前の二人に前髪を指先で押さえながら目を向けた。

城では就寝時間以降は近衛兵に任せて騎士団演習場に戻る彼らだが、野営中の今は違った。危険の多い野外で王族を守るべく大勢の騎士と共に、近衛騎士である彼らも交代で始終プライドの護衛に付くことになっていた。午前と午後の交代制でプライドの護衛を担っていた彼らは、また夜になったことで午前担当のアランとカラムが交代すべくテントに訪れていた。そして今までプライドのテントの前で彼女の警護に付いていたアーサーとエリックは……

完膚なきまでに茹《ゆ》で上がった状態で、背中を丸めていた。

「～っっ……すンません……っ……」

「失礼…………しましたっ、……交代……、りがとうござぃます……～～……」

アランに指摘された後も、すぐには気を取り直せない。口元を腕で押さえつけて俯いたアーサーも、そして両手を垂らしたまま拳だけを固く握り、ぷすぷすと熱気を零しているエリックも息すら絶えだえに先輩騎士へ目も合わせられていなかった。首を大きく傾けるアランと、そして二人と周囲の騎士とを見比べるカラムもその様子に怪訝《けげん》に眉を寄せてしまう。周囲で一部始終《いちぶしじゅう》を聞いていた騎士達だけが、なんとも言えない笑みで二人に視線を送っていた。

王女二人が一か所に集ったテントの前には、護衛対象二人分の騎士が集まっていた。そして彼女達を守る為に騎士達はその大部分がテントの周囲に張っている。私語も許されず、更には周囲の警戒の為に注意を払って神経を尖《とが》らせている彼らに対し、……初めてのテントでのお泊まり会にはしゃいでいたプライド達の声が聞こえてしまうのも当然だった。ただでさえ隔てているのは壁ではなく、テントなのだから。

最初はまだ微笑ましかった。くすくすと楽し気に笑う声が漏れ、そして第一王女が妹を寝かしつける為に物語を語っているのに思わず注意が向いた騎士も少なくない。アーサーとエリックもそうだった。女同士らしい夢いっぱいの物語が聞こえてきた護衛は、鎧の下が擽ったいような感覚と共に微笑ましい気持ちになれた。……ティアラから、まさかの暴投が放られるまでは。

王子?! 王子?! その面々で聞くのか、俺達が聞いて良いのか、と。戸惑いのままに騎士達が固く口を閉ざし、見開いた目だけで会話し合う中で何も知らない王女同士の女子トークは断行された。

最初にステイルの時は良かった。が、次の話題になった途端アーサーはその場で「勘弁して下さい！！！」と叫び出したいのを必死に堪えた。あくまで今は王族の就寝時間、そして厳戒態勢で騎士達全員が張り詰めている中で自分にそんな発言権も騒ぎ立てて良い訳もない。顔をじわじわと赤らめながら、尊敬する騎士達に自分の話題を聞かれたアーサーは二回口の中を噛み切った。護衛任務中でなければ座り込んで打ちひしがれたいくらいの気持ちだったが、今はそれも許されず足に力を込めて必死に堪えた。自分をそんな恋愛物語の王子に当て嵌められたことも恥ずかしかったが、馬車でも追いかけてきてくれると言われてしまった。恋愛に対してそんな情熱的な人間に自分は見られていたのかということも驚きだった。同時に、走った馬車くらいなら確かに追いかけてみるかもと思えば……、その馬車に乗っているのがシンデレラではない、別の第一王女で想定してしまった自分がこの場で消えてしまいたくなるほどに恥ずかしかった。しかし最初にプライドの口から「心の綺麗な女の人」と聞こえた時点からずっと、シンデレラがプライドで浮かんで仕方がなかった。

そしてエリックもまた今はアーサーに手を貸すどころの話ではなかった。最初にティアラがステイルやアーサーならまだしも自分達近衛騎士の存在まで挙げてしまった以上、次は我が身とすぐに想像がついた。アランからカラム、そして自分の話題が今語られ終えればもう動悸《どうき》が激し過ぎて息をするのも大変だった。浅く何度も何度も呼吸を繰り返しても血の廻《めぐ》りが良くなるだけで胸が苦しくて仕方ない。下ろした両手で拳を握って意識を保ったが、聞けば聞くほど自分への褒め言葉ばかりが重ねられて一息つく余裕もなかった。ただでさえ自分を過大評価し過ぎるプライドの言葉で脳が沸騰《ふっとう》したのに、極めつけにはまるで綿雲のようなこの上なく柔らかな声で「優しい」と言われてしまった。

ついー年ほど前プライドの近衛騎士になれたばかりのエリックにとって、自分のことで想像を膨らませられたこと自体が信じられなかった。近衛騎士に抜擢《ばってき》されるまでも、何度かはプライドと関わることはできたがそれもほんの数回だ。それまでただ遠目から眺めるだけの存在だった彼女に、そこまで想ってもらえていたのだといこと自体が嬉しくもあった。最近は会話に入ることも増えていたが、最初の頃は近衛騎士になれても相槌《あいづち》どころか話を振ってもらえるだけでも胸がいっぱいだった。それほどについ一年前までエリックにとってプライドは雲の上の存在だった。

六年前、騎士団奇襲事件でまだ新兵だった時から。

『大岩で身動きが取れなくなった騎士団長は我々を逃がす為に一人、足止めにっ……』

当時の無力感は今も胸の傷となり、爪痕《つめあと》よりも深く残っている。ロデリックが動けなくなった原因の大岩が降ってきた時、自分はロデリックのすぐ傍にいたのだから。自分が未熟でなければあの時ロデリックは大岩の下敷きにならずに済んだと、今でもエリックは思っている。当時ロデリックと自分達新兵を救ってくれたプライドへは未だに尊敬も憧れも感謝も留《とど》まらなかった。

あの日の惨《みじ》めで自分を殺したくなったほどの後悔と、そしてプライドへの感情全てがあってこそ今こうして彼は副隊長として立てている。

〝自分もいつか、あの御方のように〟と。一番隊副隊長になれた後も変わらず願い続け、その為に今も努力を怠らない。

そんなエリックにとって、憧れそのものであるプライドに親し気に話しかけられること自体当時は心臓に悪かった。新兵だった自分の命を救ってくれて、騎士としての自分の心を救ってくれて、そして今の騎士としての自分に変えてくれた唯一無二《ゆいいつむに》の存在なのだから。自分以外にも当時プライドに救われた新兵達が同じようにプライドのことを慕っていることも、自分が特にこれといって騎士団の中で際立つ才能を持っているわけでもないと誰よりも思っているエリックにとって、副隊長の今も自分は騎士団で全く特別ではない。あくまでプライドを慕うその他大勢の一人なのに、そんな自分がプライドにたとえとはいえ〝王子様〟扱いされるのは当然耐えられるものではなかった。

　今も、本当なら上官であるアランとカラムに声を潜めて説明しなければならないのに、言葉が出てこない。まさかよりにもよってプライドにそんな風に言われたなんて声にする前に視界が滲んでしまう。プライドの近衛騎士になれると聞いた夜だって暫く涙が止まらなかったのだから。

　あわあわと唇を震わせてしまうエリックに、先にカラムが察した。「アラン」と肩を叩き、視線だけで周囲の騎士達を示せばアランも改めて顔ごと目を向けた。一部始終を聞いていた騎士達が口を閉じたまま視線でエリック達とプライドのいるテントを示した、その時。

「…………あの……ごめんなさい、……もしかして、聞こえていましたか……？」

　プライドのか細い声に、今度はその場にいる騎士達全員の肩が上下した。アランの声が聞こえてから唇を結んでいた彼女だったが、明らかに様子の可笑《おか》しいエリックとアーサーを心配する声と、そして意外と小声でも聞こえてくるテントの壁の薄さを実感すれば推理するまでもなかった。さっきまでの恥ずかしい妄想を聞かれてしまっていたことにベッドの中で全身の熱が上がることを自覚しながらも、ここは勇気を振り絞る。アーサーとエリックが不調なのも、勝手に自分から変な妄想の標的にされたことの気まずさか、下手《へた》すればドン引きされたか怒らせたのではないかと考えながら自首を試みた。いずれにせよ自分の発言のせいでアーサーとエリックが不調になったのは間違いないと思う。ティアラを起こさないように声を抑えながらも、ピタリとテントの向こうで止まった会話にやはり自分達の会話は筒抜けだったのだと確信する。

聞こえていますか……？　と再び尋ねれば、騎士達も流石に返事をするべきか惑った。王女の呼びかけに応じるべきだが、それをすればさっきまでの会話を聞いていたことも認めてしまう。自分達にその気はなくても悪く捉えれば騎士ともあろうものが王女同士の会話を盗み聞きしていたと思われかねない。いっそこのまま聞こえなかったことにすべきかと、騎士全員の思考がせめぎ合った。

騎士達の反応にアラルンも色々察し、頭を掻《か》く。そもそも自分が二人に呼びかけなければ、プライドには気づかれなかったかもしれないとそう考える。そして、

「……あ～、すみません自分です、アランです。お休みのところ大声を出してしまい申し訳ありませんでした。何かお話されていましたか⁉」

敢えての前のめりでプライドの相手を買って出た。まさかのついさっきまでここにいなかったアランが状況も知らないまま間に入ったことに、流石のアーサーもエリックも反応して目を丸くした。アランから返事が来たことに、プライドも「いえ、ずっと起きてましたから」と断ってからおずおずとベッドの中から顔だけを小さく起こす。

「……今、実はティアラも一緒にいて。ティアラはもう眠れたのですけれど、ついさっきまで例え話をしていて、ついアーサーやエリック副隊長に……………アラン隊長やカラム隊長達のことも話題にしていました。失礼ながら私一人で皆さんのことで勝手な想像ばかり口にして…………ごめんなさい」

皆さんも煩《うるさ》くして申し訳ありませんでした。と、続けて周囲にいるであろう騎士達にも謝罪した。聞かれてしまったことは完全に自分達の抜かりだったと思うが、寝ずの番で自分達の為に見張ってくれているのに呑気《のんき》な会話ばかりして騒いだことが騎士達に申し訳なかった。予想外のプライドからの謝罪に周囲の騎士達もそれぞれ返すが、いつもより揃っていなかった。気まずさもあるが、ティアラが寝ているると聞いた以上下手に声を上げられない。そんな中、アランだけが平然とまた呼びかける。

「取り敢えず俺のことはどう話しても結構ですよ！　むしろプライド様に話題にして頂けるなんて光栄です！　あ、もし悪い点とかあったらお気になさらずどうぞ！」

直しますんで！　とあっけらかんと話すアランに今度はプライドも慌て出す。「そんなことは決してありません!!」と声を上げ過ぎて、ティアラも小さく呻《うめ》いた。まさか自分がアラン達の悪口を言っていたと勘違いさせたのかと思えば、いっそ恥ずかしい妄想と知られた方がマシかと考える。

「あっ、あの……実はさっきまでティアラにお姫様のお話をしていて、その王子様が……」

慌てるままに早口で説明しながら、たとえ話の件までいけば段々と滑舌が悪くなってきた。本当に恥ずかしい話をしてしまったと自覚しながらも、弱々しく最後まで言い切る。最後は一人顔を両手で覆ってしまった。アランやカラムにまで一人よがりな妄想を告白すれば顔から火が出そうになった。しかしここで濁して、アーサー達から知らされるのもまた気まずくて恥ずかしい。それならば悪気はなかったことも含めて誤解のないように自分で告白した方がマシだった。

プライドの妄想告白に、無言で話を聞いていたカラムもアランの一歩背後で顔が火照った。前髪を押さえつけ、口の中を噛んで堪えるがそれでも顔色は抑えられない。一度目を瞑《つむ》ったままアーサー達と似たように肩が丸まった。前髪を押さえた指で顔を僅かに隠してしまう。

アーサーやエリック、アランへの想像がなかなか本人達の特徴も的を射ていると思えば、自分のことも客観的に見たらそうなのだろうかと頭の冷静な部分で受け入れてしまう。確かにそんな女性が社交界で現れたらまずは事情を考えてしまう自分がいることも自覚している。まずは本人の意に沿った方法で考えるべきだと思うのも事実だ。

ただし、まさか街中で求婚まで想像されてしまったのは、恐らく一年前のアネモネ王国への極秘訪問での一件のせいなのだろうと考える。レオンからの頰の口づけに戸惑いを隠せない彼女に助言をしたかっただけのつもりが、つい……と当時のことを思い出せばぷすぷすと湯気が出た。他の一般女性にならばまだしも、プライド相手にはカラムもどうしても羞恥《しゅうち》を覚えてしまう。

『貴方方は騎士です‼　直接民を守る、我々の希望であり光です‼　騎士一人の死がこの先、どれほどの救えたであろう人に救えぬ結果を招くでしょう‼』

自分もまた、六年前のプライドに心震わされた騎士の一人なのだから。

エリート騎士と呼ばれ、最優秀騎士隊長として何度も式典にも出席を許されているカラムだが、もともと王族に対して敬意や興味はないに等しい。いくら神聖視して身を捧げたところで、王族にとって自分は〝カラム・ボルドー〟ではなく〝騎士隊長の一人〟でしかないのだと理解していた。騎士である己だけが誇りのカラムは、ただひたすら騎士としての高みへと登りつめる為だけに己を磨いていた。

だからこそ、騎士の誇りも生き様も偉大さも全てを理解し、騎士一人ひとりを認めたプライドの宣言は胸に突き刺さった。しかもただの詭弁《きべん》や演説ではなく、彼女は現にその身を呈して騎士団長であるロデリックの命を救ったのだから。

あの御方にならば騎士としてこの身を捧げても良い、とカラムは王族に対し初めてそう思わされた。六年前のあの宣言を聞いてから心の中でただ一人、プライドにだけは忠誠を誓った。今まで騎士の高見を目指す為、目の前の民を救う為、仲間の為に最善を尽くした結果として伴っただけの最優秀騎士隊長の称号を、プライドに直接挨拶ができる誉《ほまれ》として認識してしまうようになった。プライドが招かれたジルベールのパーティーでは、騎士団の招待者権利争奪戦でアランの「殴り合い」提案につい乗ってしまったほどに。……式典よりも小規模なパーティーでなら、彼女の本来の人となりをまた目にすることのできる機会だと思えば譲れなかった。

以前のカラムなら、たとえアーサーの推薦でも王族の近衛騎士など畏れ多くも丁重に断っていた。しかし今では、こうしてプライドに評価を受けるだけで顔が火照ってしまう。昔からステイルを通して交流があるのであろうアーサーに対してならまだしも、まだ付き合いの浅い自分達のことも具体的に想像に耽ってしまうほどに一人ひとりを理解してくれているのだなと思えば、怒るどころかむしろ感心の方が強かった。……ただ、その上で自分の人間性をあまりにも手放しで褒められてしまったことはやはりそう冷静に受け止めようにも顔に熱が回って仕方がない。テント越しで良かった、と思いながら見えてないと理解しつつプライドへ「勿体《もったい》なきお言葉です」と深呼吸を三度繰り返した後に深々と礼をした。アーサーやエリックより遥かに早く立て直したカラムだが、その直後視線の先で首の後ろを摩《さす》る同期にすぐ顔を上げることになる。

「いやー、そう思って頂けると光栄です！　そのシンデレラ？　はわかりませんけど、プライド様がお相手でしたらドレスなしの裸足《はだし》でも絶対追いかけますよ！」

ハハッと笑いながらあっさりと言うアランに、カラムは一瞬本気で後頭部を殴りかけた。代わりに無言のまま耳を引っ張り、驚愕で言葉も出ない騎士達に代わり「不敬だぞ！」と直接耳に声を最小限まで抑えて叫んだ。囁くような声量にも関わらず、その覇気と吊《つ》り上げられた眼光に、アランもカラムが怒ったことはすぐにわかった。

「悪い悪い」と言いながら、しかし反省はない。プライドに憧れた当時は、直面するだけでガチガチに上がることも多かったアランだが、近衛騎士になったこの一年でかなりプライドに慣れていた。もともと王族というだけでは気後《きおく》れもしないアランは、プライドに対しては親しみを向けるのも早かった。……しかし、そのアランがつい午後の交代直前まではプライドの戦闘服姿にガチガチに緊張して真っ赤に目を回していたのもカラムは知っている。今もテント越しだから平然と言えているが、これが戦闘服を身に纏ったプライドだったら硬直してまともに返すこともできなかっただろうと、言葉には出さず確信する。プライドのいくら女性らしい格好を見ても露出を目撃してしまっても平然としているアランだが、戦闘服に身を包んだ彼女だけは別だった。何故ならばアランがプライドを慕うようになった理由もまた。

『覚悟なさい。小悪党が』

六年前に彼女の戦闘を、作戦会議室の映像で目の当たりにしたからなのだから。

当時たった十一歳だった少女が立ち上がり、一人野盗相手に狙撃《そげき》や剣、体術全てで圧倒した姿は稲妻に打たれたかのように五感全てを奪われた。自分が十一歳だった時を思えば、尊敬しない理由がない。何よりその可憐《かれん》且つ鮮やかな戦いぶりは、今もアランの目に焼き付いたままだった。〝一番隊〟〝本隊騎士〟の名札の元、それなりに酒場で女に言い寄られたことも少なくなかったアランだが、それまでは鍛錬ばかりで女性に興味の欠片《かけら》もなかった。しかし六年前のあの時、たった十一歳の少女だったプライドには初めて〝女〟という存在への魅力を感じさせられた。

今ではその憧れであるプライドの近衛騎士にまでなれたアランだが、六年前からプライドを尊敬し憧れていることは騎士団の誰もが知る周知の事実だった。騎士団奇襲事件後に再び騎士団演習場へ訪れたプライドに、誰よりも先に「自分の名はアランと」と名乗りを上げた彼の武勇は当時から全く変わらない。カラムには入隊同期であることもあり遠慮なく「体力バカ」「鍛錬バカ」と言われるほど鍛錬を欠かさないアランだが、騎士や鍛錬以外でここまで何かに嵌まることも滅多になかった。恋愛自体興味もなかったアランにとって、プライドに憧れるようになった今は他の女性は目にも入らない。今回の防衛戦でも護衛の身ではあるものの、機会さえあればプライドの戦闘姿を目にしたいというのが本音だった。そしていつかは手合わせをしてみたい。六年前の少女だったプライドの圧倒的戦闘力もさることながら、二年前の殲滅戦でも彼女の圧倒的な剣術を目にしてしまったアランには、戦士としてのプライドへの憧れは落ち着くどころか増すばかりだった。本格的な戦闘服に身を包んだプライドなど、自分の理想そのものだ。アラン自身、テント越しだからいつもの調子で話せている自覚はある。明日またあの鮮やかな戦闘服に身を包んだプライドを傍で護衛することになると思えば、今から緊張で胸が高鳴ってしまう。その話に出てくるシンデレラがどんな美人で性格が良くても逃げられる限りは理由がなければ追いかけないと思うが、同時にプライドであれば何がなんでも追いかけたいとアランは思う。

「お前は何故毎回毎回そう極端なんだ！」

声を殺して怒るカラムにも、耳を押さえながらも笑って返してしまう。憧れの人に褒められたのだから全力で喜んで好意を返すのがアランなりの礼儀でもある。むしろ褒められたのにテント越しでも礼儀を重んじて頭まで下げるカラムの方がアランには固く感じた。

プライドから細い声で「ありがとうございます……」と照れ混じりの言葉を返されても「いえ！」とやはり動じない。むしろ視線の隅でやっと呼吸を整えながら汗を拭《ぬぐ》っていたアーサーとエリックに目をやる余裕がある。お前らは交代だから休めよ、と軽く声を掛けながらそれぞれの背中をパンパンと叩いた。アランからの促しに、エリックもアーサーもプライドに挨拶をし、休息へ向かおうと背中を向け……

「あッ……～っの、プライド様！」

意を決し、といった声の抑揚でアーサーが喉を張り上げた。赤面がやっと収まりかけてきた顔を再沸騰させ、エリックと共に向けた背中を一人ぐるりっ!!　と大きく振り返らせた。

てっきりそのまま去ると思っていたアーサーに、プライドは「なぁに？」と寝返りを打った。アランやエリックも両眉を上げげて見つめる中、カラムが「もう少しだけ声を下げろ」とだけ注意する。カラムの指摘に一度勢いを殺すように口の中を飲み込んでから、アーサーは両拳を力いっぱい握った。

「ッその！　……俺もプライド様にでしたら絶ッ対追いかけますし追いつきますし！　それがだめでも絶ッ対探しますし見つけますから!!」

突然息を巻いて宣言したアーサーに、プライドはきょとんと目を丸くした。一瞬何のことかわからなかったプライドだが、すぐにさっきのシンデレラの話とアランの宣言の延長だと理解する。そういえばアーサーの場合は馬車に乗り込む前でのことしか想像しなかったと思えば、もしかして自分じゃ他の先輩達みたいに見つけられないと思われたと捉えたのだろうかと考える。単純にアーサーならシンデレラを追いかけてくれるという印象が強かっただけだったが、自分もできるぞと訂正する辺り可愛らしいなと思ってしまう。アーサーも立派な騎士であることは自分も最初から知っている。しかも先輩であるアランに続いて、わざわざ自分相手ならと言ってくれるところが律儀《りちぎ》なアーサーらしいと思えばベッドの中で頬が緩んだ。

　プライドが見ていないにも関わらず、拳を握って見せながら宣言するアーサーに、見守っていた騎士達も無言のまま半笑いの形で表情に出てしまう。ちゃっかりアランがプライドへ騎士としての忠誠を言葉にしたところで、自分は恥じらうばかりで何も言い返せないかったのがアーサーには悔しかった。時間が経《た》てばこの話題も言いにくくなる。特にステイルの前では恥ずかしくてとても言えない。まさかプライドの口から王子様扱いなど例え話をされたと知ったら、楽し気に意地悪く笑ってからかってくるのが想像できた。だからこそ今ここで自分もプライドにそれだけは宣言しておきたかった。相手がシンデレラならまだしもプライドだったなら、絶対に騎士である自分は最終的には見つけると。王子様役前提も忘れて言い切ったアーサーは、口を閉じた後も肩で息をするほど呼吸が乱れていた。

「熱烈だなぁ……」と口が笑いながらアーサーを楽しげに眺めるアランに、カラムは同じ小声で「お前が言うな」とだけ言い返した。そもそもアーサーがここまでプライドに宣言したくなったのもアランが発端だ。エリックもぱたぱたと自分で自分を扇《あお》ぎながらアーサーとテントを見守った。数秒間返事のないテントに、アーサーもまさかプライドも眠ってしまったのか、それとも大それたことを言い過ぎたかと不安が過《よぎ》る。そして更に三秒後、……くすくすと擽るような笑い声が漏れてきた。

「ありがとう、アーサー」

　ふふっ、と言葉と共にまた温かみのある笑い声が聞こえてくる。静まりきった夜の中、また騎士達にまで聞かれると今更後悔したアーサーは両肩を強張らせながら続きを待った。そして……

「私の騎士だものね。大丈夫、ちゃんと知ってるわ。シンデレラにも譲るつもりはないもの」

ふふっ、とまた自慢げな声色に、アーサーは今度こそ発火した。ボワッッッ‼　と顔どころか髪先まで火だるまになるような感覚に口を俄《にわ》かに開いたままふらついた。慌ててエリックが支えたが、肩に触れただけでも尋常ではない熱がはっきりとわかった。プライドが「ゆっくり休んでね」と嬉しそうな声で締め括る中で、声が出ないアーサーに代わりエリックが「おやすみなさいませ」と返事をした。そのままアーサーへ「良かったな」と気持ちを込めて肩を二度ポンポンと叩いたが、反応はない。しかしアーサーにとってはプライドからの良い昇進祝いにもなったんじゃないかと頭の隅でエリックは思った。結局セドリックのせいで昇進祝いはだめになった上、延期になった当日に彼はサプライズどころか、黒い覇気を色濃く纏ったステイルから最悪の報告を贈られたのだから。

『セドリック第二王子に、姉君が泣かされた』

直後、蒼いはずの目の色を変え、殺気を零したアーサーをエリック達はよく覚えている。自分へのサプライズまでは知らないが、その後ステイルから「姉君が特別な理由で作った品」だった料理を食べられたと説明を聞いた時から、翌日になってもアーサーのセドリックへの腹立ちは収まらなかった。宥めるべき先輩のアランにまで「アーサー！　お前だけは怒れ！」と怒りに満ちた目でギラギラと両肩を掴まれ、カラムとエリックも否定をしなかった。今でこそセドリックの事情に、彼への苛立《いらだ》ちも止んでプライドと共に力を貸したいと思うアーサーだが、自身が被った多大過ぎる被害を知らないままだ。

しかし、こうして騎士として嬉しい言葉をプライドから貰《もら》えれば、それだけで充分過ぎるほどアーサーには褒美になっただろうとエリックだけでなく先輩騎士達は思う。

お先に失礼します、と真っ赤に茹《ゆだ》ったアーサーを引きずってエリックが交代のままその場を後にした。…………騎士達の異変に気づいたロデリックが、彼女達のテントへ訪れるのと入れ違いに。

赤面してエリックに引きずられるアーサーの横顔と、テント周辺の妙な空気とアランの上機嫌顔に、ロデリックはプライドが寝ているか確認もしないままに「お休みなさいませ、プライド様」と低めた声で釘《くぎ》を刺した。まさかのロデリックに、プライドもひっくり返った声で返しながらベッドへ耳まで潜り直した。

意図せず、修学旅行で見回り教師に怒られる気分まで味わってしまったと頭の隅で考えながら。

あとがき

こんにちは、天壱です。この度は本作をお手にとって頂きありがとうございます。皆様のお陰でとうとう攻略対象者が全員揃いました。今回の物語は〝同盟交渉編〟として王子セドリックとプライドが主軸になります。いつの間にか大勢の人に囲まれ愛され慕われるようになった王族プライドを再確認して頂ければ嬉しいです。

鈴ノ助先生、今回も素晴らしいイラスト達をありがとうございました。特に番外編のイラストは本当に素敵であまりの豪華さに驚愕致しました。セドリックについても細部まで設定を描いて下さりとても嬉しかったです。

最後に、この本を取って下さった皆様。Web版を見守って下さっている読者の方々、鈴ノ助先生、コミカライズの松浦ぶんこ先生、ファンレターを送って下さった方、一迅社の方々、出版・書籍関係者の皆様。本作を販売し、店頭に置いて下さった営業様、書店の方々、そしてサポートして下さった担当様、支えてくれる家族、友人、全ての方々に心からの感謝を。

心優しい皆様に、また再びお会いできる機会がありますように。

悲劇《ひげき》の元凶《げんきょう》となる最強外道《さいきょうげどう》ラスボス女王《じょおう》は民《たみ》の為《ため》に尽《つ》くします。4

2021年9月5日　初版発行

初出……「悲劇の元凶となる最強外道ラスボス女王は民の為に尽くします。～ラスボスチートと王女の権威で救える人は救いたい～」小説投稿サイト「小説家になろう」で掲載

著者　天壱

イラスト　鈴ノ助

発行者　野内雅宏

発行所　株式会社一迅社
〒160-0022 東京都新宿区新宿3-1-13 京王新宿追分ビル5F
電話　03-5312-7432（編集）
電話　03-5312-6150（販売）
発売元：株式会社講談社（講談社・一迅社）

印刷所・製本　大日本印刷株式会社
ＤＴＰ　株式会社三協美術

装幀　AFTERGLOW

ISBN978-4-7580-9394-1

おたよりの宛て先
〒160-0022 東京都新宿区新宿3-1-13 京王新宿追分ビル5F
株式会社一迅社　ノベル編集部
天壱《てんいち》 先生・鈴ノ助《すずのすけ》 先生